猟色の檻
【完全増補版】

夢野 乱月

フランス書院文庫X

猟色の檻【完全増補版】

もくじ

フランス書院文庫X

猟色の檻【完全増補版】

プロローグ

うららかな春の陽光に包まれた四月の初め——。

東京成城の高級住宅地、奥宮邸の前に一台の黒塗りのハイヤーが停まった。奥宮家の主人である奥宮栄一郎に続いてひとりの少年がハイヤーを降りた。

「さあ、今日からここが君の家だ」

石造りの門から庭に入ると栄一郎が穏やかな笑みを浮かべて少年を振り返った。

「……僕の家……」

少年が顔にかかる髪をかきあげるようにして、アイボリーを基調とする瀟洒な二階家を見あげた。どこか女性的な端整な顔にはなんの表情も浮かばない。

「そう。そして新しい君の家族だ」

栄一郎の視線の先——いまが盛りと咲き誇る染井吉野の古木の下で、ふたりの女がこちらを見つめていた。

「お父さま、お帰りなさいっ」

ポニーテールの髪を揺らして快活な声をあげたのは奥宮麻里、栄一郎の次女だ。

つぶらな瞳にツンと尖った可愛い鼻、やや小ぶりな唇——キュートな少女の面影を残す美しい娘である。赤いトレーナーの下の初々しい胸の膨らみとデニムのミニスカートから伸びるスラリとした足がしなやかな若さに輝いている。

「娘の麻里だ。成城女学院一年、お嬢様大学に入ったというのに淑やかさのかけらもない我が家のお転婆娘だ」

「もうお父さまったら。お母さま、なんとかおっしゃってください」

麻里は小鼻を可愛く膨らませて母親を振り返った。両親から愛されて育った娘らしい天真爛漫な仕草だった。

「麻里さん、ご挨拶が先でしょう」

微笑みながらたしなめたのは奥宮綾香、栄一郎の妻だ。

綾香夫人は高校を卒業した春に旧家同士の政略による見合いを経て奥宮家へ嫁いできた。大手商社繊維部門のトップを務める栄一郎よりひとまわり若い三十九歳——艶やかな額に切れ長の瞳、鼻も唇もつくりが小さい瓜実顔のいかにも日本風の美人である。

濃いグリーンのニットを押しあげる胸の膨らみ、細く絞り込まれたウエストから草色のスカートに包まれた丸く熟れた腰——すべてが柔らかなラインで描かれた優美なシルエットから、淑やかで上品な女の色香がほのかに漂っている。

「初めましてと言った方がいいのかしら……。十年前、奥宮のお祖父さまのご葬儀で一度会っただけですものね。綾香です、よろしく」

清楚な顔に柔らかな微笑みを浮かべて綾香夫人が少年に会釈をした。

「私は麻里、あなたより三つ年上、お姉さんと思っていいわ」

麻里が屈託のない快活さで少年に笑いかける。

「……沖田達也です……お世話になります……」

美しい母と娘——ふたりに見つめられた達也ははにかむように頭を下げた。

「我が家にはもうひとり、美奈子という娘がいる。麻里よりひとつ上の姉だ」

栄一郎が微笑みを浮かべて達也に言った。

「日本の大学は学問を究める環境にふさわしくないと生意気を言って、去年の夏からイェール大学に行っている。向こうの学年末、七月の末には日本に帰ってくるはずだ。

ふふ、口ばかりが達者な跳ねっ返りだ」

口調とは裏腹な誇らしさが微かに栄一郎の表情ににじんでいた。

「まあ、お父さまったら、またそんなことを言って。お姉さまに早速メールでご報告しておきますわ」

「ほら、この調子だ。我が家の実権は完全に女たちに握られている。いや、いたと言うべきか。今日からは達也君という味方が加わったからな。ふふ、達也君、頼りにしているよ」

冗談めかして言った栄一郎が達也の華奢な肩を叩いた。

「……そんなことを言われても……僕は……」

達也が戸惑ったようにつぶやいた。

その姿を見つめる綾香夫人の顔に微かな憂いが浮かんだ。

(……可哀そうに……この子は幸せな家族というものを知らない……)

達也の父、沖田哲男は栄一郎の腹違いの兄にあたる。栄一郎の父が愛人に生ませた子供だった。

西洋美術史、とりわけルネサンス期の高名な美術研究家であった沖田哲男は、同時に希代の猟色家でもあった。若い頃から女性関係の出入りが激しく、達也の母小夜子は二番目の妻だった。その小夜子は達也が六歳の時に病死していた。

それから哲男は二度の結婚をした。今年の二月、運転していた車が対向車線に飛びだすという不可解な事故で、哲男は四番目の妻、達也にとっては三人目の母とともに即死した。

達也は引き取り手がないまま、白金のマンションにひとり残される結果となった。おりしも達也が名門砧学園の高等部への進学が決まっていたこともあり、親族の中でもとりわけ人徳者として誉れが高い栄一郎が後見人を引き受け、救いの手をさしのべることになったのだ。

(……私はこの子に家族のあたたかさを教えてあげたい……)

心根の優しい綾香夫人は慈しむようなまなざしを達也に向けながらそう思った。

——その時、一陣の風が吹き、満開の桜花が吹雪のように舞い散った。

「わあっ、きれい」

麻里が若く澄んだ華やかな声をあげる。

綾香夫人と栄一郎も顔をあげ、桜の古木を見あげた。

絢爛と舞いしきる桜花——その美しさに達也だけが眼を向けていなかった。

綾香夫人の清楚な横顔、たわわな胸の膨らみ、そして腰のくびれからむっちりと熟れた双臀へと達也の視線が這うように注がれていく。

（僕の牝にしてやる——）

端整な少年の顔に一瞬、悪魔のような淫猥な嗤いが浮かんだ。

それはこの日、達也が初めて見せた意志的な表情だった。

そして、それがすべての始まりだった——。

第一章　狙われた人妻

1　少年の顔をした悪魔

達也が奥宮家になじんでくれなかったら――という不安が綾香夫人にないわけではなかった。だが、素直でおとなしい達也はあっけないほどスムーズに奥宮家の生活に溶けこんでいった。

ただ、それは新たな家族の一員としてというよりも、むしろ手のかからない下宿人に近かった。我を張らずあくまでも控えめで従順な達也の態度は取りも直さず、夫人たちに対して心を開かないということを意味していた。

（……心が通いあうまでに時間がかかるのは当然ね……）

そう思いながらも綾香夫人は、達也が好む肉料理の献立を増やしたり、なるべく話しかける機会を多くしたりと、夫の栄一郎や麻里に対して以上に細やかで優しい心配りをしていた。


それは四月も終わりに近い月曜日の夕方のことだった。

キッチンで夕食の支度をしていた綾香夫人は背中から腰のあたりに粘りつくような視線を感じて振り返った。

振り返ると、ダイニングルームのテーブルの横に達也が立っていた。

（……また……）

誰かにじっと見つめられている。そんな視線をうなじや腰に感じた夫人が振り返ると、はにかむように達也が立っている——それはすでに何度も体験していたことだった。

夫人は澄んだ瞳で達也をじっと見つめた。少年らしい屈託のないその顔から感情を読みとることはできない。

「……達也さん、いつ帰ってきたの？」

「……さっきです。ただいまって言いましたけど……」

引っ込み思案なのだろうか、部活動をしていない達也の帰宅は大学でバドミントンの同好会に入った麻里よりもいつも一、二時間早かった。

帰宅後は夕食までたいてい二階の自室にこもってしまう達也が、こんなふうにダイニングに顔を見せるのは初めてのことだった。

「なにかご用なのかしら、達也さん」

綾香夫人は戸惑いを隠して優しい微笑みを浮かべた。

「……これを見てほしいんです……」

達也がおずおずと差しだしたプリントを夫人が手に取った。

〈新一年生基礎学力査定試験結果〉と題されたプリントには、英語と数学と国語の試験結果と学年順位が記されている。達也は三教科とも九十点台、順位もすべて十番以内だった。

「これは?」

「先生から試験結果を親に見てもらって、これに感想を書いてもらってくるようにと言われました……でも、僕、親がいないから……」

達也が困ったように視線を床に落とした。その仕草に夫人の心が痛んだ。

「なにを言っているの。私たちが達也さんの親よ……それに素晴らしいじゃない、この成績。達也さん、すごいのね。私も誇らしいわ」

夫人が励ますように言った。

「そうですか」

達也が恥ずかしそうな笑みを浮かべた。

「おばさんに褒められるのはとても嬉しいけど、試験の成績なんかで驚いてほしくはないな」

「そうなの？　じゃ、達也さんのなにを褒めてあげようかしら」

めずらしく自分の意志を口にした達也の気持ちが嬉しく、夫人は悪戯っぽい口調で訊いた。

「……それはまだ秘密です……」

「秘密？　まだって、どういう意味かしら、いつか教えてくれるということ？」

「試験の感想、明日の朝までにお願いします」

謎めいた微笑みを浮かべた達也はぺこりと頭を下げると、身を翻すようにしてダイニングを出て行ってしまった。

その後姿を見送った綾香夫人の顔に微笑みが浮かんだ。秘密めかした達也の言葉の意味はわからなかったが、通り一遍ではないやりとりができたことが夫人には嬉しかった。

（きっと、こういうことのくりかえしで心が通いあうようになるのね）

夫人は、粘りつくような視線の気配に感じた最初の戸惑いをすでに忘れていた。


自分の部屋に戻った達也は、立ちあげたままになっていたデスクトップパソコンの前に座ると、眼を閉じてダイニングルームでのやりとりを反芻した。

最初に脳裡に浮かんだのは花柄をあしらったプリント地のスカートに包まれた綾香夫人の丸く熟れた双臀だった。

エプロンで締めあげた細いウエストから優美な曲線を描く双臀のライン、スカートの裾から覗く白いふくらはぎとキュッと締まった足首、そして淡いピンクのシャツのギャザーを押しあげるたわわな胸の膨らみ——。

そのすべてがいずれ自分のものになる。達也の口元に淫猥な嗤いが浮かび、制服のズボンの下で男根が頭をもたげ硬く屹立した。

「達也さん、すごいのね——」

涼やかな夫人の声とともに、澄んだ瞳と柔和な微笑みを浮かべた口元のイメージがよみがえった。

「フフ、僕の本当のすごさを思い知るのはもうすこし先だよ、綾香」

そうひとりごちた達也が眼を開いた。その眼には暗い炎のような妖しい光が宿っている。奥宮家の人々が知らない意志的な眼光だ。

達也はマウスを操作して〈A夫人〉と記されたフォルダを開いた。Aはもちろん綾香の頭文字である。〈下着〉という名のファイルをクリックする。

そのファイルの表には、綾香夫人が日々身につけていた下着が、詳細に記録されていた。毎朝、風呂場の脱衣所に置かれている汚れ物の籠をチェックして調べた記録である。

昨日、夫人が身につけていた下着はレリーフ状の刺繍とレースがあしらわれた上品なもので色はベージュだった。ホワイト、オフホワイト、ベージュ、アイボリー、淡いブルーに淡いラベンダー――総じて夫人は上品な色とデザインの下着を好んで身につけていた。

（もっと淫らなものを身につけさせてやる）

達也は昨日の下着のデータを打ち込みながら淫らな笑みを浮かべた。

股間が力をみなぎらせ痛いほど疼いた。その疼きを心地よく感じながらも達也の心ははやることはなかった。プランの決行までにはもうしばらく時間が必要であることは承知している。

学校と奥宮家――新たな環境の中で自分の居場所を確保することが先決だった。

大人の信頼を得ることはさほど難しいことではない。おとなしく控えめな態度と成績のよさ、これだけで充分であることを達也は経験的に知っていた。

（あとひと月――）

達也はそう考えた。それまでは対戦相手を見極めるために、前後左右への軽やかなフットワークを使い、ジャブをくりだすボクサーのように、ジワジワと綾香夫人に探りを入れて愉しんでいればいい。

ゴールデンウイークが明けたうららかな日――。

洗濯を終えた綾香夫人は日課である掃除にとりかかった。掃除は二階の子供たちの部屋から始める。なにごともきちんとしなければ気がすまない夫人は、留学中の美奈子の部屋の掃除も一日も欠かしたことがない。

麻里の部屋の掃除を終えた夫人は達也の部屋に入った。

ゆったりとした木の質感を生かしたフローリングのその部屋は、達也の真面目で几帳面な性格を反映していつもながら整然としている。

大きな勉強机の上に置かれたパソコン、黒革張りの肘掛け椅子、高校生の持ち物としてはやや贅沢な大型モニターとＡＶ機器――そんな中でひときわ異彩を放っているのが壁際に置かれた大きなダブルベッドだった。

アンティークで豪華なそのベッドは十年前に死んだ達也の実の母の形見ということだった。幼い達也が母と添い寝したであろうベッド――その時代物のベッドを見るたびに夫人の胸にせつない思いがこみあげてくる。

と、そのベッドの下から雑誌の角のようなものが覗いている。

「……達也さんらしくないわね」

いぶかしさを感じながらその冊子を拾いあげた夫人は思わず息を呑んだ。

（……これは……）

それは雑誌ではなくＡ４サイズの写真集だった。『人妻奴隷堕ち』というおどろおどろしい緋文字のタイトルが卑猥な写真とともに表紙を飾っている。

ブラウスを引きはだかれ、半裸に剝きあげられた美しい女が禍々しい縄で縛られてうなだれている。どす黒い縄が白い乳房の上下に痛々しいほど食いこんでいた。

（……こ……こんな羞ずかしいものを……）

綾香夫人の白い頰が羞恥に赤く染まった。まるで自分が縄で縛られているかのように、夫人の身体におののくような慄えが走った。

慎ましやかな夫人にはとても中を開いて見る勇気はわいてこない。触れてはいけないものに触れてしまったとでもいうように、写真集をベッドの下に戻した。

誰に見られているわけでもなかったが、達也の秘密を垣間見てしまったような罪の意識があった。娘しか育てた経験がない夫人は、性に目覚める年頃の少年の心の動きがわからない。

そういう時期なのかしら――そう感じる一方で、ヌード写真ならまだしも縛られている女の写真を見るなんて異常過ぎるのではないかという不安が頭をもたげ、夫人の心は千々に乱れた。

その戸惑いを振りきるように掃除機のスイッチを入れると、夫人は掃除に没頭しようとした。


その夜――。

私室で日課の予習に集中していた達也が時計を見た。

十一時をまわっている。帰宅の遅い栄一郎が夕食と入浴を終え、綾香夫人とともに寝室に入る頃合いだった。

達也は参考書とノートを片づけるとコンポの前に座り、ヘッドフォンを耳にあてた。

チューナーでＦＭを選択し、周波数を合わせる。

「……あなた……」

シャーッという低いノイズの奥から綾香夫人の澄んだ声が聞こえてきた。

達也の頬に淫らな微笑みが浮かびあがる。


「あなた……」

綾香夫人はダブルベッドの中で戸惑いがちに栄一郎に問いかけた。

「なんだね？」

「あなたも高校生の頃……その……女性の裸の写真を見たりしました？」

「真顔でいきなりなんの話かと思ったら、そういう話か。達也君の部屋でヌード写真でも見つけたか？」

「……ええ……」

夫人が羞じらいを浮かべて頷いた。

「はは、気に病む必要はなにもない。そういう年頃なんだよ」

栄一郎は破顔一笑した。

「私もそうだった。あれは中学生の時だったかな、悪友がそのものズバリのセックスの写真を学校に持ってきてね。その夜は布団の中で夢中でマスターベーションをしたものさ。達也君がヌード写真を持っていたとしてもなんの不思議もない。正常だよ。真面目でおとなしい達也君が勉強ばかりではなく、女の裸にも興味を持っている――むしろ、喜ばしいことじゃないのかな」

「……ええ……でも……」

夫人はそれが女を縄で縛った淫らな写真であった事実を、羞ずかしくて口にすることができなかった。

「セックスに奥手で潔癖な君が戸惑うのは無理もないかも知れないが、まったく心配するにはあたらないね」

諭すように言いながら、栄一郎は羞じらいを浮かべている妻の姿に欲望を覚えた。

「ふふ、久しぶりに私たちもするか」

栄一郎は微笑みを浮かべながらベッドを降りると、壁際に設えられたチェストに向かった。

「……そんな……」

栄一郎がなにをしようとしているのか、夫人にはわかった。チェストの引き出しにしまってあるコンドームを取りに行ったのだ。

「おかしいな」

コンドームの箱を手にした栄一郎がいぶかしげな声をあげた。

「どうかしまして？」

「いや、確かまだ一個残っていたと思っていたのだが、コンドームがないんだ」

夫人を振り返った栄一郎が困惑したようにコンドームの箱を振ってみせた。

「どうも歳なのかな。近頃、仕事以外の日常の記憶が怪しくなってきている」

夫婦の夜の営みは二週間に一度あるかないかだったが、栄一郎はこの前夫人を抱いたのがいつだったのか正確に思いだすことができなかった。

苦い笑いを浮かべる夫の顔を綾香夫人は戸惑いながら見つめかえした。

記憶の曖昧さもさることながら、空になった箱をそのままチェストの引き出しにしておくこと自体、栄一郎には似つかわしくないことだった。夫人の心を漠然とした不安がよぎった。


そして五月の最後の週の月曜日がやってきた——。

奥宮家の朝は六時に綾香夫人がキッチンに立つところから始まる。大手町の商社に通う栄一郎が六時半に朝食をとり、七時には家を出るためだ。

栄一郎が玄関に立つと、二階から麻里と達也が降りてくる。

「おはよう、お父さまッ」

「おじさん、おはようございます」

麻里が快活に、達也がはにかみながら挨拶をする。

「綾香。今夜は得意先との会食があるから遅くなる」

「はい、わかりました。——あなた、いってらっしゃいませ」

栄一郎を全員で送りだしてから、麻里と達也の朝食である。

「達也君、部活をやる気はないの?」

「……うん……なかなか僕にあったものがないから……」

小さくちぎったトーストを口に入れながら達也が麻里に答える。

「達也君はちょっと女性的でおとなしすぎるから、スポーツとかやった方がいいと思うけどなあ。チームプレーが苦手だったら水泳部とか、陸上部とか」

姉妹の末っ子として育てられた麻里は、突然できた弟のような達也の存在が嬉しく、あれこれと世話をやけるのが楽しい。

「麻里さん、みんながあなたみたいに活発な性格とは限らなくてよ」

綾香夫人がデザートのグレープフルーツをふたりの前に置きながら微笑んだ。

「お母さまったら達也君に甘いんだから。でも文化系でもいいから部活はした方がいいと思うわ」

「そうねえ。勉強ばかりの三年間というのも味気ないかもしれませんね、達也さん」

「……ええ……考えてみます……」

達也はどこまでも煮えきらない。

ここまでは、いつもと変わらぬ奥宮家の朝の風景だった――。

朝食を終えると達也が八時に、麻里が八時半に家を出て、それぞれの高校と大学へ向かう。

「いいお天気――」

ふたりを送りだした綾香夫人は思わず空を見あげて微笑んだ。まばゆい初夏の陽光に心が浮きたつものがあった。

「お洗濯日和だこと」

歌うようにひとりごちた夫人は主婦の日課である洗濯にとりかかった。

（……おかしいわ……）

と、汚れ物の入った籠から衣類と下着をより分けていた夫人の手が止まった。

（……私のショーツがない……）

昨夜の記憶をたぐる。夕食後、風呂に入った時、確かにこの籠に入れたはずだった。その証拠にブラジャーはきちんと残っている。

（……まさか……あの子が……）

昨日身に着けていたショーツが家の中で忽然と消えるはずがない――綾香夫人の心に疑念がよぎる。長く連れ添ってきた夫であるはずもないし、もちろん麻里ではない。とすれば、やはり達也なのだろうか。

あのおとなしく礼儀正しい子がそんなことを――否定したい思いと疑念が夫人の心の中で交錯する。

（……でも……）

ときどき粘りつくような視線を感じて振り返ると、必ずはにかむように立っている達也――、そしてあの忌まわしい『人妻奴隷堕ち』という写真集――。

夫人の疑念は次第に膨れあがっていった。

（……母親がわりの私を女として見ている……）

私の汚れた下着をあの子が持っているかも知れない――そう想像すると、怒りよりも羞ずかしさで夫人はいても立ってもいられなくなった。

綾香夫人は二階にあがり、達也の私室にそっと入った。

整然としている室内を見まわす。

いつもならせつない思いとともに眼に映るアンティークなダブルベッドが、自分の汚れた下着を達也が持っているのではないかと疑念を抱いている夫人には、なんとはなしにいとわしいものに感じられた。

勉強机の上に一枚の紙片が置かれていた。それはパソコンからプリントアウトされた予定表のようだった。〈A夫人の記録〉とタイトルが記されている。

(……A夫人……私のこと……)

夫人はいぶかしさを感じながら、四月と五月の日付がカレンダーのように打たれたその紙片を手に取った。四月の下旬と五月の下旬にそれぞれ一週間ほどの赤いラインが引かれ、四箇所に青い星印が付けられている判じ物のような表だった。

(……ま……まさか……)

ちょうど六日間——三日前まで引かれた赤いラインを見つめていた夫人の手が慄えた。瞳を閉じて記憶をまさぐる。間違いなかった。どのように調べあげたのかは見当もつかなかったが、赤いラインは夫人の生理期間を示し、青い星印は夫婦の営みがあった日を示していた。

（……な、なぜ……こんな……）

戸惑いと怒り、そして羞恥——様々な感情が綾香夫人の心の中で渦を巻いた。

「他人の部屋にこっそり入ってなにをしているんだい？」

突然、背後から達也の澄んだ声が聞こえた。

「ひっ……」

ビクッと身体を慄わせて綾香夫人が振り返った。部屋の入り口に達也が冷たい微笑みを浮かべて立っている。

「……た、達也さん……ど、どうして……学校は？」

「僕の質問に答えていないよ」

「……そ……それは……」

意表を突かれた夫人はためらうように言いよどんだ。いつものはにかんだ様子が消え、妙に落ち着いて堂々としている達也の口調と態度へのいぶかしさもあった。

「正直じゃないなあ。これを探していたんでしょ」

夫人の前に立った達也が制服のズボンのポケットから薄布を取りだした。瀟洒なレースを施した純白の薄布——それは夫人のショーツだった。

「フフ、綾香さんの羞ずかしい匂いが沁みついたショーツ」

「なんてことを……か、返しなさいっ……」

　達也から初めて名前で呼ばれた夫人は、身体中の毛穴から血が噴きでるような羞恥に声を慄わせ、腕を伸ばすとショーツを奪い返した。

「顔が真っ赤だよ。羞ずかしいんだね。綾香さん、可愛いよ」

「そ、そんな呼び方はやめなさいっ……か、かりにも私は、達也さん、あなたのお母さんの代わりよ……こんなことをしてはいけないわっ」

　羞恥と怒りに慄える綾香夫人の鋭い語気にたじろいだように、達也がみるみるシュンとしてうつむいた。

「ごめんなさい……だからママの代わりをしてもらおうと思っただけなんだ」

「……どういうこと……」

　眼にうっすらと涙を浮かべ、声を震わせる達也の様子に夫人は戸惑いを覚えた。

「――本当に知りたい？」

「……ええ……」

　消え入りそうに訊く達也に夫人は思わず頷いていた。

「ありがとう……聴いてほしいものがあるんだ……そこに座って」

　オーディオ・コンポの前の床を示した達也がヘッドフォンを手に取った。

「……聴くって……どういうこと……」

「ごめんなさい……口ではうまく説明できないんだ……」

ためらいながらも夫人はコンポの前に座った。

ヘッドフォンを夫人の頭にかぶせた達也が、コンポにMDをセットして再生ボタンを押した。

夫人の耳にヘッドフォンを通して、シャーッという低いノイズが聴こえた。どうやらあまり録音状態の良いものではないらしい。夫人は無意識に耳に神経を集中する。

——と、ノイズの底から微かに啜り泣くような女の声が聴こえてきた。

（……これは……）

ああ、あああぁ——という女の泣き声が男女の営みの声だと夫人が気づいた。

女がせつなげに声を慄わせ「……ああ、あなた……」と喘ぐように呼びかける。

男の声が「……綾香……」と応じた。それは栄一郎の声だった。

（……ど、どうして……こんなっ……）

夫との寝屋の営みを録音されていた——慄然とした夫人が達也を振り返ろうとしたまさにその時、冷たく濡れた布切れが夫人の口と鼻を覆った。

（……いやっ……）

どこか甘い香りのする刺戟臭が夫人の喉と鼻の粘膜を灼いた。苦鳴とともに夫人は振りもがこうとしたが、背後からグッと強い力で押しつけられた布切れから逃れることはできない。

ものの一分とたたぬ間に夫人は意識を失っていた――。

2 白昼の凌辱

漆黒の闇が次第に溶けていくように明るさを増し、白々と光る丸い蛍光灯が浮かびあがる。昏睡から意識を戻した綾香夫人はその蛍光灯が達也の部屋の照明だと理解するまでにしばらく時間がかかった。

頭痛のあとのように頭の芯がジーンと痺れるように重い。夫人がまだぼんやりとしている記憶をまさぐる。

（……薬で眠らされた……）

ハッとして身を起こそうとしたが、身体を動かすことができない。

綾香夫人は愕然とした。手首と足首に黒い革枷が嵌められ、X字型に身体を開いた格好で忌まわしいベッドに拘束されているのだ。サマーカーディガンは脱がされ、淡い水色のブラウスと草色のフレアスカート姿にされている。

部屋の隅の椅子で達也が涼やかな顔で見つめていた。

「……た、達也さんっ……これはどういうことっ……」

「フフ、綾香は今日から僕の牝になるんだ」

夫人の名前を呼び捨てにした達也がどこか淫らな笑みを浮かべた。

「……な、なにを言っているの……」

「見てくれたんでしょ、あの写真集。『人妻奴隷堕ち』――あの通りのことがこれから始まるんだよ」

あの忌まわしい写真集は偶然眼についたのではなく、自分に見せるために置かれていた――その事実を知って夫人は慄然とした。

「……あんな羞ずかしいものを、見るわけがないでしょ……」

「そうか、表紙しか見なかったんだね。フフ、綾香らしいな。でも、残念だったね。きちんと見ておけばこれからなにが起こるかわかったのに」

「……な、なにを言っているの……」

「あれはね、ヤクザに捕まった美しい人妻が色々な調教を受けて淫らな牝奴隷に仕込まれていくフォトストーリーなんだ。フフ、僕はヤクザじゃないけど、綾香も今日から調教を受けて僕に仕える牝奴隷になるんだよ」

「……ふざけてはいけないわ……さあ、早くこれをほどいて……」

綾香夫人は声を慄わせながら諭すように言った。

「ふざけてなんかいないよ。ほらっ」

達也はデザイン用のハサミをかざしてニコッと笑うと、ベッドに上がった。ハサミの先でブラウスの襟元のボタンを摘みあげる。

「……そんなことしてはだめよ……や、やめなさいっ……」

「怒った顔もきれいだよ」

ブチッ——ボタンが弾け飛んだ。

「ひっ……だ、だめっ……」

夫人のおののきを愉しむように、達也はゆっくり時間をかけてブチッブチッと弾くようにボタンを切り飛ばしていく。

「ずっと見たかったんだ、綾香の身体」

スカートの腰まわりからブラウスの裾をたぐりだした達也が、薄皮を剝ぐように左右にめくり返した。

「……いやあっ……」

アイボリーホワイトのブラジャーに包まれたたわわな乳房を揺すりたてて綾香夫人が悲鳴を噴きこぼした。

襟元に入ったハサミがジョリジョリと袖に向かってブラウスを切り裂いていく。

「……た、達也さん……やめるのよ……」

キラキラと異様に輝く達也の眼に、夫人は怯えた。これが伏し目がちで物静かだった少年の同じ眼だとは思えない。庇護していたはずの子供に自由を奪われて裸にされていく——信じられないことが現実の恐怖として夫人の心をとらえた。

両袖を切り裂かれ無惨な残骸と化したブラウスが夫人の身体の下からズルッと引き抜かれる。微かに汗ばんだネットリとした上質のバターのような白い腋窩が露わになった。

「……ああ……どうしてこんなことをするのっ……」

悲痛な抗議の声も達也には届かない。清楚な人妻の装いを寸刻みに引き裂き薄皮をめくりとるように、秘め隠された夫人の熟れた肉体を露わにしていく作業に心を奪われている。

達也の手が憑かれたように、フレアスカートの裾を摘みあげた。銀色の鋭い刃が草色の布地にあてられる。

「聞こえないのっ、達也さんっ……もう、やめなさいっ……やめるのよっ」

綾香夫人が総身を揺すりたてるようにして叫んだ。なんとしてでもこの異常な行為をやめさせなければならない。だが、身体の自由を奪われた夫人にとって声を慄わせて達也に訴える以外になすすべはなかった。

はさみがジョリジョリと布地を切り裂いていく非情な音——それが達也の返事だった。

草色の生地の裂け目から、むっちりした太腿とショーツに包まれた小高く盛りあがる女の丘が覗いた。ブチッと絹音も高く断ち切られたスカートが白い腿を滑るように左右に舞い広がる。

「……ああ……こ、こんな……いやっ……」

瀟洒なレースで飾られたアイボリーホワイトの揃いのブラジャーとショーツ——下着姿に剝きあげられてしまった羞ずかしさに、夫人はシーツに顔を擦りつけるようにして声を慄わせる。

「さあ、できた」

一枚の布切れに過ぎなくなったスカートの残骸を夫人の身体の下から引き抜いた達也が会心の声をあげた。理科の授業で解剖の成果を確かめる少年のように誇らしげに夫人の肢体に視線を走らせる。このふた月、夢に見続けてきた下着姿だ。

柔らかそうな二の腕からわずかに湿り気を帯びた肌理こまやかな白い腋窩、ブラジャーのカップのあわいに深い谷間を刻み、白く艶やかな裾野を覗かせる乳房の膨らみ、平らで滑らかな腹部の中央にたたずむ縦長の臍の窪み——。

そして、柔肌にピタリと貼りついた白く薄い布地を押しあげるようにこんもりと誇らしげに盛りあがった女の丘のシルエット——そこには繁茂する草叢の翳りがうっすらと透けて見えている。

しっとりと脂がのったその肢体からは眺めているだけで熟れた女の甘い香りが漂ってくるようだった。

「……ああ……た、達也さん……見ないで……見てはいけません……」

我が子のように親身になって接してきた少年に淫猥な視線で女として見つめられる羞恥と屈辱——綾香夫人は信じられない思いで声を慄わせ、せつなく身悶える。

「フフ、想像していたよりもずっと色っぽい身体だね」

屈みこんだ達也が夫人の剝きだしの腋窩に顔を寄せ、鼻を擦りつけるようにして熟れた女の匂いを嗅ぐ。

「ああ……これが綾香の匂いなんだ……ミルクのように甘くていい香り……グレープ

フルーツみたいな汗の匂いもする……」

「……ああ……そ、そんなこと……してはだめ……」

クンクン鼻を鳴らして腋の下の匂いを嗅がれる——気の遠くなるような羞ずかしさに夫人の顔が桜色に染まってクナクナと左右に揺れる。

その羞恥に悶える姿が達也の嗜虐心をさらに刺戟した。赤い舌を伸ばすと柔らかな腋窩に押しあててベロリベロリと舐めあげた。

「ひいっ……いやあっ……や、やめてっ……」

あろうことか腋の下を舐められる——総身が鳥肌だつようなおぞましい感触に夫人が引きつった悲鳴をほとばしらせた。

「フフ、まるで処女みたいなウブな反応だね。そうか、おじさんは綾香のここを舐めてくれないんだ。腋の下も女の性感帯なのに、そこを責められる味を知らないなんて不幸だな。——フフ、今日から僕がたっぷりと教え込んで開発してあげる」

「……教え込むだなんて……こ、子供がなにを言っているの……も、もうやめなさい……このことは誰にも言いません……だ、だから……もう終わりにするのよ……」

「僕を子供あつかいしない方がいいよ。それに綾香は勘違いしている。誰かに言おうなんて気は絶対に起きなくなるんだよ」

その証しだとでも言うように、達也は夫人のふくよかな胸の谷間にハサミを差し入れると、ブラジャーのカップの合わせ目をブチッと無造作に切断した。カップが左右にはじけ飛び、白い鞠のような乳房がプルルンッとはずむように露わになった。

「いやあああっ……」

綾香夫人が顔を振りたてて悲鳴をほとばしらせた。ブラジャーの抑えを失った乳房が、激しい身悶えで弾力を誇示するように跳ね踊る。

「驚いたなあ。こんなに白くてきれいなお乳だったんだ」

ストラップを断ち切り、ブラジャーの残骸を床に投げ捨てた達也が、感に堪えないとばかりにその美乳に見入った。

どちらかといえば細身で華奢な夫人の体軀にはやや大ぶりなその乳房は、微かに青紫の血脈を透かすほどの白さで、椀を伏せたような形のよさを左右に崩すこともなくプルプル慄えていた。

その白い鞠の頂点——淡い桜色に煙る乳暈の中になかば埋もれた官能の尖りがおののくようにたたずんでいる。

「……ああ……いけない……見てはだめよ……」

「フフ、見るだけじゃないさ。もちろんさわってあげるよ」

達也の手が乳房を包み込むように摑んだ。

「いやっ……だ、だめよっ……放しなさいっ……」

綾香夫人は激しく身を揺すりたてて達也の手を振りほどこうとした。だが、X字型に拘束された身が逃れられるはずもなく、シナシナと揉み心地を確かめるようなおぞましい嬲りを耐えるほかなかった。

「マシュマロみたいに柔らかいお乳だね。フフ、こんな素敵なお乳なら、さすがにおじさんも舐めてくれるでしょ」

悪戯っぽく笑った達也は乳房を根から絞りだすようにギュッと摑むと、その頂点におののく桜色の尖りをヌプッと口に含んだ。

「ひいいっ……いやああっ……や、やめてっ……」

夫人が悲鳴をほとばしらせ、激しく総身を揺すりたてた。

達也は動じた気配も見せずに乳首を包み込むようにやんわりと吸いあげ、舌の先でチロチロとくすぐるように嬲っていく。感じやすいのだろう。口の中で乳首がプクンッと膨れあがり、オリーヴの種のように硬くしこった尖りとなった。

（……あっ……）

激しい抗いを見せていた夫人の身体が一瞬こわばり、微かにおびえるような慄えを見せた。

その瞬間を待っていたかのように達也が硬くしこった乳首に歯をたて、コリコリと甘噛みした。

「……ああっ……いやっ……」

綾香夫人の顔がのけぞり、あえかな喘ぎがもれでた。

「……や、やめなさいっ……やめるのよっ……」

その喘ぎをかき消すように夫人が激しく顔を振りたて、怒気を含んだ声を引きつらせた。その強い言葉の裏には、夫人の狼狽と恐怖が隠されていた。

（……な、なぜなのっ……まだ子供だというのに……こ……この子は……女の扱いに慣れている……）

達也が顔をあげ、夫人の顔を覗き込むと、ニコッと微笑んだ。

「怖い声を出してどうしたの？　フフ、隠そうとしてももう手遅れだよ。綾香のお乳が感じやすいのはしっかり確かめたから」

楽しげに言って、シーツの上からハサミを拾いあげる。

「次は綾香のいちばん女らしいところを調べてあげる」

達也はショーツの腰の部分を摘みあげ、ハサミの刃をあてがった。

「……やめなさいっ……こ、これ以上してはだめよっ……」

一糸まとわぬ全裸にされる恐怖に、夫人の声はどうしようもなく慄えおののいていた。

「フフ、さっきより可愛い声だけど、まだ言葉遣いが間違ってるよ。綾香には誰が主人かしっかりと教えてあげる必要があるね」

ジョリッ——薄布が断ち切られた。ショーツの片側がめくれ返り、アイボリーホワイトの布地の陰から黒く艶やかな毛叢が覗いた。

「……ああっ……いやっ……」

女にとって最も秘しておきたい羞恥の源泉をさらされる恐怖に綾香夫人は負けた。親代わりの庇護者という役割をまっとうしようとする見せかけの虚勢が崩れ、争いごとを好まぬ淑やかで心優しい夫人の素地——羞恥心の強い、か弱い女の姿が露わになっていく。

「……お願い……達也さん、も、もうゆるして……そんなことをしないで……」

「フフ、ずいぶん綾香らしくなったね。僕もうれしいよ」

達也はニコリと笑うと、もう一方のショーツの端を摘みあげ、無造作にハサミの刃をあてがうとジョリッと断ち切った。支えを失った薄布がピシッと弾け飛ぶようにめくれ返って夫人の女が隠しようもなく露わになった。

「……いやああっ……」

覆うものを失った秘所が外気にさらされるうそ寒さに綾香夫人が悲鳴をほとばしらせた。懸命に腰を右へ左へとよじりたてるが、無残に二肢が割り裂かれた身では羞恥の源泉を隠すこともできない。

「とうとう生まれたままの姿になってしまったね」

双臀の下からショーツの残骸を引き抜いた達也が嬉しそうな声をあげた。淫らな笑みを浮かべて夫人の股間に顔を寄せ、しげしげと覗き込む。

「へえ、想像していたよりもきれいなオマ×コだね」

「……ああ……そ、そんな……」

耳にするのもいとわしい卑猥な言葉とともに、夫にすらしかとは見せたことがない秘所をまじまじと見つめられる羞恥に夫人の声が慄えた。総身の毛穴から血が噴きだすような羞ずかしさだった。

「フフ、綾香らしいお淑やかなオマ×コだよ。子供をふたりも産んだとはとても思えないな」

達也の言葉に嘘はなかった。

小高く盛りあがった女の丘を覆う漆黒の毛叢は白い肌を際だたせるような艶やかな光沢を見せ、絹草さながらの気品さえ漂わせている。

次第にまばらになる繊毛に縁どられた女の渓谷は、やや朱色を帯びた桜色の花弁を内に折りこむように閉じあわせ、ピタリと封印されて達也の淫らな視線を拒んでいた。その切れ込みの下にひっそりと息をひそめる肉のすぼまりのたたずまいとともに、夫人の慎ましさを物語るような風情があった。

「このお淑やかなオマ×コがどんなに淫らに変わるのか——フフ、とっても楽しみだなあ」

念願のオモチャを手に入れた子供のように達也はキラキラ眼を輝かせると、制服のシャツとズボンを脱ぎ捨てた。

少年らしいしなやかな裸身が露わになる。まだどこか幼さの残る大人になりきっていない身体つきの中で、黒いボクサータイプのブリーフに包まれた股間の異様な膨らみだけが不気味なまでに達也の男を主張していた。

「……達也さん……な……なにをする気……」

綾香夫人の声が怯えをにじませて慄えた。

「さあ、なにをするのかな?」

歌うように言った達也が無残に割り裂かれた夫人の二肢の間に腰をすえた。両手の親指を肉の合わせ目に添えると、ゆっくりと花弁をくつろげる。サーモンピンクも鮮やかな夫人の女の構造が眼の前に露わになった。

「ひっ……いやっ……やめてっ……」

秘められた女の源泉を指で広げられシゲシゲと覗き見られる——身体中の毛穴から血が噴きだすような羞恥と驚きに、夫人は少女のような悲鳴をあげた。

しっとりと湿り気を帯びた花口が恐怖におののくようにキュッとすぼまる。

「フフ、綾香のここは可愛いね」

達也は鼻を肉溝に近づけるとクンクン音をたてるように夫人の女の匂いを嗅いだ。

「でも、匂いはやっぱり甘酸っぱい大人の女の匂いだね。ちょっとだけオシッコの匂いもする」

「……ああ……そ、そんなことを……」

秘所の匂いを嗅がれる気の遠くなるような羞ずかしさに、綾香夫人はクナクナと顔を揺すりたてた。生まれて初めて味わう辱めに涙がにじみだす。

「……ひっ……」

ビクンと夫人の総身が慄えた。

達也の指がクルリと肉莢をめくり返して、夫人の女の芽を剝きあげたのだ。淡い珊瑚色をしたいかにも感じやすそうな、大粒の真珠のような肉の尖りだった。

達也は唾液をたっぷりとまぶした舌先を硬く尖らせると、探りを入れるような慎重さで官能の芽をスッと舐めあげた。

「あひっ……いやっ……」

ビクンッ、電流を流されたように裸身が慄え、細い顎を突きあげるようにして夫人が顔をのけぞらせた。

「フフ、とっても感じやすいんだね。綾香はクリトリスを舐められるの実は初めてでしょ?」

股間から顔をあげた達也が夫人の顔を覗き込むようにして訊いた。

その疑問は都合四回にわたって盗み聴いた夫婦の営みの様子から達也が導きだした推論だった。キスと通り一遍の手と指による乳房と花芯への愛撫、栄一郎の前戯は挿入のためのほんの挨拶程度の淡白で短いものだった。クンニリングスばかりか、夫人が満足なアクメさえ知らないのではないかと達也は疑っていた。

「……そ、そんなはしたないことは……してはいけないことよ……」

涙で潤んだ瞳で諭すように夫人が訴えた。そのかぼそい声には、排泄器官でもある秘所に口をつけ、舐められるというおぞましい行為への恐怖と狼狽が隠しようもなくにじんでいた。

「やっぱりな。おじさんとのセックスは、あっという間に終わってしまうものね」

得心がいったというように達也が頷いた。

「確かにあの時の綾香の啼き声は可愛いけど、あれはまだ本当の女の声じゃないね。フフ、今日は僕が本当の女の声でいやというほど啼き狂わせてあげる」

「……あなたはまだ子供なのよ……なんて恐ろしいことを言っているの……」

「ウブだな、綾香は。男と女に年の差なんて関係ないんだよ。強い男に責められれば狂ったように啼かされてしまう。それが女なのさ。——そして僕は強い男なんだ」

達也はニコリと微笑んだ。

「……そんな生意気なことを言うものじゃないわ……本当の強さは……」

懸命に達也を諭し、説得しようとする綾香夫人の言葉は最後まで続かなかった。

「ひっ……いやっ……」

引きつった声をあげて慎ましやかな夫人の顔がのけぞり返った。達也の舌がベロリと女の芽を舐めあげたのだ。

「お説教はもうたくさんだね。僕の強さが身に染みるまで、たっぷりと可愛がってあげるよ、綾香」

達也は指先で肉芽を根元まで剝きあげると、チロチロと舌先を操って唾液をまぶしつけるように官能の尖りを嬲り始めた。

「あひっ……や、やめてっ……ひっ、いやっ……やめるのよっ……あひっ……」

鋭く痺れるような刺戟が腰の芯で続けざまに爆ぜて、背筋を駆けのぼり、閃光のように四肢に散り広がる。

綾香夫人は必死に身を揺すり腰をよじりたてたが、X字に拘束された身に逃れる余地はなく、悪魔のような舌の動きと向き合わざるをえない。

そのうえ、達也の嬲りは信じられないほど巧みだった。

さわるかさわらないかという微妙なタッチで、感じやすい肉芽を子猫がミルクを啜りあげるような一途さでチロチロと舐め続けたかと思うと、不意に舌全体を使って肉の亀裂を花弁ごと縦にベロリと舐めあげる。硬く尖らせた舌先が花口の縁をまるく円を描くようにおびやかし、ツツーッと肉溝をなぞりあがって、ふたたびチロチロと肉芽を舐め始める。

（……ど、どうして……こんな子供が……）

狼狽しながらも綾香夫人は、少年のものとは思えぬ老獪で狡猾な技巧に次第に翻弄されていく。性的な経験に乏しいとはいえ、成熟した女の身体は官能の罠にジワジワと搦めとられ、その執拗さの前にもろくも屈してしまう。

「……ああっ……いやっ……あ、ああっ……」

間欠的で引きつったものだった夫人の悲鳴が、いつしか慄えるように尾を引く喘ぎに変わっていた。刺戟を送り込まれ続ける腰の芯がジーンと灼けるように痺れ、総身が熱を帯び、おき火で内からあぶられたような火照りを見せ始めている。

雪のように白かったうなじと耳朶がほんのりと桜色に上気し、大きく波打つ乳房の谷間と剝きだしの腋窩がにじみでた生汗でジットリとぬめ光っていた。

それまでは縁をなぞりあげるだけだった達也の舌が不意にヌプウッと花口に挿し入れられた。

「ああぁっ……い、いやっ……」

夫人がひときわ高い声をあげた。それはすでに喘ぎではなく、歴然とした啼き声だった。

「……ああっ……いけないっ……んんんっ……」

自分の放った声が官能のきざしを帯びていることに驚いたように、夫人はあわてて唇を引き結び、喉元にこみあげてくる熱の塊りを懸命に噛み殺す。

「フフ、綾香は可愛いね。なにを我慢しているのかな？　気持ちよすぎて、羞ずかしい声をあげて淫らに啼いてしまいそうなんでしょ」

「……そ、そんなこと……ありません……あってはいけないことよ……本当よ、達也さん……こ、こんなことをしてはいけないの……」

ハアハアッと荒い息を噴きこぼしながら綾香夫人が声を慄わせる。達也にというよりも自分に言い聞かせているような声音だった。

「素直じゃないなあ。ほら、啼かせてあげるよ」

達也が二本揃えた指を鮭紅色にぬめ光る花口にジュブウッと挿し入れた。

「ひっ……いやっ……あああっ……こ、こんなっ……」

思わずあえかな声を放って啼いた夫人が、狼狽したように顔を左右に振りたてた。指の挿入感で花芯が羞ずかしいほど濡れていることに気づいたのだ。

「フフ、やっぱり綾香は感じやすいね。もうグショグショに濡れてる。オマ×コの方がよっぽど正直だね。クリトリスを舐められただけなのにこんなに熱く蕩けてしまって、僕の指をギュウギュウ食い締めてくるよ」

「……う、嘘ですっ……」

「これでも嘘かな」

肉壺を大きくかきまわすように達也が指を動かした。濡れそぼった花芯がピチャピチャといやらしい水音をたてる。

「ほら、聞こえるでしょ。こんなに淫らな音をたててオマ×コが嬉しがってる」

「……ああ……そ、そんな……羞ずかしい……」

綾香夫人は消え入りたげにクナクナと顔を揺すりたてて羞恥に身悶えた。

だが、慎ましやかな夫人が見せるそんな仕草は達也の嗜虐心をますますかきたててしまう。淫らに頰をゆがめた達也は夫人の柔肉をまさぐり、ツブツブと粒だった肉のシコリを探りあてた。キュッと吸いついてくるその小さなシコリをコリコリと揉みほぐすように達也の指先が搔きあげた。

「ひいっ……いやっ、ああっ……だ、だめよっ、ああっ、あああっ……」

腰の力が抜け落ちていくような快美感に、夫人が裸身を悩ましげによじりたてた。こらえようもなくきざしきった啼き声が噴きこぼれる。

初めて耳にする夫人のヨガリ声の心地よさに、達也は嗜虐の喜びも露わにツンと尖りきった肉芽を唇でヌプッと咥えこんだ。キュウッと吸いあげた官能の急所をしごきたてるようにいたぶる。

「ひいいいっ……やっ、やめてっ、あひっ、あああっ……」

電撃を受けたように腰骨がジーンと灼け蕩け、四肢に痺れがほとばしる。脳髄までもが灼け痺れるような快美な刺戟が夫人に襲いかかった。

(……こ、怖い……)

官能の坩堝に放りだされる恐怖と、娘よりも若い少年の手で辱めを受けるわけにはいかないという強い倫理観から綾香夫人は必死の抵抗を試みた。

(……負けてはだめっ……)

ともすれば閉じてしまいそうになる眼を夫人は懸命に見開いた。女肉の急所に指と舌で加えられる淫らな刺戟から気をそらさなければならない。夫人は藁にもすがる思いで壁際の本棚に並べられた本の背表紙に意識を集中させようとした。

だが、掌中に収めた獲物を逃してしまうほど達也は甘くもなければ、官能にきざしてしまった女体の炎もその程度の抵抗で鎮まるものではなかった。

肉芽をキュウキュウ吸いあげられたままに花芯のシコリを擦りあげる達也の指の動きが激しさを増すと、女肉の生理が夫人の意識をまたたくまに粉砕した。

総身が灼け蕩けるような快美さに、本の背表紙のタイトルを懸命に読み取ろうとしていた夫人の視界が白くはじける。

「あひいっ、いやっ、あああっ、あああっ……」

夫人は狂おしいばかりに顔を振りたてて、肉の愉悦にきざした声を噴きこぼしてヨガリ啼いた。

（……ああっ、こ、こんな羞ずかしい声をあげてはいけない……）

夫人の意識が懸命に警鐘を鳴らす。だが、ヨガリ声を放つと総身が灼け蕩ける愉悦はさらに深くなり、夫人の熟れきった女肉はやすやすと意識を裏切ってしまう。

「ああっ、いやっ、あああっ……あひいっ、こ、怖いっ、あああっ……」

官能の波にさらなる高みへと押しあげられる予感に綾香夫人の声が少女のように慄えた。性的にもろい栄一郎があっさりと果ててしまうため、達也の推察通り夫人は絶頂を知らなかった。未知の領域への恐怖におののきながら、夫人はなす術もなく愉悦の極みへと追いたてられていく。

「あひいいっ、だ、だめっ、あああっ……ああっ、だめよっ、ああああっ……」

切迫した声をあげた夫人はグンと腰を突きあげ、生汗に濡れた身体を弓なりにのけぞり返らせた。

アクメの気配を察した達也がトドメだとばかりに、膨れあがった女の芽を千切りとらんほどきつく吸いあげた。

「ひいいいいっ、いやあああああっ……」

白い喉をさらして夫人がわななくように断末魔の悲鳴を噴きあげた。

虚空に突きあげられた腰がブルブル慄え、灼けんばかりの柔肉がキリキリ達也の指を食い締め、熱い樹液を噴きこぼす。そり返った裸身がビクッビクンッと跳ね踊り、アクメの痙攣が二度三度と総身を駆け抜ける。

「……はああああ……」

長い吐息を洩らした夫人は精も根も尽き果てたかのようにガクリとシーツに崩れ落ちた。

「フフ、素敵ないきっぷりだったね、綾香。あんなに淫らで羞ずかしい声、おじさんにも聞かせたことないでしょ」

ハヒイハヒイと荒い息を噴きこぼす夫人の顔を達也が覗きこんで微笑んだ。

「ほら、これを見てごらんよ」

達也が手をかざしてみせた。夫人の噴きこぼした樹液で指先ばかりか、手首までがグッショリと濡れている。

「フフ、綾香のいやらしい汁だよ。オシッコ漏らしたみたいだね」

「……ああ……いや……」

力なくそむけた夫人の顔が羞ずかしさと口惜しさにワナワナ慄え、眼から涙がこぼれ落ちた。こらえきれずに啜りあげるような嗚咽がもれる。

「泣いたってまだ終わりにはならないよ」

ベッドの上で仁王立ちになった達也が啜り泣く夫人を見おろして笑った。

「……まだ……なにを……」

泣き濡れた夫人の眼には小柄な達也の身体がひとまわり大きくなったように感じられた。

「なにって、決まってるでしょ」

少年とは思えぬ淫猥な笑みを浮かべた達也が、これ見よがしにブリーフを引きおろして脱ぎ捨てた。

「ひっ……いやっ……」

綾香夫人は思わず息を呑んで顔をそむけた。

垣間見てしまった屹立した男根は、達也がすでに充分すぎるほど男であることを示していた。夫人の顔からスーッと血の気が引いていく。

それは夫人が唯一知る栄一郎の性器とは太さも長さも較べるべくもない逸物だった。

血脈を浮きたたせてゴツゴツと節くれだった野太い肉茎は異様なまでにそり返り、鋭く鰓を張り尖らせた雁首は毒蛇さながらの殺気にも似た禍々しい精気をみなぎらせていた。

達也の華奢な体軀には不釣合いなグロテスクなまでの形状が肉の凶器の不気味さを際だたせ、綾香夫人は女として本能的な恐怖を覚えた。

「……そ……そんな恐ろしいことは……絶対してはいけないことよ……」

夫人は声を慄わせて訴えた。

「もう手遅れだよ。男の前で羞ずかしい姿をさらしてしまったら女は終わりなんだ。いやというほど、啼き狂わされてしまうのさ」

夫人の怯える様子がそうさせるのか、声音は少年のものだったが、達也の口調にはすでに支配者の威圧感がにじんでいた。

無残に割り裂かれた夫人の二肢の間に達也が腰を落とした。犯して下さいとばかりに花弁をくつろげ、しとどに濡れそぼつ花口に亀頭をグッとあてがう。

「……ああ……いや……し、しないで……」

硬く熱い肉塊の感触に夫人の声が生娘のように慄えた。愛する夫以外の男——それもあろうことか、実の娘よりも若い少年に身を汚される恐怖が現実のものとして夫人の心をキリキリ締めつける。

「……あなた……た……たすけて……」

奥歯をカチカチ鳴らしながら綾香夫人は夫の名を呼んだ。

「フフ、おじさんのことなんか、すぐに忘れてしまうよ。綾香は今日から僕の牝になるんだ」

ジュブッ——亀頭が花口を押し広げ、女肉に没した。樹液に濡れそぼち熱く灼け蕩けた花芯は、鋼のように硬い肉の凶器を拒みようもなく、貞淑な夫人の女は達也の野太い男でたちまち深々と刺し貫かれ、みっちりと縫いあげられてしまった。

「いやあああっ……」

綾香夫人は悲痛な叫びを噴きこぼすことしかできなかった。取り返しがつかない身体にされてしまったという絶望感に新たな涙があふれでる。

「これが綾香なんだ」

肉棒をギュッと締めつける熱く蕩けた柔肉のえもいわれぬ感触に達也が無邪気な声をあげた。喜びも露わに夫人の身体に覆いかぶさり、柔らかく熟れた人妻の肌ざわりを味わう。しっとりと汗で濡れた肌には吸いついてくるような心地よさがあった。

「フフ、耳まで真っ赤にして可愛いよ」

夫人の耳元で囁いた達也は朱に染まった耳朶を甘噛みして、汗の浮いたうなじを舌でなぞるように舐め下がっていく。

達也の手が夫人のたわわな乳房を包み込み、弾力を確かめるようにヤワヤワと揉みしだいた。熟れた乳房はそのまま蕩けてしまいそうな柔らかさだった。

「……ああ……やめて……」

揉みだされた乳首がジーンと甘く疼くような感覚に夫人がせつない声を洩らして啼いた。絶頂を極めさせられてしまった女の肉体が夫人の意志を裏切り、さらなる甘美な敗北を求めていることを知って愕然とする。

「乳首がカチンカチンに膨れているよ」

夫人の動揺を見透かしたように達也が笑った。だが、淫らなまでにプクンと屹立した桜色の乳首をすぐに嬲ろうとはしない。大きく伸ばされた舌がペロリと舐めあげたのは、夫人の剝きだしの腋窩だった。

「ひっ……いやっ、あああっ……」

こそばゆさとおぞましさが混交したような得体の知れない感触に夫人が総身を揺すりたてて身悶えた。大きな身じろぎはそのまま、花芯にみっちりと埋め込まれた肉棒からの新たな刺戟となって夫人に跳ね返ってくる。ジーンと痺れる快美な感覚が腰の芯からさざ波のように四肢に散り広がっていく。

「あああっ、い、いやっ、やめてっ……そ、そんなことしないでっ……ああっ、そ、そこはいやっ……」

汗に濡れた腋窩を舐められるおぞましさとこそばゆさにも似た快美感——ベロリベロリと舐めあげられるたびに、夫人は喉を慄わせて啼いた。

「フフ、腋の下がいやなら、どこがいいの？　やっぱりここかな？」

達也が絡みついてくる柔肉をめくり返すように怒張をとば口まで引き、ジュブウッと肉壺を抉りぬいて子宮口を突きあげた。

「ひいいいっ……いやっ、あああああっ……」

白い喉をさらして夫人がきざしきった声を噴きこぼす。

「それともこっちかな？」

爆ぜんばかりに絞りだした乳首を摘みあげ、指のあいだでコリコリと転がすように揉みこんだ。

「ひっ、だ、だめっ……あひっ、やめてっ、あああっ……」

「やめてなんて言っても、そんな可愛い声で啼いちゃったら全然説得力がないなあ。どこがいいのか言えるまでやめてあげないよ」

意地悪く微笑んだ達也は硬く尖らせた舌先でチロチロとくすぐるように腋窩を舐め

始めた。ゆっくりと引いた怒張でジュブウッと花芯を抉りぬいては恥骨でクリトリスをグリグリ擦りあげ、乳首をコリコリと揉み嬲っていく。

「あひいっ……ああっ、いやっ、だめよっ……あっ、あひっ、ゆ、ゆるしてっ、あああっ……」

こんな子供にいいようにいたぶられている——そう思いながらも、腋窩と乳首、そして花芯という女の急所を同時に責められては、綾香夫人にあらがう術はなかった。甘美な刺戟の渦にたちまち翻弄され、狂おしく顔を振りたてて熱くせつない声を放って、ヨガリ啼いてしまう。

「ああああっ、だ、だめなのっ……ひいっ、た、達也さんっ、お願い、もう、しないでっ、あああっ……」

腰をよじりたて、汗まみれの身体をのたくらせながら、夫人は切迫した声を慄わせて我が子ほども歳が離れた達也に慈悲を乞い願った。だが、屈服のきざしを見せるその声は達也の嗜虐心に油を注ぐ結果にしかならない。

腋窩を舐めあげる舌の動きがより強く激しくなり、花芯を抉りたてる怒張のピッチがあがった。

「あひいっ、いやっ、ああっ、だ、だめっ、あああっ……ああっ、ゆ、ゆるしてっ、あひいいっ……」

灼け痺れるようなめくるめく肉の愉悦に、綾香夫人は哀訴の声をあげながらも狂おしいほど総身をよじりたてて淫らに啼き乱れた。ギュッと捻りあげられる乳首の痛みさえもが脳髄を痺れさせるほどの快美さだった。

（……ああっ、ま、またっ……）

先ほど初めて極めさせられたばかりの絶頂の大波が女肉の芯から立ち上がる気配にヨガリ啼く夫人の脳裡を恐怖がかすめる。だが、その大波を押しとどめ、愉悦を鎮める術がわからない。

（……ああっ、こんな子供に無理やり犯されて……羞ずかしい姿を見せてしまうなんて……）

いけない、そんなことは許されることではない——そう思う暇すらもなく、夫人は一気に官能の極みへと昇りつめてしまった。

「ひいいいいっ、いやあああああっ……」

絶息せんばかりの喜悦の叫びが噴きこぼれ、達也の身体ごと押しあげるように腰が突きあげられる。弓なりにそり返った総身をブルルルッとアクメの痙攣が二度、三度と走りぬけ、ううむっと息むように呻いた綾香夫人の身体がガクリと緊張を解いて夜具に沈み込むように弛緩する。

「フフ、凄いいきっぷりだね。いやだとか言いながら、オマ×コで僕のおチン×ンをギュウギュウ食い締めてイッちゃうなんて、綾香は本当はとっても淫らでいやらしい女なんでしょ」

達也が勝ち誇ったように夫人の顔を覗きこんだ。

親子ほども歳の離れた少年に無理やり犯されて、夫にすら見せたことのない羞ずかしい姿をさらしてしまった夫人はハアハアッとふいごのように息を噴きこぼしながら、消え入りたげに顔をそむけた。

「眼をそらしちゃだめだよ」

朱色に上気した夫人の頬を両手で挟み込むようにして、達也が顔を引き戻す。

「イカせてもらった僕の顔をちゃんと見て、お礼のキスをするんだ。それが僕の女になった綾香の務めだよ」

「……ああ……そんなこと……いやです……私は……あなたの女なんかではありません……」

荒く乱れた息を噴きこぼしながら声を慄わせた綾香夫人は達也の唇が近づくと、唇をきつく引き結んでキスを拒もうとした。

「いやは、もうないんだよ。ほら、綾香のここが僕の女ですって言ってるよ」

達也は意地の悪い笑みを浮かべると、樹液があふれトロトロに蕩けきった夫人の花芯を怒張でグンッと突きあげた。

「あああっ、いやっ……」

たまらずに声をあげた夫人の唇を達也の唇が塞いだ。甘い香りを放つ夫人の口腔にヌルリと舌が挿し込まれ、柔らかな舌を難なく絡めとると、キュウッと吸いあげる。

「……ううっ……」

夫人は喉を慄わせて悲痛な呻きを洩らした。女肉の芯を深々と男根で貫かれ、唇まで奪われて舌まで吸われてしまうと、自分のすべてを汚され、取り返しがつかない身体にされてしまったという絶望感がヒシヒシとこみあげてくる。閉じ合わせた夫人の眼尻から新たな涙がこぼれでる。

ジュブッ、ジュブウッ——熱く濡れ蕩けた花芯の中で達也の怒張がおもむろに動き始めた。この男根がおまえを支配しているのだ——とでも言いたげな、硬さと野太さを誇示する確信に満ちた動きだった。二度のアクメを極めた夫人の女体はその動きを拒むことができない。

舌を吸われながらのゆるやかな抽送にはたまらない快美さがあった。

（……ああ……だめになってしまう……）

腰骨が溶けてしまいそうな肉の愉悦に夫人は淫らに腰を揺すり、せつなく喉を鳴らして応えてしまう。

人妻の柔らかく甘い舌の味を堪能した達也がおもむろに唇を離した。

「……あああっ……あああっ……」

長い口づけから解放された夫人は唾液で濡れた唇を慄わせ、達也の腰の動きに合わせるように甘くせつない声をあげて啼いた。

「フフ、こんなに素直に啼けるようになってしまって、やっぱり綾香も女だね。僕のおチン×ンが気持ちよくてたまらないんでしょ」

「……ああ……そんな……」

弱々しく夫人は首を振ったが、否定することはできない。そればかりか、達也が小刻みに腰を揺すりたてると、「あっ、あっ、ああぁっ……」と声を慄わせて操られるように羞ずかしい声をあげて応えてしまう。

「フフ、可愛いよ。素直に啼けるようになった綾香にご褒美をあげよう」

達也が硬い亀頭で夫人の子宮をググッと押しあげた。

「ここに僕の精液をたっぷり注ぎこんであげる」

「……ひっ……」

諦めたように官能に身をゆだねていた夫人の身体がスッと凍りついた。夫以外の男に精の汚濁を射込まれるおぞましさと、妊娠への恐怖に血の気が引いていく。

「……だ、だめっ……そ、それだけはだめよっ……そんなことをしては絶対にいけないっ……」

夫人は顔を振りたて、拘束された手足を千切れんばかりに激しく身悶え、声を引きつらせて叫んだ。

「フフ、綾香は僕の牝になるんだからその印しをちゃんと受け入れなきゃだめだよ」

あどけなさの残る顔に悪魔のように冷たい笑みを浮かべた達也が、夫人の恐怖を煽りたてるようにゆっくりと抽送を始めた。

「……やめてっ……お願いっ……そ、それだけはいやですっ……」

綾香夫人が泣き濡れた瞳を見開いて懇願するように声を絞った。

「そんなにいやなの。じゃ、態度で示してよ。絶対にイッちゃだめだ。自分だけ気持ちよくなるのはズルイからね。もし、綾香がイッちゃったら僕もイカセてもらう。それなら公平でしょ」

「……そ、そんな……」

悪辣な提案に夫人がせつなく首を振った。だが、「そんなこと無理です」と言うわけにはいかない。

「僕はイクつもりで本気で責めるよ。フフフ、感じやすい綾香がどこまで我慢できるかな？」

達也が嗜虐心を剝きだしにして、残忍な嗤いを浮かべた。

「……た、達也さん……あなたは狂っているわ……」

「フフ、狂うのは僕じゃない。綾香、おまえだよ」

言うが早いか、達也はこれまでになく力強いストロークで腰を使い始めた。ジュブッ、ジュブッ、ジュブウウッ——野太く硬い男根がトロトロに蕩けた肉壺を抉りぬき、子宮口を貫かんばかりに突きあげる。

「ひいいっ、いやっ、あああっ……あひいっ、や、やめてっ、お願いっ……ああっ、だめっ、あああああっ……」

閃光のように快美な刺戟が次から次へと背筋を灼き貫き、脳天で爆ぜた。脳髄が灼けるように痺れ、視界が白く飛んだ。気が遠くなるような肉の愉悦の前に、こらえなければという意識すらが霞んでいく。

「あひいいっ……ああっ、ゆ、ゆるしてっ、あああっ……ひいっ、あひいいっ……」

綾香夫人は泣き濡れた顔を右へ左へ激しく打ち振り、拘束された身をよじりたてて、わななくような声を噴きこぼしてヨガリ啼いた。

華奢な手がギリギリ握りしめられ、むっちりした太腿がブルブル慄えた。足指がギュウッと内に折りこまれる。ネットリと生汗にぬめ光る夫人の裸身を小さなアクメの波頭が続けざまに駆け抜けていった。

だが、それでも許されなかった。硬く張りだした雁首の鰓でトロトロに蕩けきった柔肉がめくり返すように掻きたてられ、たぎらんばかりに熱を帯びた肉壺が容赦なく抉りぬかれた。あふれだした淫らな樹液が濃厚な女の匂いを立ち昇らせながら、内腿を伝い、シーツに濡れ広がる。

「ひいいいっ……ああっ、く、狂ってしまうっ……」

官能の大波が夫人をさらいあげ、アクメの渦に放りだした。抉りぬかれる女肉の芯から総身が灼け消えてしまうような凄まじい快美感が夫人に襲いかかった。

「いやああああっっ……」

弓なりにのけぞり返った身体をガクガク揺すりたてて、綾香夫人が愉悦の頂点を告げる断末魔の悲鳴をほとばしらせた。亀頭を捻じ切らんばかりに肉壺が収縮し、野太い肉茎をキリキリ食い締める。

「ううぅっ――」

達也が低く唸るような声をあげた。ビクッビクンッという脈動とともに肉壺の中で怒張が爆ぜ、精の汚濁が解き放たれる。

「……あうううううんっ……」

熱い精のほとばしりで子宮を灼かれる異様な感覚に、綾香夫人はなまめいた呻きを絞りだすとガクリとシーツに顔を落として、そのまま意識を失った――。

3 恥辱の失禁

だが、それで白昼の凌辱が終焉を迎えたわけではない。

悪魔のような少年――達也の欲望は底知れぬものがあった。極めても極めても綾香夫人が許されることはなかった。精を放つと回復するまで指と舌で夫人の身体を飽くことなく嬲り、男根が力をよみがえらせるとまた犯す――その繰り返しだった。

「……ああ……た、達也さん……お願いです……」

三度目の精を放った男根を花芯に埋めこんだまま、赤く膨れあがった乳首をついばむように嬲り続ける達也に、夫人がハアハア苦しげに息を乱しながら哀訴の声を慄わせる。

「なんだい？　やめてとか、もう許してという話なら聞けないよ。今日は一日、綾香を犯しぬくって決めているんだから」

「……そうではないの……」

そのことはすでに諦めているというように夫人が弱々しく首を振った。その仕草には何度となく淫らで羞ずかしい姿をさらされてしまった女の弱さと負い目がにじんでいた。

「じゃ、なんなの？」

羞じらいの色を浮かべてせつなげに言い淀む夫人の姿に、興味をそそられたように達也が訊いた。

「……そ……それは……あの……お、おトイレに……いかせてほしいの……」

消え入りそうな声を慄わせて夫人が告げた。数時間にわたって嬲られ続けた夫人の身体が生理的な欲求をもよおすのは当然といえば当然だった。

「トイレ？　オシッコ、それともウ×チ、どっちなのかな」

達也の眼が嗜虐の光を帯びて怪しく炯った。夫人の肉壺に埋められていた男根がググッと硬く膨れあがり、たちまち力をよみがえらせた。

「……ああ……お……オシッコです……」

不気味な気配に怯えたように夫人の声が慄えた。

「へえ、綾香はオシッコ漏らしちゃいそうなんだ。フフ、このままここで漏らしちゃえば」

「……そ、そんな……」

「綾香が垂れ流した淫らな汁でシーツはもうグショグショなんだから、オシッコ漏らしたって同じでしょ」

意地悪く笑った達也がグンと怒張で花芯を抉りたてた。

「ああっ、いやっ……そんな酷いことをさせないで……」

「フフ、仕方がないなあ。オシッコだなんて」

意外なほどあっさりと達也は引きさがった。無造作に怒張を花芯から引き抜くと、夫人の両手首の革枷を繋ぎ留めていたロープのフックをはずした。

「さあ、身体を起こして」

と、夫人の背中を持ちあげるようにして上体を抱え起こす。

「……ああ……」

長時間のいましめから解き放たれた夫人は安堵したように深く息を吐いた。

と、達也が夫人の両手を背後から絡めとり、左右の手首の革枷の鉄環をカチャリと繋ぎ留めてしまった。

「……な、なにをなさるのっ……ほどいてっ……」

両手首を背中で繋がれ、ふたたび自由を失った夫人が狼狽も露わに身を揺すりたてた。割り裂かれた二肢の拘束はそのままのため、立ちあがることもできない。

「フフ、これから綾香に宣誓をしてもらうのさ」

夫人の前に仁王立ちになった達也が嬉しそうに笑った。屹立した男根が夫人の顔の前で不気味に揺れる。

「……せんせい……」

「そう、綾香は僕の牝になりますって誓うんだよ。きちんと誓えたらオシッコをさせてあげる」

「……そ、そんな……卑怯です……」

「だったらここで羞ずかしいお漏らしをして見せるんだね」

「……ああ……」

悪魔のように狡猾な二者択一を迫られた夫人はせつなく首を振った。

だが、ためらっている余裕はなかった。トイレに行かせてと羞ずかしい告白をする前から我慢を続けてきた尿意はすでに限界近くまで高まっている。

「……わ、私は……達也さんの……め、牝になります……」

夫人は声を慄わせて屈服の言葉を口にした。

その誓いは屈辱には違いなかったが、何度となく女の生き恥じを極めさせられ、すでに達也の精の汚濁にまみれて落とされるところまで落とされてしまった身である。だが、慎ましやかな綾香夫人は、この場で失禁させられるという信じがたい辱めを受け入れるわけにはいかなかった。

「言い方が間違っているよ。やり直しだね。私はじゃない。綾香はと言うんだ」

「……ああ……あ……綾香は……達也さんの……牝になります……」

幼い子供のように自分を名前で呼ぶと、さらに貶められたような屈辱感があった。

「フフ、じゃ言葉だけではなくて態度で示してもらおうかな。僕の牝になった証しにおチン×ンをしゃぶってみせるんだ」

精と樹液にまみれヌルヌルとぬめ光る男根が夫人の顔の前に突きだされた。

「……そ……そんな……」

夫人は禍々しい肉塊から顔をそむけた。

フェラチオという性技があるという知識はあるにはあったが、排泄器官でもある性器に口をつけるなどというおぞましい行為を夫人はしたことがなかった。そればかりか、慎ましやかな夫人は愛する夫のものにさえ、手を触れた経験すらない。

「顔をそむけたらしゃぶれないよ」

達也が夫人の頭を両手で挟み込むようにしてグイと顔を引き戻す。

「……いや……そ、そんなことはさせないで……」

「だめだね。ヒイヒイ可愛い声をあげてヨガリ啼かせてもらったものを口で清めるのは女の務めだよ」

固く引き結んだ夫人の唇に禍々しい男根が押しつけられた。汚濁のぬめりを擦りつけるように桜色の唇を赤黒い亀頭がズルッとなぞりあげていく。

「……ううう っ……」

精と樹液が混ざりあった甘酸っぱく饐えた淫らな匂いと、ヌメヌメしたおぞましい感触に夫人は鳥肌だった総身を慄わせる。

「さあ、口を開いてしゃぶるんだ。どんなに嫌がっても、しゃぶれるまではずっとこうしているよ。お漏らししたってやめないからね」

悪魔のような意志を伝えるように、ヌメリとした亀頭が夫人の唇を右へ左へとなぞりあげる。

「……ううっ……」

飽くことなく唇を怒張で嬲り続ける達也の執拗さと、そうしているあいだにもジワジワと高まる尿意に、完膚なきまでに身を汚された夫人は耐え続けることができなかった。

（……あなた……ゆるして……）

綾香夫人は固く瞳を閉じて心の中で愛する夫に詫びると、夫にさえしたことがない汚辱の行為をするべく唇をゆるめ、禍々しい肉棒を口腔に導き入れていく。

「フフ、先っぽだけじゃダメだよ。もっと深く入れなくっちゃ」

無邪気な口調とは裏腹に達也は容赦がなかった。ためらいがちに開いた夫人の口腔にズブウッと怒張を突き入れた。

「……ううう……」

口にあまるほどの野太い肉棒を咥え込まされた息苦しさと、口腔に広がる性の汚濁のおぞましい匂いに固く閉じた夫人の目尻から大粒の涙があふれた。

「なんだ、咥えただけで泣いちゃったの。フェラチオも満足にできないなんて、女として羞ずかしいね。仕方がないなあ。きちんとフェラチオができるようになるまで午後は奉仕のレッスンだよ」

そう非情な宣告をした達也だったが、美しく慎ましやかな人妻が禍々しい男根を無理やり咥え込まされ、嗚咽に慄える姿は新鮮で、百の技巧を凝らしたフェラチオよりも刺戟的だった。

温かく柔らかな口腔を味わうように達也は腰を前後に突き動かして、夫人の苦鳴を絞りとって、貞淑な人妻を隷従させるという征服感を堪能した。

「さあ、これで綾香が僕の牝になった宣誓のセレモニーは終わりだ。約束通り、オシッコをさせてあげるよ」

満足げに笑った達也は、夫人の二肢の自由を奪っていたロープのフックを革枷からはずした。

「……ああ……」

達也に促されてベッドを降りた夫人の身体がヨロヨロとよろけた。

長い時間にわたって開脚を強いられていた股の関節が軋むように痛み、犯しぬかれた腰は鉛を呑んだように重かった。

二肢を踏ん張るようにして立った夫人の身体にブルルッと慄えが走り抜けた。下腹部がキリキリ痛むほどに尿意は切迫していた。

「フフ、たいへんだ。急がないと本当にお漏らししてしまうよ」

達也が夫人の華奢な肩を抱くようにして廊下に出た。

こみあげる尿意をこらえているために、夫人は丸い双臀を後ろに突きだすようなへッピリ腰で進むことしかできず、歩幅も大きくとることができない。

「……ああ……こんな……」

ふだん何気なく歩き、昇り降りしている廊下と階段を、一糸もまとわぬ全裸の身を後手に縛られ、罪人さながらに歩かなければならない羞ずかしさと惨めさに綾香夫人はせつなく声を慄わせた。

「あッ、そっちじゃないよ」

一階に降り、トイレに向かおうとする夫人の身体を達也が抱えるように止めた。

「フフ、こっちなんだ」

達也はトイレの手前のドアを開け、夫人の背中を押し込むように中に入れる。

「……でも、ここは……」

夫人がいぶかしげな声をあげるのも無理はなかった。そこはバスルームへと続く洗面所だった。

「そうだよ。ここでいいんだよ」

達也が両手で思いきり夫人の背中を突いた。いやっ、と悲鳴をあげた夫人の身体がよろけるようにバスルームの中に押し込められてしまう。

「フフ、綾香はここでオシッコをして見せるのさ」

退路を断つように敷居の上に立ちふさがった達也が嬉しそうに微笑んだ。

「……そ、そんな……」

あろうことか、トイレではなく風呂場で、それも達也の見ている前で放尿させられる――その悪辣な意図に夫人は慄然とした。

「……た、達也さん……そんな羞ずかしいことはさせないで……お願い……」

「羞ずかしいからいいんじゃないか。綾香が羞ずかしがる姿を見ることは僕の快楽なんだ。どんな時でも綾香は僕を悦ばさなければならない。僕の牝になるっていうことはそういうことなのさ。これからもオシッコはいつでも僕の前でして見せる――これがルールだよ」

「……そんな……酷い……」

汗と涙で濡れた顔を蒼ざめさせ、絶句した夫人の身体をブルルッと非情な慄えが走りぬけた。

「……ああっ……」

今にも失禁してしまいそうな切迫感に、夫人はしなやかな二肢をよじり合わせるようにしてせつない喘ぎを洩らした。

「フフ、我慢は身体に毒だよ」

勝ち誇った達也の視線が尿意に慄える夫人の裸身を這った。立ち姿で眺める夫人の裸身が達也にはこの上なく新鮮に映る。

プルプルたわわに揺れる白い乳房、平らな腹部に穿たれた形のいい臍の窪み、キュッと締まったウエストから優美な曲線を描く腰、そしてよじり合わされた太腿の付け根の丘を覆う漆黒の毛叢——それらが渾然一体となって熟れた人妻の色香を匂うように醸しだしている。

すでにそのすべてが自分のものである美しい裸身が逆らうこともできずに迫りくる尿意にブルブル慄え、涙で潤んだ美しい瞳がすがらんばかりに自分を見つめている。それは嗜虐者である達也にとって、まさに至上の喜びだった。

「……ああ……も、もうだめっ……」

しゃくりあげるように声を慄わせた綾香夫人が、崩れ落ちるようにその場に屈みこんだ。立ったまま失禁してしまう恥辱と、尿で身体を汚してしまうおぞましさを、慎ましやかな夫人は自分に許すことができなかった。

「……ああ……お願い……み、見ないでっ……」

頬を涙で濡らしながら夫人は悲痛な声で訴えた。

その哀訴とほとんど同時に崩壊が始まった。膝のあわいから覗く毛叢に縁どられた肉の亀裂からジャーッという恥辱の水音とともに黄金色のしぶきがほとばしり出て洗い場の床を叩いた。

「……ああっ……いやあっ……は、羞ずかしいっ……」

夫人はガクガク総身を慄わせ、放尿の羞恥を嗚咽とともに達也の前にさらした。

恥辱そのものの長い奔流が収まっても夫人の泣き声は止まらなかった。身も世もなく泣きじゃくるその声がバスルームに響き続けた。

「フフ、ずいぶん溜めこんでいたんだね。なかなか素敵なオシッコだったよ」

シャワーの湯で尿を洗い流した達也が笑った。

「さあ、僕を愉しませてくれたご褒美をあげる」

達也は夫人の手首の拘束を解くと、泣きじゃくる身体を洗い場の床にうつ伏せに倒して丸く白い双臀を抱えあげた。

「いやっ……もうこんなことしないでっ……」

獣じみた格好で背後から犯されると知った夫人は身をのたくらせて逃れようとした。

だが、達也はググッと夫人の腰を引き寄せ、逃れることを許さなかった。

白い双臀の狭間に覗く鮭紅色の肉の裂け目に硬い亀頭をあてがうと、ためらいも見せずにジュブウウッと肉壺を刺し貫いた。

「ひいいっ、いやああっ……ああっ、ゆるしてっ……」

綾香夫人は泣き濡れた顔を振りたくり、悲痛な叫びを噴きこぼした。結いあげていた黒髪が滝のようにしなだれ崩れ、白い肩をバサリと覆う。

「本当にいやなの？　泣きじゃくったあとのオマ×コは最高に感じやすいんだよ。ほら、たまらないでしょ」

達也はそのことを教えこんでやるとばかりに、ビシッビシッと肉音も高く夫人のたわわな双臀に腰を打ちつけた。柔肉を抉り抜き、子宮を刺し貫かんばかりの力強いストロークだった。

「あひいっ、いやっ……ああっ、あああっ……」

腰骨が砕けるような衝撃とともに、雷撃さながらの快美な刺戟が背筋を駆けのぼり、次から次へと脳天で爆ぜた。その愉悦に夫人は抗いようがなかった。双臀を突きあげられるたびにせつなく羞ずかしい声を噴きこぼして啼いてしまう。

（……ど、どうして……）

放尿という死ぬほどの恥辱を味わったあとだというのに、たちまち官能にからめとられていく自分の肉体の淫らさが夫人には信じられなかった。

夫にすら許したことがない獣の交尾さながらの体位の羞ずかしさ、双臀を硬い男根に抉りたてられる、まさに犯されているという汚辱感――その羞恥と屈辱すらが、初めて知らされる背後からの挿入感の深さとともに官能に結びついていた。

（……ああ……こんな浅ましい格好で……）

そう思えば思うほどに快美な感覚は鋭さを増して夫人の背筋を走り抜け、腰の芯が蕩けてしまうような甘美さは深みを増していく。

「あああっ、こ、こんなこと、いやですっ……ああっ、も、もうゆるしてっ、ああっ、あひいいっ……」

ビシッビシッと女芯を抉りぬいてくる律動に操られるように、夫人は官能にきざしきった淫らな声を噴きこぼして啼き悶えた。しどろに崩れた黒髪をバサリバサリと振り乱して気もそぞろにヨガリ啼き続けた。

「あひいっ、だ、だめよっ……ああっ、狂ってしまいますっ……あひいっ、く、狂うっ、い、いやっ、ひいいいいいっ……」

羞恥の頂点を極める綾香夫人の叫びがバスルームをいっぱいに満たした。エコーを効かせて長く尾を引くように響き渡ったその声は、肉の喜悦に慄える牝そのものの声だった——。

その夜。

なにごともなかったかのようにシンと静まり返る奥宮家の夫婦の寝室。

夫の栄一郎が傍らで眠るベッドの中で綾香夫人は闇の底をじっと見つめ続けていた。

凌辱の限りをつくされ、疲れきった身体は深い眠りを求めていたが、夫人は眼がさえてなかなか眠りに落ちることができないでいた。

バスルームで犯されたあとも達也の凌辱は終わらなかった。

「綾香の身体が僕を忘れなくなるまで犯してあげる」

その言葉通り、顎が痺れるほど口での奉仕を強制されたあと、夫人は夕方近くまで達也に犯され続けた。気が遠くなるほど何度も何度も羞恥の頂点を極めさせられ、女肉の芯に灼けるような精の汚濁を注ぎ込まれた。

足を抱えあげられ、身体をふたつに折られ、これまで経験したことがない羞ずかしい体位を何度もとらされて犯しぬかれ、そのたびに夫人は淫らなヨガリ声を噴きこぼして啼き狂った。

肉の愉悦に慄えるその声は、夫には一度として聞かせたことがない声であるばかりか、夫ではない男に犯されて決してあげてはならないはずの声だった。

眼を閉じると自分があげた淫らな啼き声が聞こえてきそうな気がした。

（……私の身体は夫を裏切ってしまった……）

たった一日で、これまでの夫との営みでは知ることのなかった性の深淵に突き落とされ、自分の身体の中にこの上なく淫らな女の血が流れていることを思い知らされてしまった。

（……それもあんな子供に……）

そう心の中でつぶやいた綾香夫人は自分の間違いに気づいた。

（……いいえ、子供なんかじゃない……あの子は悪魔……無邪気な仮面をかぶった悪魔そのもの……）

同じ屋根の下に住む悪魔——その悪魔に自分は眼をつけられ、まんまとその罠にからめとられてしまったのだ。夫人は自分の迂闊さに唇を噛んだ。

今日の午後、達也に強制された夫人は、高校に電話を入れさせられていた。達也が悪性の風邪にかかったので完治するまで学校を休ませるという虚偽の電話だった。

それは取りも直さず、明日も明後日も悪夢のような凌辱が続くことを意味していた。

（……ああ……どうしたらいいの……）

救いを求めるように、夫人は隣で眠る夫を見つめた。得意先への接待がうまくいったと上機嫌で帰宅した栄一郎は、酒の酔いに身をまかせるように心地よさそうな寝息をたてて眠っている。

ただひとり、夫人を悪夢から救いだしてくれるはずの夫——だが、その夫に真相を告げる勇気が夫人にはなかった。自分の身体が肉の愉悦に溺れ、夫を裏切ってしまったという罪の意識と負い目が、貞操観念の強い慎ましやかな夫人を縛る大きな枷となっていた。

なんとしてでも、自分の力でこの悪夢を拭い去らなければならない——漆黒の闇を見つめながら綾香夫人は絶望的な決意を自分に課した。

第二章　泣き叫ぶ綾香

1　さらされた双臀

翌朝――。

「ただいま」

大学に向かった麻里が家を出てからしばらくすると、高校に登校する振りをした達也がニコニコ微笑みながらリビングに戻ってきた。

「……達也さん、お話しがあるの……」

思いつめた表情で話しかけてくる綾香夫人を無視した達也はテレビの大型ディスプレイの前に腰をおろした。鞄から出したＤＶＤをデッキに挿入する。

「……もう、昨日のようなことを繰り返してはいけないわ……私も忘れることにします……だから達也さんも忘れて、もう終わりにしましょう……」

それは昨夜、達也にきっぱりと告げようと心に誓った夫人の決意だった。

「こんな愉しいこと終わりにするはずないでしょ」

こともなげに言った達也がディスプレイの電源を入れた。リモコンを操作してDVDのチャプターを選ぶと再生ボタンを押す。

「あひいいっ、だ、だめっ……ああっ、く、狂ってしまうっ、あああっ……」

あられもないヨガリ声とともにディスプレイの画面いっぱいに綾香夫人の淫らな痴態が映しだされた。

「……こ……これは……」

夫人の顔からスーッと血の気が引いた。

達也の部屋の隅に三脚に載ったキャメラが置かれていた記憶がよみがえる。

「ああっ、た、達也さんっ……ああっ、も、もう、だめっ、あひいいいっ……」

画面の中で、ひときわ高い声をあげた夫人が達也の背にヒシとしがみつき、華奢な身体を抱きしめるようにして喜悦の表情も露わにアクメを極めた。

「フフ、こんなに悦んだくせに、終わりにできると思うの？　この綾香の淫らな姿をおじさんに見せたら、どう思うかな？」

達也の言葉は夫人の最も弱いところを突いた明らかな脅迫だった。

「……ああ……そ……そんな……」

夫人は声を慄わせ弱々しく首を振った。

「僕には失うものはもうなにもないけど、綾香には失いたくないものが沢山あるからね。フフ、だから僕に逆らうことはできないのさ」

達也は勝ち誇ったようにＤＶＤのデッキとディスプレイの電源を切った。

その眼が少年らしからぬ淫猥な光を帯びて、立ち尽くす夫人の姿態をチェックする。

柔らかな身体のラインを浮き立たせる淡いピンクのサマーニットと、エプロンでキュッと絞り込まれたウエストから丸く張りだした腰を包み込むように広がるパステル調の花々をあしらったプリントスカート——いかにも清楚で幸せな人妻然としたその装いは、達也の最も好む服装でもあった。

「セーターをまくって胸を見せてよ」

微笑みを浮かべて達也がこともなげに言った。

「……そ、そんなこと……できません……」

夫人が弱々しく首を振る。

「いいや、賢い綾香ならできるよ。だって、僕に逆らったらとても後悔することになるって、もう知っているんだから」

達也の明るい声は確信にあふれていた。具体的にどのような後悔をすることになるのか——それを言う必要がないことも充分心得ている。

黙ってじっと見つめ続ける達也の前に綾香夫人は屈せざるを得なかった。

「……ああ……」

せつなげな喘ぎを洩らした唇をグッと噛みしめると、サマーニットの裾を慄える指先でたくしあげていく。

ベージュのブラジャーに包まれた白い乳房の膨らみが露わになる。

「フフ、ベージュか。今日は白かベージュだと思っていたよ。僕に見られることを考えると色がついた下着は選べなかったんでしょ」

「……そんな……」

夫人は声を慄わせたが、昨日のことを考えると色のついた下着を身に着ける心持ちにはなれず、最も地味な下着を選んだことは事実だった。

「フフ、でもそれは余計な心配だったね」

夫人の前に立った達也がポケットからナイフを取りだすと、カチッと刃を立てた。

「ひっ……な、なにをするの……」

「新しいルールさ。これからふたりの時はいつでも綾香は下着を身につけることは許されない」

夫人の乳房の谷間にナイフの刃先が潜りこんだ。

「……いっ……いやっ……」

「動くときれいな肌に傷がついてしまうよ」

ジョリッ——鋭利な刃がブラジャーのカップの合わせ目をいとも簡単にふたつに断ち切った。

「ああっ……」

ベージュのカップが左右に弾け飛び、プルルンと白い乳房がまろびでる。

「フフ、まだ乳首は淫らに膨れていないね」

淡い桜色の乳暈になかば埋もれた乳首を愉しげに眺めた達也は、左右のストラップをナイフで断ち切り、用をなさなくなったブラジャーを無造作にむしりとった。

「さあ、セーターをおろしていいよ」

達也の言葉にほっとしたように夫人がサマーニットをおろした。

「……ああ……」

毛羽だったニットが繊細な肌をくすぐる感触とともに新たな羞恥が夫人を襲う。薄く柔らかなサマーニットの生地が乳房の形状をくっきりと浮き立たせてしまうのだ。

「フフ、乳首の位置までわかってしまって、とってもいやらしいね」

夫人の羞恥を煽るように達也が笑った。プクンと微かに尖った乳首の突起も隠しきれないそのシルエットは、ある意味で剝きだしの乳房を眺めるよりもエロティックだった。

「さあ、今度はこっちだ。動いちゃダメだよ」

夫人の背後にまわった達也はスカートの裾を大きくまくりあげ、エプロンの紐に挟み込むように留めあげてしまった。ベージュのショーツに包まれたむっちりと熟れた夫人の双臀が露わになる。達也がショーツを一気に膝下まで剝き下げた。

「……ああっ……いやっ……」

最も秘めておきたい女の聖域が外気にさらされるおぞけだつような羞恥に、夫人は固く握りしめた手を口元にあて、ブルブル身を慄わせる。

「フフ、綾香の素敵なお尻が丸見えだ」

細い足首を摑んでショーツを抜きとった達也が、白磁のように艶やかな丸い双臀を見つめて笑った。

「さあ、これでいい。これが綾香の定番コスチュームだ。じゃ、仕事をしていいよ」

「……仕事って……」

「洗濯、掃除、それから炊事、主婦の仕事に決まってるでしょ。日課を放っておくわけにはいかないんだから。でも、そのあいだも僕を愉しませてくれないとね」

ショーツの船底の甘く熟れた女の匂いを嗅ぎながら、達也が悪魔のように屈託のない微笑みを浮かべた。


ブーンという微かなモーター音とともにフローリングの床に綾香夫人が掃除機をかけていく。

窓の外からは小鳥のさえずりが聞こえ、レースのカーテンから初夏の陽光が射し込む午前のひととき――それはいつもなら閑静な住宅街にふさわしいごく日常的な光景のはずだった。

だが、そののどかで穏やかな光景が一変してしまった。スカートを腰の上までめくりあげられ、ショーツさえ奪われた双臀をさらしながら掃除機をかけなければならない――その羞恥と屈辱に夫人は細い唇をギュッと噛みしめた。

（……ああ……どうしてこんなことに……）

夫人の瞳にうっすらと涙がにじんだ。

そんな夫人の姿が達也にはこの上なく愉しい。黒いブリーフ一枚になった姿で夫人のまわりを軽やかに歩きながら、淫らな視線を浴びせていく。

それはこのふた月、家事にいそしむ夫人の姿を盗み見ながら夢にまで見た光景だった。これまでは想像するしかなかったスカートに包まれた夫人の丸い双臀が、現実のものとして眼の前で右に左に揺れている。

白く艶やかな双臀の谷間には絹草のような黒い繊毛に縁どられた桜色の肉の合わせ目が覗き、ともするとその上に秘め隠された未開の肉の蕾までがくっきりと見てとれた。いかにも夫人らしい慎ましやかな肉のすぼまりだった。

夫人が動くたびにブラジャーの抑えを失ったたわわな乳房がニットの下でプルンプルンと淫らに揺れ踊り、前にまわればクルーネックのゆったりした襟元から白い乳房の谷間が手に取るように窺える。

達也はブリーフの生地をテントのように突っ張らせ、欲望が体内にみなぎる心地よさに酔った。淫猥な笑みを浮かべて夫人のまわりを軽やかな足どりでまわりながら、熟れた人妻の身体を飽きることなく眼で犯していく。

洗濯と掃除を終えた綾香夫人はキッチンに立った。

朝食に使った食器を洗う手の動きが、ふと緩慢になる。双臀をさらしたままの家事は耐えがたいほど羞ずかしく屈辱的なものだったが、夫人にはこの洗い物でその家事が終わってしまうことの方が恐ろしかった。

（……また犯されるのだろうか……）

なんとしてもそれだけは阻止しなければならない――そう思うのだが、ではどうやって逃れればいいのかという方策が浮かばない。

だが、夫人のその不安と恐れは思ってもみない形で裏切られた。

「ひっ……な、なにをするのっ……」

ブリーフを脱ぎ捨てて全裸になった達也が背後から夫人の身体を抱きすくめたのだ。ニットに包まれた乳房がギュッと握りしめられる。

「なにをって、決まってるでしょ。フフ、綾香がさっきからずっと考えていたことをしてあげるのさ」

無邪気に笑った達也は、夫人の剝きだしの双臀の谷間に熱く硬い怒張をグッと押しつけた。ヒンヤリと柔らかな肌の感触が心地よい。

「いやっ……やめてっ……も、もう、こんなことはしてはいけないっ……」

夫人は懸命に身を揺すりたて、達也の手首を握って逃れようとした。

「僕に逆らっていいのかな。僕を怒らせない方がいいと思うよ。綾香の大切にしているものを失うことになってしまうよ。さあ、その手を放すんだ」

耳元で囁かれた悪魔の言葉——その囁きに綾香夫人は逆らうことができない。胸から引き剝がした達也の手首を握っていた手を放した。

「そう、いつでも従順に僕に従うこと。それが綾香の務めだ」

歌うように言った達也の手がふたたび乳房を包み込み、その量感を確かめるようにシナシナと揉みたてる。

「……ああ……ゆるして……」

二肢が達也の膝でこじ広げられ、無防備な女の源泉に巌のような亀頭をググッとあてがわれてしまう。

「フフ、キッチンでエプロン姿の綾香を後ろから犯すのが夢だったんだ」

その夢がかなうとばかりに達也が腰を突き入れた。

「ひいいいっ、いやあああっ……」

ズブウッ——野太い怒張で花芯を深々と刺し貫かれる衝撃に綾香夫人が白い喉をさらして悲鳴を噴きこぼした。

「もうこんなにオマ×コを熱く濡らしてしまって——。トロトロの肉が僕のおチン×

ンにいやらしく吸いついてくるよ。フフ、丸出しのお尻を僕に見られて感じていたんでしょ」

「……そんな……う、嘘です……」

せつなく顔を振って否定したが、花芯の淫らな濡れに驚いたのはほかならぬ夫人自身だった。

「素直じゃないね。フフ、でも、こうすればいやでも素直になれるでしょ」

悪戯っぽく笑った達也が大きなストロークで腰を使い始めた。

「あっ、い、いやっ……ああっ、や、やめてっ……」

綾香夫人が狼狽も露わに顔を振りたてる。硬く張りだした鰓でズルウッとめくり返すように秘肉を擦りあげられ、ズブウッと肉道を押し開くように花芯の最奥まで抉りぬかれると、腰の芯が熱く痺れ、快美なさざ波が背筋を駆けのぼっていく。

（……ああっ、ど、どうしてっ……）

望んでもいない理不尽な侵犯を無理矢理受けさせられているというのに、早くも自分の中の女が官能に向かって崩れ落ちていこうとしている——その気配に夫人は慄然とした。昨日、際限なく犯しぬかれ愉悦に狂わされた自分の身体は達也の禍々しい男根にすっかり馴らされてしまったのだろうかという怯えが心をかすめる。

「……ううっ、んんんっ……」

昨日の繰り返しになってはならない——、なんとしても耐えぬかなければ——、羞ずかしい声をあげて負けてしまうわけにはいかない——夫人は唇をギュッと引き結び、喉元を衝きあげる熱の塊りを必死の思いで嚙み殺した。

「フフ、我慢している綾香って好きだよ」

余裕の笑みを浮かべて面白がるように言った達也はまったく焦らない。ネットリと怒張に絡みつく柔肉の感触を味わうように、悠々と腰を使ってゆったりと責め嬲っていく。夫人の身体の前にまわした手がサマーニットをたくしあげ、マシュマロのような柔らかさの乳房を包み込むように握りしめた。

「お乳がこんなに汗ばんでしまって、ほら、もう乳首がカチンカチンに硬くなって気持ちいいって言ってるよ」

淫らなまでに尖りきった乳首を達也は指で摘みあげ、コリコリと揉みしごく。

「ああっ、だ、だめっ……あああっ……」

身体の芯にしみいるような甘美な刺戟に、きつく閉じ合わせていたはずの唇があえなく決壊し、綾香夫人は喉をせつなく慄わせてこらえようもなく啼いてしまう。

その声を待っていたかのように達也の抽送のピッチがあがった。

「ああっ、い、いやっ……ああっ、や、やめてっ、ああっ、あああっ……」

ジュブッ、ジュブッ、ジュブウッ――リズミカルに女芯を抉りぬいてくる硬く野太い男根の律動がたまらない。達也の腰遣いに合わせるように羞ずかしい声が噴きこぼれてしまう。腰骨が蕩けるように痺れ、膝の力がスーッと抜けていく。あまりの快美さに足を踏ん張って立ち続けていることができない。夫人は流しに身体を預け、すがりつくように蛇口を握りしめた。

「ああっ、いやっ、あああっ……ああっ、だめっ、あひいいっ……」

怒張を引かれ肉襞を擦りあげられるたびに羞ずかしいほど声が愉悦に慄え、最奥まで花芯を突きあげられると、夫人の意志を裏切って官能にきざしきった熱い啼き声がほとばしりでてしまう。

それはキッチンという主婦の聖域で、夫以外の男――それも娘よりも若い少年に、立ったまま背後から犯されて決してあげてはならないはずの声だった。

（……相手は子供なのに……私……だめになってしまう……）

こんな羞ずかしい声をあげてはいけない――そう思うほどに艶めいた声が噴きこぼれ、こんな淫らで浅ましいことを――と自分を責めれば責めるほど、腰の芯を支配する肉の愉悦の深みが増していく。

「ああっ、だ、だめっ……あひいっ、ゆるしてっ、あああっ……」

白い指で蛇口をギュッと握りしめ、桜色に上気した顔を狂おしく振りたてて、綾香夫人は熱を帯びた声を放って啼いた。確信に満ちた達也の律動に応えるように、悩ましく腰を揺すりたててヨガリ啼いた。

「淫らで羞ずかしい、とってもいい声だね、綾香。フフ、誰に啼かされているのか、言ってごらんよ」

煽りたてるように腰を使いながら達也が意地悪く笑った。

「あひいっ……あああっ、そ、そんなこと、あああっ……」

啼き声を噴きこぼしながら夫人がせつなく首を振る。

「言えるまでやめないよ」

達也は乳房をシナシナと揉みしだき、夫人の白く柔らかな双臀にビシッビシッと腰を打ちつけるように強い律動を送り込む。

「あひいいっ……あひっ、あひいいいっ……」

腰骨が熱く蕩け、電撃のような愉悦が背筋を灼き貫いて、脳髄までもがジーンと痺れた。

「さあ、綾香は誰に啼かされているのかな?」

「ああっ……た、達也さんに、あああっ……あひっ、な、啼かされています、あああっ……」

達也への屈服を認める羞ずかしい言葉を口にすると、血が沸きたち、総身がカーッと燃えたつような背徳感が夫人を包みこんだ。

凄まじいばかりの愉悦の大波が夫人を呑み込み、一気に官能の高みへと押しあげた。甘美な痺れが四肢を走り抜け、灼けつくような快美感に脳髄が蕩けて、視界が白く弾け飛ぶ。

「ひいいいいいいっ……」

絶息せんばかりの喜悦の声を放って夫人の顔が大きくのけぞり、乳房を突きだすように背中が弓なりにそり返る。

アクメを迎えた柔肉が食いちぎらんばかりに達也の怒張をキリキリ締めつけた。

「ううう ッ──」

達也はたまらずに低く唸ると、ブルルッと腰を震わせて精を解き放った。肉茎の脈動とともに精の汚濁がドクッドクンッと肉壺深く注ぎ込まれ、トロトロに蕩けた夫人の女の芯を灼いた。

「ああうううううっ……」

獣じみた呻きをあげた綾香夫人の総身をビクンッビクンッとアクメの痙攣が二度、三度と走りぬける。

「……はあああああ……」

唾液に濡れた唇をワナワナ慄わせた夫人は、力尽きたかのように顔をガクリと前に落とすと、そのまま膝から床に崩れ落ちて意識を失った。

2 肛虐の洗礼

「……ああ……」

微かな喘ぎとともに綾香夫人は白い闇の中からうつつに帰った。

眼の前に木目も鮮やかなフローリングの床があった。その場所がどこかすぐにはわからないままに身を起こそうとして愕然とした。

「……こ、これはっ……」

いつのまにか一糸まとわぬ全裸に剝かれ、リビングのふたり掛けのソファに拘束されていた。

ソファの背に腹を押しつける格好で身体をふたつに折られ、四肢はまっすぐ引き伸ばされてソファの四本の脚にそれぞれ麻縄で縛りつけられている。

「フフ、素敵な格好でしょ」

背後から達也の笑い声が聞こえ、羞ずかしいほど高々と掲げられた白い双臀をヒンヤリとした手でソロリと撫ぜあげられた。

「ひっ……」

ビクンッと夫人の双臀が跳ねるように慄えた。

「……た、達也さん、ほどいて……こんなことをしてはいけないわ……」

首を背後に捻るようにして声を慄わせる夫人の哀訴を達也は無視した。まるく熟れた尻たぶを撫ぜた手が双臀のあわいの谷間に滑り降り、無防備にさらされた花芯に二本揃えた指がジュブッと挿し入れられる。

「ああっ……いやっ……」

夫人が顎を突きだすように顔をのけぞらせ、声を慄わせた。

「フフ、オマ×コがまだ熱いね。綾香のこのオマ×コを女にしたのはやっぱりおじさんかな？」

指を回転させるようにしてネットリとした肉襞をまさぐりながら達也が訊いた。

「処女を奪われた時は痛かった？　綾香は痛い痛いって泣いたのかな？」

「……ああ……そ、そんなこと……あなたが知ることじゃないわ……」

花芯を指で嬲られながら、夫との秘めやかな寝屋の思い出を訊かれるおぞましさに夫人は声を慄わせる。

「秘密ってことか。妬けちゃうなあ。処女から女になるってやっぱり特別なことだからね。——フフ、もう一度綾香に、処女を奪われて女にされる気分を味わわせてあげるよ」

「……な……なにを言っているの……」

意味は定かにわからないものの、言い知れぬ不安が夫人の心につのった。

「フフフ、お淑やかな綾香にはわからないかな」

悪戯っぽく達也が笑った。

「ここのことさ——」

花芯から引き抜かれた指が蟻の門渡りを這いあがり、双臀の谷間にひっそりと息をひそめる肉の蕾をヌルリと丸くなぞりあげた。

ビクンッと夫人の裸身が慄える。

「……ひっ……そ、そこは……」

夫人のおののきを伝えるように、細かな肉じわを刻まれた桜色の肉蕾がキュッとすぼまる。

「フフ、そうさ。綾香の可愛いアヌス——ここは処女でしょ。だから僕のおチン×ンでここを女にしてあげる」

「……ま、まさか……そ、そんなこと……」

いとわしい排泄器官である肛門を犯される——想像だにしたことのないおぞましい行為に綾香夫人は言葉を失った。スーッと顔から血の気が引き、総身の毛が逆立つようにおぞけが走り、ゆで玉子のような双臀が鳥肌だった。

「……いやっ、そ、そんなことしないでっ……お尻を犯すなんて、人のすることじゃないわ……」

「本当に綾香はうぶだなあ。アヌスはとっても感じやすい場所なんだ。ここで啼くことを覚えたら二度と忘れられなくなるよ」

そのことを知らしめてやるとばかりに達也は両手で柔らかな尻たぶを広げると、淡い桜色の肉の蕾をペロペロと舌で舐めあげた。

「ひいいいっ、いやああっ……だ、だめっ、そんなことしてはだめよっ……ああっ、き、汚いわっ……」

あろうことか排泄器官を舌で舐められるおぞましさに、夫人は狂ったように顔を振りたて、ガクガク裸身を揺すりたてて悲鳴をほとばしらせた。

「ふうん、そうなんだ。綾香のお尻の穴は汚いんだ」

想像以上の夫人の嫌がりように、達也の眼が嗜虐の光を帯びて妖しく炯った。

「じゃ、まず最初にアヌスをきれいにしなければいけないね。フフ、とっておきの道具があるんだ」

楽しげに言った達也はテーブルの上に用意しておいたグロテスクな器具を手に取って、夫人の顔の前にこれ見よがしに差しだした。

「……そ……それは……」

夫人のおびえた眼が巨大な注射器のようなガラス製の器具を見つめる。

「フフ、これは浣腸器っていうとっても素敵な道具さ」

不気味に光る浣腸器を嬉しそうに撫ぜて達也が笑った。

「……か、浣腸っ……」

夫人の切れ長の瞳が愕然と見開かれ、桜色の唇がワナワナ慄える。

「……そ、そんな恐ろしいこと……し……しないで……」

恐怖とおぞましさに夫人の奥歯がカチカチ音をたてて鳴った。

出産経験のある綾香夫人は生涯に二度だけ、浣腸の経験があった。有無を言わせず排泄を強いるその恐ろしい効果は身をもって知っている。病院で看護婦の手で施された時にすら死ぬほどの羞ずかしさであったのに――そう思うと気が遠くなる。

「フフ、綾香は我慢強そうだから濃い目にしてあげる」

夫人の眼の前の床にガラス製のボウルを置いた達也は、これ見よがしにグリセリンをジョボジョボ音をたてて注ぎ入れ、ポットのお湯で希釈していく。

「量もたっぷりがいいよね。三〇〇CC入れてあげるよ」

達也は歌うように言って、キューッと音をたてて浣腸器のシリンダいっぱいに薬液を吸いあげていく。

「……ああ……いや……」

病院で施されたのは医療用のノズルの管の長いイチジク浣腸だった。手の平に隠れてしまうほどの小さなものでも非情なほど確実な効果があったのに、達也が手にしている浣腸器はグロテスクなまでに野太く巨大だった。なまじ経験がある分だけ、夫人の恐怖は深く現実味を帯びていた。

「フフ、怖いの？　怖かったら思いきり泣き叫んでいいんだよ」

薬液の滴る浣腸器を手にした達也は喜びも露わに、夫人の剝きだしの双臀の前に立った。鳥肌だった雪のように白い尻たぶを摑むと、グイと谷間をくつろげる。

「……ああっ……お、お願い……やめてっ……」

　夫人は澄んだ瞳に涙を浮かべて哀訴の声を絞り、懸命に総身を揺すりたてるが、四肢を厳しく拘束した縄目はびくともしない。

　ズブッ——小指ほどもある嘴管が容赦なく慎ましやかな肉の蕾に突き入れられた。

「ひいいっ、いやああっ……」

　冷たく硬いガラスの異様な挿入感に夫人が総身を揺すりたて、喉を慄わせて悲鳴をあげた。

　身も世もないその嫌がりようが達也にはこの上なく楽しい。淫猥に頬をゆがめ、二度、三度と嘴管を抜き差ししては、夫人の恐怖を煽りたてた。

「さあ綾香、たっぷり味わうんだ」

　ひとしきり夫人の悲鳴を絞りとった達也がゆっくりとポンプを押しこんだ。

「……ああっ、い、いやっ……ゆるして……ああっ、入れないでっ……」

　チュルチュルと双臀の中に注ぎ込まれる生温かい薬液のおぞましい感触に夫人の身体がガクガク慄え、眼からあふれでた涙が血の気を失った頬を伝い落ちる。

「もう手遅れさ。一滴残らず綾香のお尻が飲んでしまったよ」

　ヌプッと嘴管を抜き取った達也が会心の笑みを浮かべた。

「……ああっ……こ、こんなっ……」

夫人が狼狽したように顔を慄わせた。濃厚な薬液が双臀の最奥で渦を巻き、蠕動をうながすべく早くも腸壁を刺戟し始めたのだ。夫人の下腹がグルグル不気味な音をたてた。もうその非情な効果から逃れることはできない。

「……ああ……た、達也さん、あなたは人ではないわ……悪魔よ……」

綾香夫人は絶望感に顔を振りたて、嗚咽とともに声を慄わせる。

「フフ、悪魔か。だったら、もっと悪魔らしいことをしてあげるよ」

達也は天を突かんばかりに屹立した怒張に手を添えると、無防備にさらされた夫人の花芯を深々と刺し貫いた。

「ひいいっ、いやあああっ……」

ズブウッと花芯を抉りぬかれ、子宮口を突きあげられた衝撃に夫人の背が大きくのけぞり、悲鳴が噴きこぼれる。浣腸を施された身を犯されようとは思いもしないことだった。

野太く硬い男根に深々と穿たれた花芯がジーンと痺れ、薄肉一枚隔てた腸が悪魔の薬液に灼かれてキリキリ軋みながら不気味な蠕動をくり返す。

「……ああっ……こ、こんな……酷すぎます……」

下腹が差し込むような痛みと、花芯の快美なざわめきが交錯する妖しいおぞましさ——その底からジワジワと便意がこみあげてくる。

「……だ、だめっ……ううっ……」

苦鳴とともに夫人は肛門をキュッとすぼめて便意をこらえる。括約筋の動きはそのまま膣へと連動する。意志に反して、思わず肉棒を食い締めてしまった花芯から快美な刺戟が背筋を走った。

「……ああっ……いやっ……」

「フフ、そんな声をだしてしまって、どうしたの。オマ×コがヒクヒクおチン×ンに吸いついてくるよ。もしかして綾香は、浣腸されて感じているの？」

こみあげる便意に怯えて肛門がすぼまるたびに肉壺がギュッと収縮する心地よさに酔ったように達也が笑った。

「……そ、そんな……ああっ……」

美しい額に苦悶の縦じわを刻みこんで綾香夫人が喘いだ。脂汗にジットリと濡れた裸身がブルルッと慄える。

「……ああ……ゆ、ゆるして……苦しいの……」

花芯の快美感さえ消し飛ぶほどに、確実に高まっていく便意に夫人がせつなく首を振った。

「そろそろ限界かな」

達也が怒張をズルッと花芯から抜き取った。

「あっ……だ、だめっ……」

一瞬、スッと腰から力が抜けてしまいそうなえもいわれぬ感覚に夫人の声が引きつり慄える。

「フフ、ウ×チを我慢する綾香の顔も可愛いね」

淫液にまみれた男根をそびやかした達也が夫人の顔を覗き込んで微笑んだ。

「……ううっ……」

すでに夫人には達也の揶揄に反駁する余裕はなかった。キリキリ噛みしめた唇の奥から苦悶の呻きを洩らして、生汗の浮く蒼ざめた顔を呻吟するように振った。こみあげる便意をこらえるたびにジットリと汗ばんだ裸身が緊張してこわばり、丸い双臀がブルブルおののくように慄える。だが、ずっと肛門をすぼめ、力み続けているわけにはいかない。

「……ああ……」

せつない喘ぎとともにつかの間、総身が弛緩し、悩ましく双臀が揺れる——その繰り返しだった。

「……ああ……も……もうだめ……」

綾香夫人の涙で濡れた瞳が救いを求めるように達也を見あげた。

「……た……達也さん……お願い……苦しいの……お、おトイレへ行かせて……」

荒い息のあわいから洩れでるような哀訴の声が羞恥に慄える。

「フフ、綾香、学習しなくちゃだめだよ。昨日たっぷり教えたはずだろ。なにかをお願いする時には僕に仕える女としての誠意をまず示すんだ」

淫らな花蜜にまみれ、テラテラとぬめ光る怒張が、夫人の顔の前にヌッと突きだされた。

「……そ……そんな……ゆるして……」

祈らんばかりにせつなく声を慄わせる夫人に、達也はニヤニヤと意地の悪い笑いを返すだけだった。

グルルルッ——夫人の下腹部が不気味な音をたてて鳴動し、白い双臀がブルルッと慄えた。ますます切迫する強烈な便意の前に夫人は屈せざるを得なかった。

「……ああ……」

せつなげに唇を開くとヌメリを帯びた赤黒い亀頭を口腔に導き入れた。

「フフ、綾香の淫らな味がするでしょ」

「……んんんっ……」

勝ち誇ったように悠々と腰を使われ、口腔を犯してくる肉棒のおぞましさに嫌悪を感じている猶予すら綾香夫人にはなかった。

「……ああっ……お、お願いっ……おトイレへ、行かせてっ……」

激しく首を揺すりたてて怒張を振り放つと、夫人は切迫した声をあげて訴えた。

「ハハ、綾香らしくないあわてぶりだね。急がないとせっかく掃除をした床が台なしだ」

軽やかに身を翻した達也は部屋の隅に置いてあった奇怪なガラス器を取り上げた。

「……そ……それは……」

「フフ、これは綾香のために用意したオマルさ」

こともなげな達也の言葉に夫人の眼が驚きと恐怖に見開かれる。

ペリカンの嘴のような不気味な開口部を持つその大きなガラス器は介護用の尿瓶だった。この場で、達也の前で排泄を強いられる——気が遠くなるような汚辱に夫人の唇がワナワナ慄えた。

「……いや……い、いやですっ……そんなことは絶対にいやっ……」

「いやなら別に使わなくたっていいんだよ」

意地悪く笑いながら達也が夫人の剝きだしの双臀の前に屈みこんだ。キュッとすぼまりかえった桜色の肉の蕾を小気味よさげに覗き込みながら、白く細い指先が淫らに開いた花弁の縁をなぞるように弄ぶ。

「ひいっ……だ、だめっ……」

夫人が激しく総身を揺すりたてて引きつった悲鳴を噴きこぼした。肉莢を押しのけるようにツンと屹立した女の芽を達也の指先がスリスリ擦りあげたのだ。

「フフ、浣腸されて必死にウ×チを我慢してるというのに、クリトリスがこんなにコリコリ硬く勃起してしまって、女の身体って不思議だね。それとも綾香が淫ら過ぎるのかな」

「……あああっ……いじめないでっ……」

達也の非情な指先でヌプヌプ揉みしごかれた肉芽から、電撃のような痺れが腰の芯を襲った。

「ひいっ、いやっ、だ、だめっ……で、でてしまうっ……」

ぬめ光る裸身をガクガク踊らせて綾香夫人が切迫した悲鳴をほとばしらせた。

暴発寸前の便意は押しとどめようがなく、いま縄の拘束を解かれてもトイレにまではとてもたどり着くことはできない――すでに忍耐の限界を超えてしまった絶望的な状況の前に、夫人は屈せざるをえなかった。

「ああっ……お、お願いっ……そ、それを使わせてっ……」

身を灼くような羞恥とともに夫人が声を慄わせる。

「それってなにかな?」

「……ああ……そんな……お、オマルです……」

鳥肌だった双臀がブルルッと断末魔の痙攣を見せ、懸命にキュウッとすぼめた肛門がおののくようにピクピク蠢く。

「フフ、誰のオマルなのかな? 学習しなくちゃだめだと教えたばかりだろ。きちんと僕にお願いしなければだめだよ」

どこまでも意地悪く達也が夫人をいたぶる。

「……ああっ……達也さん……あ、綾香の、お、オマルを……っ、使わせてくださいっ……は、早く……お願いですっ……」

「フフ、素直に言えたご褒美にオマルを使わせてあげるよ。さあ、このきれいなお尻から思いきり羞ずかしいウ×チをしてみせるんだ」

達也が尿瓶の口を夫人の熟れた双臀の谷間にあてがった。

「……あぁっ……」

ヒンヤリとしたガラスの感触に、綾香夫人が安堵とも絶望ともつかぬ声をあげて喘いだ。

間髪を入れずにブルルッとおぞけのような慄えが総身を走り抜け、重い乳房がプルンッと揺れ踊り、夫人の崩壊が始まった。

ギュウッとすぼめられた肉の蕾の中心から先走りの汁がチュルルッと漏れでて蟻の門渡りを伝い落ち、淫らに開いた肉襞を濡らした。

「ああっ、いやっ……お願いっ、み、見ないでっ……見てはだめっ……」

悲痛な声とともに、肛門の肉襞が内からプックリと膨れあがったと思うまもなく、淑やかな夫人には似つかわしくない無惨な音をあげて桜色の肉蕾が決壊した。

「いやああああっ……」

夫人は狂ったように顔を振りたて、懸命に汚辱のほとばしりを食い止めようとしたがそれはもはや不可能だった。ジャーッ——恥辱の水音も高らかに褐色の奔流が肉口から噴きだし、尿瓶の底を激しく叩いて黄金色の渦を巻いた。

「ハハ、綾香のウ×チもやっぱり臭いや」

煽りたてるように達也が歓声をあげた。

「……ああっ……こ、こんなっ、酷い……いやあっ……」

気が遠くなるような羞恥と屈辱に慎ましやかな綾香夫人はヒイヒイ喉を絞って泣きじゃくった——。

3　第二の初夜

達也が尿瓶の始末をし、濡れタオルで双臀の汚れを拭き清めても綾香夫人の嗚咽はおさまらなかった。

「フフ、浣腸はそんなにつらかったの？」

夫人の前に屈みこんだ達也が細い顎を摑んで泣き濡れた顔を覗き込んだ。

「……さ……さわらないで……」

そむけようとする顔をグイと引き戻した達也の唇が、嗚咽に慄える夫人の唇に重ねられた。

「……ううっ……」

夫人は唇を引き結んでくちづけを拒もうとした。その抵抗をいなすように達也の舌が柔らかな唇を悠々となぞりあげていく。重たげに揺れる乳房を掬いとるように手の平で包み込み、ジットリと汗ばんだ膨らみを優しい手つきでいつくしむようにシナシナと揉む。

浣腸の恥辱に身も世もなく泣いたばかりだというのに、乳房が熱を帯び、疼きにも似たざわめきたつような甘美な感覚が女肉に染み込んでいく。

(……ああ……な、なぜ……)

狼狽とともに夫人が喉の奥で低く呻いた。まだ少年なのに憎らしいほど女を扱う手管にたけ、確信に満ちている——昨日から何度となく覚えた疑念が頭をよぎった。だが、そんな疑念は官能の罠から逃れるためのよすがにはならない。気づいた時には唇を割り開かれ、やすやすと舌を絡めとられていた。

「……んんんっ……」

痺れるほど強く舌を吸いあげられると、ジーンと花芯が疼いた。さらしあげられた夫人の双臀が淫らに揺れ、喉の奥からせつない声が洩れる。

「フフフ、思いきり泣きじゃくったあと、優しく愛撫されるとたまらなく感じてしまうでしょ」

唇を離した達也が悪戯っぽく微笑んだ。

「……そ、そんなこと……ありませ……あああっ……いやっ……」

否定しようとする言葉があえかな喘ぎに裏切られた。乳房を揉みしだいていた達也の指先が硬くしこりきった乳首をシコシコと揉みしごいたのだ。羞ずかしい声をあげずにはいられないほど甘美な感覚だった。

「……ああっ……あ、あなたはいったい……どうして、こんなに……あああっ……」

狼狽も露わに綾香夫人は思わず疑問を口にしていた。

「フフ、僕の身体にはどうしようもなくあの男の血が流れているということさ」

自嘲気味に笑った達也の顔に一瞬、暗い影がさした。

「……あの男……」

「沖田哲男、父親さ。──お母さんは毎晩、あいつに縛られて啼かされていた」

「……ああ……そんな……」

希代の猟色家である父親に縛られ異常な責めを受けて啼き悶える美しい母、その姿を毎夜盗み見ている幼い達也──無残な情景が綾香夫人の心をよぎった。

「……こ、これはお父さまへの復讐なの？……」

「復讐はもうとっくに終わったよ。あいつの奥さん、僕にとっては継母ということになるらしいけど──あいつの新しい女や愛人をみんな僕の牝にしてやったからね」

言葉を失い茫然とする夫人の顔を見つめる達也が不気味な嗤いを浮かべた。

「フフフ、僕はあの男を超えたんだ。綾香はその記念の女になるんだ」

乳房から手を放した達也は仁王立ちになり、睥睨するように夫人を見おろした。漆黒の闇のような眼が嗜虐の光を宿して妖しいきらめきを見せ、股間にそそり立つ男根が邪悪なオーラを放つように揺れた。

「……ああ……そ、そんな……いや……」

実の父の女たちを凌辱しつくした少年——身体の芯が凍りつくような恐怖が夫人をとらえた。

達也の華奢な裸身がひとまわりもふたまわりも大きくなったように感じられる。グロテスクなまでに屹立した男根をそびやかし、屈託のない微笑みを浮かべるその姿は悪魔の化身さながらだった。

「フフ、涙もおさまったみたいだね。じゃ、休憩は終わりだ」

テーブルから赤色のチューブを手にとった達也がトロリとした透明なジェルを禍々しい怒張に垂らしかけ、ゴツゴツ節くれだった肉茎と毒蛇の鎌首さながらの亀頭に両手で擦り込むようにまぶしていく。

「さあ、綾香の素敵なお尻の処女を奪って、女にしてあげる」

ジェルにまみれテラテラと不気味に光る男根を揺すりたてながら達也が綾香夫人の

背後に立った。白桃のように熟れた双臀の谷間を両手でグイと押し広げる。

「いやっ、いやですっ……お、お尻なんて……人のすることではありませんっ……お願い……やめてっ……」

夫人は総身をガクガク慄わせ、引きつった悲鳴を噴きこぼした。

だが、無慈悲にも、浣腸液に灼かれてプックリと膨らんだ桜色の蕾に赤黒い亀頭がグッと押しあてられてしまう。

「ひっ、い、いやっ……ああっ、ゆるしてっ……達也さん、お、お願いですっ……あぁっ、しないでっ……」

ヌメリとした硬い亀頭の感触が排泄器官を犯されるというおぞましい現実を際だたせた。あまりの恐怖に夫人の奥歯がガチガチと音をたて、哀訴の声が引きつるように慄える。

「始めるよ、綾香」

尻たぶを摑んだ手に伝わる夫人のおののきを心地よく味わいながら、達也が怒張に体重をのせるようにして未開の肉口への侵犯を開始した。亀頭が肉蕾を双臀の奥へと押し込み、硬く狭い肉門をメリメリ押し広げる。

「ひいいいっ、いやあっ……い、痛いっ……ああっ、やめてっ……」

思いもよらぬ激痛に綾香夫人はかぼそい顎を突きあげるようにして絹を裂くような悲鳴をほとばしらせた。

「フフ、処女を奪われるんだもの痛いのは当然さ。痛ければ泣けばいい。思いきり泣き叫んで僕を楽しませてよ」

必死に逃れようとする双臀をグイと引きつけ、硬い肛肉をミシミシ軋ませるようにして達也は未開のすぼまりに怒張をめり込ませていく。

腹の底から大きく息を吐くようにして双臀の力を抜くと肛辱の痛みは軽減されるが、嗜虐の悦びに酔う達也にはそのことを夫人に教える気はさらさらない。

また、それを教えたところで、排泄器官を犯されるという汚辱に怯える夫人に双臀の力を抜くことなどできようはずもなかった。

「……ひいいっ……い、痛いっ……ああっ、痛いのっ……」

双臀が引き裂かれるような痛みに、夫人は呻吟するように顔を右に左に捻じ振って苦鳴を噴きこぼした。脂汗がネットリとにじみでた額には苦悶の縦じわが深々と刻まれ、紅潮した頰を新たな涙が伝い落ちる。

「……ああっ……ゆ、ゆるして……」

ジットリと濡れた裸身をガクガク揺すりたてて夫人は泣いた。ソファの脚に縛りつけられた手が血の気を失うほどギリギリ握りしめられる。

ズブリッ――硬い亀頭がとうとう最も狭い肉門を突き破り、節くれだった野太い肉茎がズブズブと夫人の双臀の最奥へと沈み込んでいく。

「ひいいいいいっ……」

脳天まで突き抜けるような激痛に綾香夫人はのけぞらせた顔をブルブル慄わせて断末魔の悲鳴をほとばしらせた。

真っ赤に焼け爛れた鉄杭を打ち込まれたように双臀の芯がヒリヒリと灼け、ジンジン痺れる疼痛が背筋を駆けのぼる。胃の腑まで怒張で貫かれたような異様なまでの拡張感がクサビさながらに身体を支配し、身じろぐことさえままならない。

「……ああ……こ、こんな……ああっ、い、いや、あああっ……」

ハヒイハヒイッと荒い息をふいごさながらに噴きこぼしながら、排泄器官を肉棒で深々と縫いあげられたおぞましい感覚に、夫人は唇をワナワナ慄わせて嗚咽を洩らした。

「フフ、やっぱり泣いてしまったね。可愛いな、綾香は」

淑やかな人妻の美臀に女の道をつけた悦びも露わに、達也が勝ち誇ったように笑った。

怒張を圧し潰さんばかりに食い締めてくる生ゴムのような肛肉の味わいに腰が痺れ、生汗にネットリと濡れ光る裸身をワナワナ慄わせて啜り泣く、夫人の尾を引くような嗚咽がなんとも言えず心地よい。

達也は夫人の背に覆いかぶさるように上体を倒すと、かぐわしく甘い匂いを放つうなじに唇を這わせた。たわわに揺れる乳房を両手で掬いあげ、ジットリと汗ばむマシュマロのような弾力を楽しみながらシナシナと揉みしだく。

「……あぁっ……い、いや……やめて……」

双臀の最奥を支配するおぞましい拡張感と疼痛に、乳房とうなじから送り込まれるこそばゆいような甘美な感覚が交錯し、綾香夫人の意識をゆっくりと蝕んでいく。

「……お願い……ゆるして……あああ……」

うなじから耳朶へと執拗なまでに柔肌を這いずる舌と官能を呼び覚ますように揉み込まれる乳房への愛撫――いつしか夫人の嗚咽は影を潜め、はあ、はあっと音をたてて噴きこぼれる荒い息のはざまに、喉を慄わすようなあえかな喘ぎが洩れ聞こえ始めた。

（……ああ……熱い……お尻が熱い……）

気がつくと双臀を支配していた疼痛がジーンと灼けつくような熱い痺れに変わって

いた。双臀の芯におき火を埋め込まれたような息苦しいばかりの熱に煽られ、桜色に上気した裸身に新たな生汗がネットリとにじみだす。

「……はああっ……はあああっ……」

次第に官能の色に染まっていく喘ぎを洩らしながら、綾香夫人の泣き濡れた顔がせつなげに揺れた。

「フフ、そろそろお尻で啼きたくなってきたでしょ」

達也が耳元で悪魔さながらに囁いた。

「……そ、そんなこと……」

あるはずがない——弱々しく左右に振られた夫人のその顔がグンとのけぞり返り、

「ひいいっ……」と喉を絞るような悲鳴が噴きこぼれた。深々と双臀に埋め込まれ続けていた怒張がズズズウッと引き抜かれたのだ。

「……ああっ……い、いやっ……」

双臀を内側から捲り返され、内臓を引きずり出されるようなおぞましい感触に夫人の総身がブルブル慄える。

ズブリッ——すぼまりまで引き抜かれた赤黒い亀頭がプクンと膨れた肉蕾を谷間にふたたび押し込み、肛襞を巻き込むようにズブウウッと白い双臀の最奥へと突き入れられた。

「あひいいっ……や、やめてっ……」

狭い肛道を押し広げながら縫いあげられる汚辱に満ちた挿入感に綾香夫人が唇をわななかせて悲痛な声を慄わせる。

「フフ、だめだよ。綾香がお尻の味を覚えるまでやめないよ」

乳房をこねるように揉みあげながら、達也は硬い肛肉を練り込むような大きなストロークで腰を使った。

「ああぁっ……ゆ、ゆるしてっ……あひいっ、あうううっ……」

初めて知らされる肛辱のいとわしく異様な感覚に夫人は顔をのたくらせて哀訴の声をあげるが、もちろん聞き入れられるはずもない。ズルルウッと引き出された肛肉をズブッズブウウッと押し込まれるおぞましいばかりの抽送が容赦なく繰り返される。

「あひいいっ……し、しないでっ……お願い……ああっ、あああっ……」

双臀の内側を責めさいなんでいた熱が怒張の動きに煽られるように、熱いうねりとなって総身に広がっていく。練りあげられた秘肛がいつしかトロトロに蕩け、得体の知れない妖しい感覚が夫人の女肉をジワジワと侵食し蝕んでいた。

「……ああっ……こ、怖いっ……ああぁっ……怖いのっ……」

腹の底からこみあげてくる熱の塊りが喉を灼き、暗い官能に染まった声となってこらえるいとまもなくわななく唇から放たれる。

「……あううっ……あああぁっ……」

あろうことか、排泄器官を犯されて羞ずかしい声をあげてしまっている――その低くきざしきった啼き声に誰よりも夫人自身がうろたえあわてた。

「ああっ、い、いやっ……あうっ、や、やめてっ、あああっ……」

哀訴の声をあげて泣き濡れた顔を振りたくり、総身をガクガク揺すりたてて悪魔の所業から懸命に逃れようとする。

「フフ、淫らなお尻だ。熟れた身体はやっぱり覚えが早いや。もうすっかり啼けるようになったみたいだね」

上体を起こした達也が、逃しはしないとばかりに夫人のくびれた腰をがっしりと両手で押さえ込んだ。白く丸い双臀にビシイッと肉音も高く腰を叩きつける。

「ひいいっ、いやっ……あううっ……」

肛道を突き抜け、腸を抉り抜かれるような衝撃に綾香夫人が白い喉をさらして悲鳴をほとばしらせた。

夫人が肛辱の味を知覚したと判断した達也は容赦がなかった。肛肉を練り込むような、これまでのゆったりとした腰遣いとは一転した叩きつけるような激しい抽送で豊かに熟れた双臀を責めたてる。

「あひいっ、だ、だめっ……ああっ、ゆ、ゆるしてっ、あううう……」

ズンッ、ズズンッと甘く重い衝撃が腰骨を砕くように女体を貫いていく。熱い痺れが背筋を灼き、脳天で次々と爆ぜ続ける。夫人は生汗にぬめ光る乳房をタプタプと弾ませ、狂おしいばかりに顔を振りたくってなまめいた声を噴きこぼしてヨガリ啼いた。

(……ああ……こんな淫らなことを……)

お尻の穴を犯されて羞ずかしい声をあげて啼いてしまうなんて、そんなことはあってはいけない、絶対に許されない——白く灼け痺れていく脳裡で貞淑な夫人の意識が最後の抵抗を試みる。

だが、次から次へと腰の芯から押し寄せる妖しい官能の波を堰き止めることはできない。それどころか、いとわしい排泄器官を犯されて淫らに啼き悶えているという背徳感がますます官能を増幅し、夫人の脳髄をトロトロに溶かしていく。

「あうっ、あううっ……ああっ、だ、だめっ……ああっ、お、おかしくなってしまう……あうううんっ……」

「おかしくなるんじゃないよ。これが綾香の本当の姿なのさ。綾香は淫らでスケベな牝なんだ」

そのことを教えこんでやるとばかりに達也がますます激しい律動を夫人の双臀に送り込む。ビシッ、ビシイッと腰が叩きつけられるたびに柔らかな夫人の尻たぶが淫らにたわみプルプル慄える。

「ひいいっ……ああっ、だ、だめっ、あうううっ……ああっ、ゆ、ゆるしてっ……あうっ、あうううんっ……」

哀訴の声をあげながらも、その声を裏切るような愉悦に染まったヨガリ声がとめどなく噴きこぼれる。

容赦なく抉りぬかれる肛道が灼けつくようにジンジン痺れ、気が遠くなるほどの妖しく快美な官能が怒濤のように夫人の四肢を駆けめぐった。

「フフフ、たまらないんだろ、綾香。素直になりなよ。さあ、綾香はお尻が気持ちいいって声にだして言うんだ」

妖しい官能に翻弄され、身も心もトロトロに蕩けてしまった夫人は悪魔さながらの命令にもうあらがうことができない。

「あひいいっ……ああっ、あ、綾香は……お、お尻が……あああっ、気持ちいいですっ……」

羞ずかしい屈服の言葉を口にすることすらがめくるめくほどの快美な刺戟だった。脳髄が灼け痺れるような背徳の愉悦に飲み込まれて、夫人は一気に官能の高みへ昇りつめてしまう。

「ひいいいいいいっ……」

麻縄で縛られた四肢を振りもがかんばかりに身体をそり返らせ、虚空に向かって顎を突きあげた夫人の唇から喜悦を告げる叫びが噴きこぼれた。生汗にまみれ、妖しいまでにぬめ光る裸身がブルッブルルッとアクメの痙攣に慄える。

「ううっ――」

低く呻いた達也が、キリキリ食い締める肛肉のえもいわれぬ感触を味わいながら、快楽の飛沫を解き放った。秘肛を深々と抉りぬいた怒張がビクンビクンと脈動し、熱い精のほとばしりを夫人の双臀の最奥へと注ぎ込む。

「……あうううう……」

汗と涙と涎にまみれた夫人の桜色の唇がわななくように慄え、獣じみた淫らな声が長く尾を引くように噴きこぼれた。声を放ち終えても喉の奥から声にならない声をさらに絞りだすように唇がワナワナ慄え続け、やがて精も根も尽き果てたとばかりにガいからヌプウッと怒張を抜きとった。
ヒクリヒクリと肛肉が肉茎を食い締めるアクメの余韻を堪能した達也が双臀のあわ
「フフ、お尻の味を知ったばかりなのに、とっても素敵なイキっぷりだったね」
クリと首が前に落ちた。

激しい凌辱にさらされ赤みを帯びた肉口は肛襞も露わにプクンと捲れ返って、背徳の道をつけられた漆黒の闇をまるく覗かせて淫らな蠢きを見せている。

女の道をつけられた証しである、その穿たれた闇の中からトロリと精の残滓が流れだした。蟻の門渡りに白い航跡を残しながら淫らに開ききった花弁を伝った白濁は、夫人が絞りだした濃厚な樹液の跡をたどるように加速して、白い内腿をツーッと滑り落ちていく。

「さあ、お尻で気をやった淫らな顔を僕に見せるんだ」

前にまわった達也が、ガクリとうなだれた夫人の顔をさらしあげた。

汗と涙で濡れ、肉の愉悦に洗われたその顔は神々しいまでに艶めいて、匂いたつような色香をにじませていた。

「……ああ……羞ずかしい……」

しどけなく開いた唇からハアハア荒い息をこぼしながら綾香夫人は消え入りたげに

瞳を伏せた。その仕草はすでに男の力と官能に屈した女のものだった。

「フフ、可愛いね。お尻で啼かされてしまったら、もう綾香は完全に僕の牝だ」

達也は半立ち状態の逸物を夫人の顔の前に突きだした。

「さあ、従順な牝の務めを果たしてもらおうかな。綾香を思いきりヨガリ狂わせてあげたおチン×ンを清めるんだよ」

「……ああ……」

せつなく喘いだ夫人だったが、その屈辱の務めを拒む気力はもう残っていなかった。おずおずと唇を開くと、グロテスクな肉塊を掬いあげるようにして咥え、口腔に導き入れていく。

「……んんんっ……」

水をたっぷりと吸った重いスポンジのような生柔らかい亀頭に舌を這わせると、むせ返らんばかりの男の精と穢れの匂いが口腔を満たした。

綾香夫人は固く瞳を閉じ、舌で亀頭を吸いあげながら肉茎を唇で擦りあげて、達也の牝となった証しである務めを果たしていく。

すると、その従順さに応えるように、肉塊が生気をよみがえらせた。口にあまるほどに膨れあがり、鋼のような硬さを取り戻した肉塊は、夫人を畏怖させる肉の凶器へと変貌を遂げた。

「フフフ、綾香、嬉しいでしょ。またお尻で啼かせてもらえるよ」

無邪気に笑う達也の声に夫人の目尻から新たな涙があふれて頬を伝い落ちる。

その一条の涙がなにに対して流されたものなのか、快楽と汚辱に惑乱し混濁した夫人の意識には判断がつかなかった——。

第三章　仕込まれる熟臀

1　食卓の悪夢

シトシトと梅雨特有の雨が降り続く六月なかばの夜だった——。

「え、またお肉なんだっ」

夕飯の食卓についた麻里が分厚いステーキを見て驚きの声をあげた。

「昨日はチキンのパエリアで、おとといはとんかつだったわ」

「お肉は達也さんの好物なのよ」

キッチンから運んできたオニオンスープの器をテーブルに並べながら綾香夫人が諭すように優しく答える。

「もうお母さまったら達也君には本当に甘いんだから」

パステルブルーのTシャツに包まれた可憐な胸の膨らみを心持ちそらすようにして麻里があきれたように言った。

「僕は麻里お姉さんが好きなものでいいんだけど——」

達也はもちろん、自分が夫人に要求して作らせたメニューであることはおくびにも出さない。うつむいて申し訳なさそうにポツリと口にするはにかんだその姿は、どう見ても内気な少年にしか見えない。

「気にしないでいいのよ、達也君。私もお肉は嫌いじゃないから」

しおらしい達也の態度にほだされたように、気の優しい麻里はにっこりと微笑み、いただきますと言ってナイフで肉を切り始める。

「ありがとう、麻里お姉さん」

お姉さん——そう甘えたように呼ぶと末っ子育ちの麻里が喜ぶことを知っている達也がさりげなく媚びを売る。

夫人は達也の前の席に座りながら微かに首を振った。いまさらながらではあったが達也の擬態の巧みさに驚かざるをえない。

（……誰もこの子の本当の姿を知らない……）

この借りてきた猫のようにおとなしさを装う少年に、この二週間あまり凌辱の限りを尽くされていると告白しても即座に信じる者はいないだろうと、夫人は戦慄とともに思った。

「ああ、美味しいっ」

ことさら朗らかな声で麻里が舌鼓を打つ。

「でも、私や達也君のような育ち盛りはいいけど、お父さまにはどうなのかな？　高カロリー食過ぎるんじゃないかしら」

「心配なさらなくてもいいのよ。今夜はお父さまには鰹のお刺身とぬたをご用意してあります」

仕事で帰宅の遅い栄一郎はウイークデイに家族とともに夕餉の食卓を囲むことはめったになかった。

「さすがにお母さまね。愛する旦那さまには別メニューですか」

冗談めかして麻里が笑う。

「……そ、そんなこと……」

綾香夫人は達也の前であることをおもんばかって言葉を濁した。支配欲の強い達也は人一倍嫉妬心も強い。そのことを夫人は充分すぎるほど知っている。

夫との関係で達也を刺戟したくない——その夫人の心配は的中した。

（……あっ……）

綾香夫人の身体がビクッと微かにこわばりを見せた。達也がテーブルの下で足を伸ばし、爪先で薄いプリント地のスカートを捲りあげてきたのだ。

隣に座る麻里に気どられぬように夫人はそっと眼で達也をたしなめた。

だが、達也はそ知らぬ顔でレアに焼かれた肉片を美味そうに噛みながら、固く閉じ合わされた夫人の両膝を開くように足先を使って促してくる。

（……だめ……ここで悪戯はしないで……）

夫人は微かに首を振って達也に拒絶の意志を伝えようとする。

「ひっ……」

ビクンッと夫人の身体が慄えた。

この日の夕方、達也の手で肛道に埋め込まれたおぞましい淫具が突然、ブルルッというバイブレーションを双臀の芯に送り込んできたのだ。

（……ああ……こんな……）

忌まわしい震動を抑え込むようにキュッと唇を引き結んだ綾香夫人は、達也の悪辣な意図をおののきとともに噛みしめる。

*

先月末の三日間に及ぶ凌辱以来、この二週間は達也が高校を休むことはなかった。

授業を終えた達也が帰宅してから大学のバドミントン同好会の練習で遅くなる麻里が帰宅するまで——綾香夫人が達也に弄ばれるのはその数時間に限られていた。

傍若無人に夫人の身体を弄び、狼藉の限りを尽くす達也だったが、麻里と栄一郎が在宅する時には猫をかぶり、決して手をだしてくることはない——それが達也のルール、悪魔なりの節度であると夫人は思っていた。

だが、夫人のその判断は甘かった。悪魔はモラルも節度を持たないから悪魔であり続けるのだ。

この日、帰宅した達也に綾香夫人はおぞましい浣腸を施され、強制排泄の恥辱に悶え泣かされた。いつもならそれから容赦のない凌辱が始まり、いやというほど羞ずかしいヨガリ声を絞りとられるのだが、達也は夫人を犯そうとはしなかった。

そのかわりにグロテスクな淫具を夫人の双臀の中に埋め込んだのだ。

その淫具はウズラの卵ほどの金属製の珠を十個、細い鎖で数珠状に繋いだもので、鎖の一方の端には鉄環がつけられていた。

「綾香のお尻が僕の物であることを忘れないようにさせるためさ」

そう言って達也は悪戯っぽく笑ったが、その言葉は嘘ではなかった。ヒンヤリと重い珠を肛道に埋め込まれると、夫人は自分にいとわしい器官があることを意識しないではいられなかった。

その淫具は麻里が帰宅しても抜き取ってはもらえず、ショーツを身に着けることも禁じられた夫人は、秘所のうそ寒さとともに双臀におぞましい拡張感と異物感を覚えながら夕餉の支度をすることを余儀なくされた。

料理をしながら時間が経過するにつれ、その淫具は徐々に夫人の身体を責めさいなみ始めた。キッチンという狭い場所とはいえ、立ち姿で身体を動かし続けているためだろう。双臀を支配し続けるいとわしい拡張感の底から、ジワジワと妖しい感覚が立ち昇ってきたのだ。

肛道が微かに熱を帯び、双臀の芯がジーンと疼くようなその感覚は、すでに綾香夫人にとって馴染み深いものだった。それはこの二週間、達也からいやというほど教え込まれた背徳の官能のきざしだった。

夕飯を終えたらなんとしてでもこの忌まわしい淫具を抜き取ってもらわなければならない——そう思っていた矢先に、夫人は達也に不意打ち的な先制攻撃を仕掛けられてしまったのだ。まさか淫具にこのような悪辣な仕掛けが施されていようとは思いもしないことだった。

（……最初からこうすることが狙いだったのね……）

双臀の芯を妖しく揺さぶるバイブレーションに慄然としながら、夫人は自分の迂闊さを後悔したが、すでに手遅れだった。隣に麻里が座る食卓ではおぞましい淫具の動きを止めてくれと声に出して訴えることはできない。

（……ああ……こんなことしないで……）

すがりつくように瞳で訴えても、達也はあどけなさを装った笑みを浮かべて見つめ返してくるだけだった。

達也の左手はさりげなくテーブルの下におろされている。その指先でリモコンを使い、この忌まわしい淫具を遠隔操作しているのだろう。

ブルルッ――肛肉を嬲る震動が強くなり、妖しい感覚が双臀に広がる。

（……ああっ……だ、だめっ……）

テーブルに置かれた夫人の手がナイフとフォークをギュッと握りしめ、唇がきつく引き結ばれる。

羞ずかしい声が洩れでてしまう――その恐怖に綾香夫人は負けた。頑なに閉じ合わせていた膝の力をゆるめ、達也の足を導くようにわずかに開く。

達也がニヤリと微かに笑った。同時に淫具の震動がピタリと止まった。

達也の足が「もっと淫らに足を広げろ」と言うように、夫人の左右の膝を交互に小突いてくる。

「ねえ、お母さま、どうしたの？　なんだかお母さまったら、うわの空よ」

麻里がいぶかしげに夫人を見て言った。

「……ご、ごめんなさい……ちょっと考えごとをしていたの……」

取り繕うように麻里に答えた夫人は逆らいようもなく、達也の足先に促されるままに膝を大きく割り開いた。ショーツをつけることを許されなかった股間が外気にさらされ、うすら寒さにも似たおぞけが敏感な女の肌をとらえる。

「考えごとって、フフ、お父さんのことかしら？」

麻里が悪戯っぽく笑った。

「うん、そうかも知れないね。おじさんとおばさんは本当に仲がいいから」

遠慮がちに相槌を打った達也の足先が鳥肌だった夫人の内腿をスーッと這いのぼり、剝きだしの女の丘をとらえた。柔らかな茂みを足の指がスリスリと弄ぶ。

「……お、大人をからかうものではなくてよ……」

足の爪先で繊毛を擦りあげられるおぞましさを懸命にこらえながら夫人は答えた。愛する夫のことを話題にされながら、女の秘められた丘を嬲られる汚辱は耐え難いことだった。

「からかってなんかいなくてよ、お母さま。だって本当のことですもの。早苗だって羨ましいくらい仲がいいのねっていつも言ってるわ」

なんとか話題を変えたい夫人の胸中を知らない麻里が無邪気に言いつのる。早苗という娘は麻里の親友だった。

「……ひっ……」

綾香夫人の身体がビクンッと慄え、思わず鋭い息を洩らした。達也の爪先が花弁を掻き分けるようにして女の肉溝に潜り込んできたのだ。

（……ああ……こんな……）

足指で肉溝をまさぐられるヌメリとした感触で、夫人は花芯がしとどに濡れそぼっている事実を知った。肛道に埋め込まれた淫具の刺戟にいつしか夫人の女が官能にきざし始めていたのだ。

達也に責め嬲られ続けて日ごとに自分の身体が官能に脆くなっていく自覚はあった

が、まさかこんな状況で淫らで浅ましい反応を示してしまうとは思いもしないことだった。カーッと火照るような羞恥がこみあげてくる。

「どうしたの、お母さま？　顔を赤くしてしまって——照れているの？」

「……ああ……もう、その話はよしましょう……さ、早苗さんはこの頃、顔を見ないけど、お元気なのかしら……」

足指の刺戟に耐えながら、夫人が懸命に慄えを抑えた声で言った。

麻里も育ちがよい上品な娘である。母親が本当に嫌がっていると察すると、いぶかしげな様子を見せながらも、それ以上夫婦仲の話題を続けようとはしなかった。

「早苗？　もちろん元気よ」

麻里が夫人の話を引き取って、親友の近況を話し始めると、達也もこれ以上、夫人を追い詰めるのはまずいと判断したのだろう。意外にあっさりと足が夫人の股間から離れていった。

緊張の潮が引くように、奥宮家の食卓はいつもの幸福な光景に戻っていった。

もちろん、それは上辺だけの光景に過ぎない。その夜、夫人を見舞うことになる淫らな災厄はまだ幕が開いたばかりだった。

2 トイレでの奉仕

間が悪いというのだろうか——綾香夫人の願いを裏切るように時間は流れ、事態は進行していった。

その日は麻里が欠かさずに見ている連続ドラマが放送される日で、夕食が終わると麻里はリビングのソファでテレビの画面を食い入るように見つめ始めた。

いつもなら、自分の部屋に引きこもってしまう達也も澄ました顔で麻里の横に座ってテレビを見始める。もちろん、達也の行動は偶然ではなく、意図されたものであることは明らかだった。

そのために夫人は忌まわしい淫具を達也にはずしてくれと申し出る機会を得ることができなかった。

そうこうしているうちに栄一郎が帰宅してしまう。いつもより早い時間の帰宅だった。夫人はおぞましい拡張感を双臀の内に秘め隠しながら、夫のための汁物を作り、遅い夕食の支度をせざるをえなかった。

風呂から上がった栄一郎がガウン姿でリビングに現われるタイミングでテレビドラマが終わった。

「おやすみなさい」

栄一郎に問われるままに学校での出来事などを報告した麻里と達也が、夜の挨拶をして二階の自室に引きあげていく。

そして、ようやく栄一郎の夕食が始まる。夫婦水入らずの時間である。ダイニングのテーブルで習慣となっているスコッチのロックをゆっくりと楽しむ栄一郎の向かい側に夫人が座り、ポツリポツリと夫婦の会話が交わされていく。

これといって特別な話が交わされるわけではない。仕事や娘たちのことがとりとめもなく話されていくだけだったが、綾香夫人にとっては愛する夫とともにいる幸福をしみじみと感じられる貴重な時間だった。そう二週間前、達也に貞操を蹂躙される日までは——。

「北岡君はまだすこしガムシャラに過ぎるところがある。評価に値する成績はあげるが、周囲がよく見えていないんだ。まだ若いということなんだろうね」

新しく課長となった部下の人となりを穏やかな口調で語る栄一郎の話に、夫人は心を傾けることができない。双臀の芯、背徳の肉道に埋め込まれたおぞましい淫具の拡張感が、操を散らされ夫と正面から向き合うことができない身体にされてしまった事実を知らしめるように、ジーンと痺れる妖しい疼きとともに夫人の心を責めさいなんでいた。

（……こうやって栄一郎さんの話をなにごともなかったかのように聞いている……そのことだけでも、私は夫を裏切りあざむくという罪を重ねている……）

ああ、どうしたらいいの——もう何百回と繰り返した答の見つからない問いが脳裡に湧き起こり、夫人の意識は出口のない迷路を行き場もなくさまよった。

と、その時、夫人の絶望感をあざ笑うように、おぞましい淫具が突然ブルルッと激しいバイブレーションで肛肉を揺さぶり始めた。

「……ああっ……」

綾香夫人の総身がビクンッと慄えた。不意打ちを受けた夫人は細い顎を突きあげるようにして不覚にもせつない声を洩らしてしまった。

「——ん？　どうした？」

いぶかしげな視線で栄一郎が夫人を見つめる。

「……い、いえ、あなた、ごめんなさい……どうかお気を悪くなさらないで……私、お腹の調子がよくないの……し、失礼して、ご不浄に行かせていただきます……」

夫人は声を慄わせ、懸命に言い繕うと席を立った。

これまでになく激しいバイブレーションで肛肉を責め嬲る淫具のために夫人はまっ

すぐ腰を伸ばして立つことができない。そのうえ、おぞましいものでなければならないはずのその刺戟は、長時間疼き続けた肛肉にとって、あろうことか妖しいまでに快美な感覚だった。唇をきつく引き結ばないとせつない喘ぎが噴きこぼれてしまいそうだった。

その場にストンと腰が落ちてしまいそうな快美な刺戟に耐え、へっぴり腰でおそるおそる足を進めるその姿は、幸か不幸か、栄一郎には便意をこらえてトイレに向かおうとする姿にしか映らない。

「おまえ、大丈夫か?」

気遣わしげな声が綾香夫人の背に投げかけられる。

微塵の疑いも持たずに妻の身を案じてくれる夫の優しい言葉が夫人の心を締めつける。

(……もう……こんなこといや……)

瞳に涙をにじませた夫人は自分の手で淫具を抜き取ろうと決心した。

慎ましい夫人にとって、いとわしい肛門に埋め込まれた淫らな性具をみずから抜き取ることは、並々ならぬ気力を必要とする行為には違いなかった。しかしこれ以上、達也の悪辣さに振りまわされ、心を煩わされたくなかった。

「……大丈夫です……お気になさらないで……」

夫にそう告げると、綾香夫人は廊下に出た。

廊下の端にあるトイレのドアに手を伸ばそうとしたその瞬間、狙いすましたように激甚な刺戟が夫人の双臀を襲った。

「……ひいっ……」

ガクンと夫人の腰が落ちた。双臀どころか腰骨までが揺さぶられるような激しいバイブレーションだった。それだけではない。強い震動によるものなのだろうか、肛道の中で硬く重い珠がうねくるように淫らに蠕動している。

達也によってアヌスを馴致され、背徳の味を教え込まれた夫人にとって、それはすでにおぞましい刺戟ではなかった。

「……ううっ……」

腰が蕩けてしまいそうな妖しいまでの快美感に夫人は双臀を揺すりたてながら、噴きこぼれそうな淫らな声を歯を食いしばって嚙み殺した。

愛する夫に気どられるわけにはいかない——その一念だった。トイレのドアノブを両手で握りしめ、力が入らない下半身を引きずるようにして夫人はトイレのドアを開けた。

「ひっ……ど、どうしてっ……」

綾香夫人は愕然とした。無人の個室であるはずのトイレの中には淫らな微笑みを浮かべた達也が待ち構えていたのである。

「フフ、綾香、待っていたよ」

達也の動きは素早かった。綾香夫人の身体をグイと個室に引きずり込むと、カチャリとドアをロックした。

「……んんんっ……」

抵抗する暇もなく夫人の身体は抱きすくめられ、柔らかな唇で唇を塞がれてしまう。少年とは思えないいつもながらの手管でやすやすと舌を絡めとられ、痺れるほど強く吸いあげられた。

薄手のサマーニットの上から乳房の膨らみを鷲掴みにされ、乳首を絞りだすようにグリグリ揉みたてられると、淫具で練りあげられた夫人の女体はあらがいようがなかった。

（……ああっ……こ、こんなところで……だ、だめっ……）

官能の予感にサワサワと背筋が甘くざわめきたち、花芯がジーンと痺れた。

長い口づけが終わり、抱擁を解かれると夫人はもう立っていることすらできない。

膝から崩れるようにトイレの床に腰が落ちた。

カチッ——達也が手にしていたシガレットケースほどの黒いリモコンのボタンのひとつを押すと、夫人の双臀の中でのたくっていた淫具の動きがピタリと止まった。

「……ああ……達也さん……こ、こんなことをしてはいけないわ……もう……終わりにしましょう……」

ハアハアッときざしきった喘ぎを噴きこぼしながらも、綾香夫人は女肉に染み渡った官能の気配を振り払うように声を慄わせ、懸命に訴える。すがるように達也を見あげる涙に潤んだ瞳には、これ以上愛する夫を裏切り続けるわけにはいかないというせつない願いがこめられていた。

達也はニヤニヤ悪戯っぽい微笑みを浮かべると軽く肩をすくめた。

カチャカチャ音をたててベルトのバックルをはずすと、ブリーフもろともズボンを引きおろす。ヌーッと天を突かんばかりに屹立を遂げた禍々しい肉の凶器が夫人の眼前に露わになった。

「……ひっ……」

夫人が息を呑んで顔をそむけた。口と花芯、そして背徳の器官を散々もてあそばれ、いやというほど馴染まされた達也の男根だったが、夫人はいまだに正視することができない。

「……ああ……私の願いをきちんと聞いて……」

力なく床に這わせた白い指先を見つめながら、かぼそく声を慄わせる。

「聞いていたさ」

達也が逸物をそびやかすように便座に腰をおろした。

「でも、僕は今日、一度も射精していないんだ。射精したくて気が狂いそうなんだよ。今すぐにここで綾香の口かトロトロのオマ×コの中に射精したいな——それが僕の願いさ」

「……な、なにを言っているの……そんなことできません……」

廊下ひとつ隔てたダイニングには夫がいるのだ。そんな淫らで人の道をはずした行為をできようはずもなかった。

「そうか、残念だけど仕方がないや。僕はマスターベーションするしかないんだね。じゃ、リビングのテレビで綾香のヨガリ啼くＤＶＤを観ながら自分で慰めるよ」

「……そ、そんな……」

こともなげに脅迫する達也の言葉に夫人は蒼ざめた。

「フフ、僕とのことを終わりにしたければ終わりにすればいい。それは綾香が決めることだよ。その可愛い口で僕のおチン×ンを慰めてくれるか、淫らに濡れたオマ×コを使わせてくれるか、それともお尻の穴に嵌めている楽しいオモチャを自分で抜いてトイレから出て行くか――本当はそのためにここに来たんでしょ？　綾香の好きにすればいいのさ」

言葉とは裏腹に達也は勝ち誇ったように、進退きわまった夫人を見おろした。

「迷っているのもいいけど､早く決めないと心配しておじさんがやって来てしまうよ」

意地の悪いそのひと言に夫人は屈せざるを得なかった。

夫に知られること――それが夫人にとって最大の恐怖だった。たとえ、それが自分にとっては生き地獄であるとしても、夫に知られ、ひいては娘たちが抱いている幸福な家庭という夢を壊してしまうわけには絶対にいかないのだ。

「……あ、あなたは……本当に悪魔ね……」

夫人は悲壮な決意を達也への呪詛の言葉に託すと、細い首を差し延べるようにして禍々しい怒張に苦渋に満ちた慎ましやかな顔を寄せていく。

「フフ、やっぱりフェラチオを選んだね。悪魔のはずの僕にオマ×コを貫かれてヒイヒイ淫らな声をあげて悦んでしまうわけにはいかないからでしょ」

図星だった。花芯を犯されれば羞ずかしい声を抑えきれずに啼き狂わされてしまうことは目に見えていた。夫婦の寝屋でさえあげたことのない淫らな声を夫に聞かれるわけにはいかない。

「……ああ……」

哀しい喘ぎを洩らした夫人は桜色の唇を開いた。

——と、赤剝けた亀頭が矛先をかわすようにスッと唇から逃げた。

「まだでしょ、綾香。ルールを忘れちゃいけないな」

「……ああ……そんな……」

弱々しく首を振った夫人がせつなげに達也を見あげる。

「……あ、綾香は……達也さんの……お……おチン×ンに……ご奉仕させていただきます……」

「フフ、一生懸命しゃぶるんだよ。とっても気持ちよくしてくれないと僕は射精できないし、時間はどんどんなくなってしまうからね。僕がマスターベーションしたら綾香は困るんでしょ」

悪意に満ちた言葉に煽られるように綾香夫人は瞳を伏せると、せつない喘ぎを洩らしながら禍々しい肉の凶器を淑やかな唇で包み込んだ。

「……んんっ……」

すでに馴染み深いむせかえるような達也の男の匂いが口腔をムッと満たす。

だが、ためらっている余裕はなかった。夫人は岩塊のように硬い亀頭に柔らかな舌を絡めて強く吸いあげた。

（……はやく……終わって……お願い……）

祈るような思いで慎ましやかな顔を前後に揺すりたて、きつくすぼめた唇でゴツゴツ節くれだった肉茎をしゃぶりあげていく。それは達也に教え込まれたフェラチオの基本だった。

グチャグチュ、チュパチュパ──淫らな水音がトイレの密室を満たしていく。

（……ああ……こんな淫らなことを……私……）

夫と十メートルと離れていないトイレの床に奴隷のようにひざまずき、夫にさえしたことのない淫らな奉仕をしなければならない屈辱と羞恥──その罪深い背徳感に夫人の脳が灼かれていく。

「フフ、もっと気分を出させてあげるよ」

歌うように言った達也がリモコンを操作した。

ブルルッ──夫人の双臀の中で淫具がのたくるように震え始めた。

（……いやっ……だ、だめっ……ああっ……）

ビクンッと総身を慄わせた夫人がくぐもった呻きをあげて甘く喉を鳴らした。腰の芯に染み入ってくるような妖しく快美な刺戟にスカートに包まれた丸い双臀が淫らに揺すりたてられる。

（……ああ……おかしくなってしまう……）

綾香夫人は肛道を慄わせる妖美な刺戟を振り払うように懸命に顔を前後に振りたて、ジュバジュバ淫らな音をたてて達也の男根をしゃぶり続けた。だが、達也の怒張には爆ぜる気配がまるで感じられない。

（……ああっ……お、お願い……早く放って……）

精の放出は取りも直さず自分の口を達也の汚濁で灼かれることだという事実を忘れたかのように、倒錯した願いをこめて夫人は憑かれたように奉仕を続けた。

顔を桜色に上気させ、うなじにジットリと生汗を浮かべてもどかしげに腰を揺すりたてながら、淫らな水音をたてていちずに男根をしゃぶり続けるその姿は官能にきざした美獣さながらだった。

と、その時、コツコツとトイレのドアが控えめにノックされた。

「綾香――おまえ、ずいぶん長いが大丈夫か?」

栄一郎の心配げな優しい声がドアの外から聞こえてくる。

ギクッと、夫人の身体がこわばる。双臀を嬲り続けていた淫具の動きもピタリと止まった。達也の手が夫人の頭を挟み込むように摑んで怒張をズルリと引き抜くと、夫人の顔を股間から引き離す。

しどけなく開いた夫人の唇とぬめ光る亀頭を結ぶように、ツツーッと唾液が銀色の糸を引いて垂れ下がった。

惑乱した夫人の顔を覗き込んだ達也が「答えなよ」と言うように顎をしゃくった。

「……ああ……あなたごめんなさい……お腹がすこし苦しいだけですから……すぐ戻ります……し、心配なさらないで……」

懸命に喘ぎを押し殺して夫人が声を慄わせた。

「そうか――」

いかにも苦しげな夫人の声に憂いを含んだ栄一郎の声が応え、やがてリビングに戻っていく足音が聞こえた。

淫らな汗染みのできた夫人のサマーニットの両腋に達也が両手を差し入れた。グイと力まかせに夫人の身体を引き起こし、個室の壁に押しつける。

「フフ、残念だったね、綾香。頑張ったのに僕を射精させられずにゲームオーバー、試合終了だよ」

「……ああ……そんな……」

汚辱を耐え忍んでした奉仕が無に帰したことを知らされた夫人がせつなげに首を振った。絶望感で胸が張り裂けそうになる。

「そんなに悲しそうな顔をしないでよ。もう一度だけ、チャンスをあげるから。フフ、延長戦だよ」

悪戯っぽく笑った達也の手がスカートをたくしあげ、夫人の股間に潜り込んだ。ズブリと指が花芯に挿し入れられる。

「……ひっ……いやっ……」

灼けつくような熱を帯びた花芯は濃厚な樹液をあふれさせ、しとどに濡れそぼっていた。トロトロに蕩けた柔肉が、待ちかねたとでも言いたげにキュウッと達也の指に絡みつく。

「フフ、こんなに淫らに濡らしてしまって——延長戦はここを使わせてあげるよ。今夜、おじさんが眠ったら僕の部屋に来るんだ」

「……そ、そんな恐ろしいこと……で……できません……」

夫のいる家の中で辱められる——夫人の声が凍りついた。

「いいや、綾香ならできるよ。だって、こんなに淫らなんだもの」

花芯から抜き取った指を達也が夫人の顔の前にかざした。細い指が淫液でネットリと濡れ光っている。

「ほら、嗅いでごらん。淫らな牝の匂いがするよ」

逃れようとする顎を摑んで顔の動きを封じた達也が、夫人の慎ましやかな鼻の穴に粘りつく淫液をなすりつけた。

微かに酸味を帯びた甘く淫靡で濃厚な女の匂いが夫人の鼻腔を灼いた。

「……ああっ……いや……」

自分の漏らした羞恥の滴りを塗りたくられ、淫らな匂いを嗅がされる恥辱に夫人が瞳に涙をにじませ、声を慄わせる。

「フフ、それまでお尻のオモチャも抜いてはだめだよ。僕にマスターベーションなんていう寂しいことをさせないでね」

ダメを押すように言った達也はロックをはずしてトイレのドアを開くと、抗議の声を発する余裕も与えずに夫人の身体を廊下へと押しだした。

「……ああ……」

喘ぐように声を慄わす夫人の後ろでバタンと音をたててドアが閉められる。

「どうした？　大丈夫か？」

その音を待ちかねていたかのようにリビングから栄一郎が心配そうに姿を見せる。

「……あ……」

綾香夫人はあわてて口元を手で覆い隠した。鼻腔に粘りついた淫液と唇のまわりの唾液を白い手で拭う。

「吐いたのか?」

夫人の仕草を勘違いした栄一郎が顔を曇らせる。

「こんなに汗をかいて、顔も赤いぞ」

力なく立ち尽くす夫人の身体を栄一郎が寄り添うように支えた。大きな手が夫人の額にそっとあてられる。

「熱っぽいな。悪性の夏風邪が腹に来たのかも知れない。家事はいいから、もう眠りなさい。明日は医者に行った方がいい」

額にあてられた栄一郎の手はヒンヤリとして心地よく、どこまでも優しい夫の言葉が、淫らで汚辱に満ちた行為で火照った夫人の身体にジーンと染み渡っていく。

「……あなた……すみません……」

愛する夫の身体にもたれかかる夫人の声がせつなく慄えた――。

3　隷奴の誕生

暗い闇のとばりにすっぽりと覆われ、シンと静まり返った夫婦の寝屋にチッチッと時を刻む時計の音が微かに響いている。綾香夫人の亡き両親がやはり寝室にかけていたアンティークな掛け時計である。

ベッドの上でまんじりともせずに身を硬くしている夫人の耳には、その微かな時計の音が自分を急きたてる鐘の音のように、この上なく大きく響いていた。

闇の中で見開かれた瞳がその音の元である壁の掛け時計をじっと見つめている。闇の中に仄かに白く浮かびあがる文字盤は、十二時十三分を指し示していた。

傍らに身を横たえた栄一郎が規則正しい寝息をたて始めてからすでにずいぶん時間がたっている。

（……そろそろ行かなくては……）

夫人は何度そう思ったか知れない。

家庭の安寧と家族の幸福――それはすでに実態を失い見せかけに過ぎなくなっていたとしても、真実を知らない夫と娘たちのために守り続けなければならず、そのためには我が身を生贄として二階で待つ悪魔の化身に捧げなければならない。そのことは身に染みるほどわかっていた。

だが、その屠所へ向かう勇気が湧いてこない。達也の部屋に行けば、有無を言わせぬ凌辱が待っている。夫人が恐れているのは凌辱そのものではない。凌辱が結果としてもたらす、我が身の淫らなまでの反応だった。

凌辱が刃物で身を切られるほどの激しい痛みであってくれたら、どれほど救われることだろう——夫人は心の底からそう思った。だが、それが痛みではないことを夫人は思い知っている。花芯を深々と達也の男根で抉られ、乳房を揉みしだかれると、どうしようもなく自分の身体が官能に酔いしれ、抑えきれないままに羞ずかしい声をあげて肉の愉悦に溺れてしまうのだ。

しかも、さらに恐ろしいことに、その愉悦は日ごとに、犯されれば犯されるほどに、深く大きくなっていった。

夫人は自分が女であることを、淫らであさましい肉体を持っていることを呪った。

「……ああ……」

たった今、呪ったはずの夫人の双臀が淫らに蠢いた。

淫具を埋め込まれた肛道が熱を帯び、ジーンと痺れるように疼き続けていた。そのいとわしい器官はすでに夫人にとっていとわしいだけの器官ではない。妖しいまでの快美な感覚とともに夫人を愉悦に悶え啼かせる背徳の器官だった。

（……このままでは取り返しのつかない身体にされてしまう……）

双臀の疼きをもてあましながらも、夫人はベッドの中で身を硬くしてそのことを恐れ続けた。達也がこの家に来なければ、私は自分の身体の淫らさに気づくこともなかったのに——蟻地獄からの出口を見つけられない夫人は今さらそのことを悔やんでも仕方がないと思いながらも達也の出現を呪わないではいられない。

だが、いつまでも夫人に逡巡を続けさせるほど、悪魔は優しくはない。

時計の針が微かに揺れて十二時十五分を指し示した。と同時に、夫人の双臀の中でブルルッと淫具が激しく震え、淫らな蠕動を始める。

「ひいっ……ああっ……」

淡い水色のパジャマに包まれた双臀をビクンッと慄わせて、綾香夫人があえかな声を洩らした。

（……だ、だめっ……）

夫人は握りしめた手を口元にあてるとギリギリ噛みしめて、洩れでようとする喘ぎを懸命に押し殺した。双臀の最奥を妖しく震わせる淫具が夫人の逡巡を断ち切った。

いつまでも夫の傍らに居続けるわけにはいかない。

（……あなた……ごめんなさい……）

心の中で夫に詫びた綾香夫人は悪魔の元に向かうべく、ベッドを降りた。

快美な刺戟に腰が痺れ、背筋を伸ばすことができない。みじめに屈めた双臀を背後に突きだし、ガクガクと淫らに揺すりながら夫人は寝屋のドアを開け、闇に包まれた廊下に出た。

ブルルルッ——寝屋のドアを閉めると同時に、これまでになく激しいバイブレーションが双臀の芯に襲いかかった。

「あああっ……いやっ……」

声を抑える余裕もあらばこそ、腰骨まで痺れるような刺戟の波に膝が折れ、双臀が床にストンと落ちた。

「フフ、立つこともできないくらい気持ちいいのかな?」

闇の中から達也が姿を現わした。屈みこんだと思うまもなく、パジャマの上衣の裾を摑んで一気にたくしあげると、夫人の身体を引きずるようにしてむしりとった。夜目にも白く雪肌が剝きだしになる。

「ひいっ、いやっ……」

プルルンとこぼれ出た、たわわな乳房を両手でかき抱くようにして隠した夫人が悲痛な声をあげる。

だが、いつになく達也は凶暴だった。露わになった肩に手をかけて夫人の身体を力まかせに引き倒すと、パジャマのズボンの腰の部分を摑んで一気にむしりとってしまう。夜目にも白く艶やかに熟れた双臀が露わになった。

「……ああっ、ど、どうしてっ……あああっ、こんな酷いことを……」

夫が眠る寝屋の前で全裸に剝きあげられた驚きと羞恥に、夫人は四肢を縮ませて喘ぎとともに抗議の声を慄わせる。

「おじさんが眠ったのにすぐ僕のところへ来ようとしなかっただろ。その罰だよ」

達也の手が夫人の細い顎を摑み、グイとさらしあげた。

「ふーん、おじさんと寝る時は髪を下ろすんだ。フフ、色っぽいね」

肌の白さを際だたせるように細い肩にしなだれかかった黒髪の新鮮な艶やかさに達也が眼を細める。と、顎を離れた手が夫人の鼻をギュッと摘みあげた。

「ひっ、な、なにをっ……」

開け放たれた口に赤いラバー製のボールが捻じ込まれる。

ううううっ――たちまち夫人の抗議の声は封じられ、低くくぐもった哀れな呻きに変わった。それはボールギャグと呼ばれる箝口具だった。

「お尻が気持ちよすぎて、羞ずかしい声が出ちゃいそうなんでしょ。おじさんや麻里お姉さんに聞かれたら綾香が困るだろ」

達也はボールの両端につけられた革ベルトを夫人の後頭部にまわしてきつく締めあげた。

「さあ、僕の部屋に行くんだ」

達也に促されて、綾香夫人は淫具で嬲られ続けている双臀をブルブル慄わせながら立ちあがった。全裸に剝きあげられた羞ずかしい姿でいつまでも廊下にいるわけにはいかない。夫人は手で乳房と股間の茂みを隠しながら腰を背後に突きだすように屈ませて歩き始める。

（……ああ……なんてみじめなの……）

せめて淫具のバイブレーションと蠢きを止めてほしいと達也を振り返るが、ニタニタと淫らな微笑みが返ってくるだけだった。

ヨロヨロと歩を進めていた夫人の足が階段の前で止まった。淫具に煽られ、ガクガク慄える足で昇ることはとてもできそうにない。

「どうしたの？　手を使って這っていけば昇れるでしょ」

ためらう夫人に達也の無情な声が飛んだ。

「……ううっ……」

せつない呻きを洩らした夫人は身を屈めて、犬のように階段を這い昇り始めた。

白く丸い夫人の双臀が淫らに左右に揺れ動き、窓から射し込む仄かな月明かりに照らされて臀丘に刻まれた谷間の翳りが見え隠れする。

「フフ、綾香の熟れたお尻と羞ずかしい場所が丸見えだよ」

背後から覗き込むようにして達也が意地悪く笑った。

プクリと膨れた肉の蕾から細い鎖が垂れ下がり、先端の鉄環が跳ねるように揺れ踊る。まばらな繊毛に縁どられた女の裂け目が花弁を捲りかえすようにして、鮭紅色も露わにぬめ光る淫らな肉の構造を覗かせていた。

「もうこんなにオマ×コをグッショリ濡らしてしまって、いやらしい牝の匂いがプンプンしているよ」

聞こえよがしに鼻をクンクン鳴らして達也が言葉で嬲る。

（……ああ……どうしてこんな……）

悪魔の部屋で責め嬲られるために、秘所をさらして階段を這い昇らなければならない——その不条理なまでのみじめさに夫人は喉を慄わせて泣いた。あふれでた涙と、ボールギャグを嚙まされているために嚥下できない涎が糸を引いて、床についた白く華奢な手を濡らす。

ようやく達也の部屋にたどり着くと、綾香夫人は精も根も尽き果てたというように床に崩れ落ちた。

「フフ、綾香はやっぱり我慢強いね。ご褒美にたっぷり啼かせてあげるよ」

肩を慄わせて啜り泣く夫人の口からボールギャグをはずした達也がリモコンを操作して淫具の動きを止めた。部屋着をかなぐり捨てるように脱ぐと、隆々とした逸物を揺すりたてながらベッドの端に腰かけた。

「じゃ、いつもの通り、挨拶から始めてもらおうかな」

「……ああ……もう……これ以上……いじめないで……」

夫人がくなくな首を揺すって、涙声で訴える。

「ダメだよ。僕に仕えるためのルールなんだから。聞き分けがないとまた縛ってポーズをとらせるよ。それとも本当は縄が欲しいのかな?」

「……い、いやです……縛られるのはいや……」

縛られて嬲られる羞恥と屈辱は耐えられなかった。

どうしたところで達也に逆らうことはできないのだ——というあきらめに近い思い

が、見えない縄となって綾香夫人の心を縛り、ギュッと締めあげる。

「……ああ……」

夫人はせつない喘ぎを洩らすと、ヨロヨロと立ちあがった。

きつく唇を嚙みしめて乳房と秘所を覆っていた手をあげ、頭の後ろで重ねるように組んだ。擦り合わせていた膝をゆるめると、スラリと伸びた美しい二肢を慄わせながら左右に開いていく。腋窩も乳房も最も秘め隠しておきたい女の源泉も、そのすべてが達也の前に開示された。

「……羞ずかしい……」

淫液に濡れた内腿が外気にさらされるヒンヤリとした感触にブルッとおぞけるように慄えた。

「……ああ……あ、綾香の身体はすべて……達也さんのものです……思いきり……可愛がって……な、啼かせてください……」

綾香夫人は声を慄わせ、達也に教え込まれた羞ずかしい口上を口にする。

気が遠くなるような羞恥に夫人は眼を開けていることもできない。膝頭がガクガク慄え、乳房が波打つように揺れる。

「……ああ……」

あえかな喘ぎを洩らした夫人がうろたえたように首を振った。耐えがたいほどの羞恥にもかかわらず、いや、耐えがたいほどの羞恥だからなのだろうか、ジーンと疼く痺れるような感覚が腰の中心、女の芯に走ったのだ。

（……だめよ……いけない……）

強制された言葉のままに、淫らに啼かされることを自分の肉体が求めている——それは絶対にあってはならないはずのことだった。

（……流されてはだめ……）

夫人は痛みが走るほど強く唇を嚙みしめ、そうすることで自分の中の女を戒めた。

「フフ、いやらしく腰を揺すってしまって、もうすっかり淫らに出来あがっているみたいだね。やっぱりお尻に入れてあげたオモチャが効いたのかな。今夜の綾香はいつもより綺麗でとっても可愛いよ」

夫人の葛藤を見透かしたように微笑んだ達也が、淫らな視線を熟れきった裸身にうっとりと這わせていく。

剃り跡が微かに青みを帯びた剝きだしの腋窩にはジットリと汗がにじみ、白くたわわな乳房の頂点を飾る乳首の尖りは、ほんのりと朱を掃いたように赤みを増して爆ぜんばかりの屹立を見せていた。

喘ぐたびに柔らかく波打ったおやかな腹部と、汗に濡れてことさら黒みを増した毛叢は匂いたつような色香をにじませ、繊毛の陰から覗く貝の舌のような花弁と鮭紅色にぬめ光る肉溝の生々しいまでの淫らさを際だたせている。

淫靡な水に洗われたビーナスさながらのなまめかしく美しい裸身だった。

「どこをいじめてもすぐに淫らな声をあげて啼き狂ってしまいそうだね。見られているだけで感じてしまうんでしょ。——いま僕がどこを見ているかわかる？　フフ、綾香のツンツンに尖った右の乳首だよ」

「……ああ……」

せつなげな喘ぎとともに夫人の乳房が揺れた。羞ずかしいほど勃起してしまった乳首を見つめられている——そう思うと、チリチリ炎で炙られるような感覚が乳首に走った。

「どうしたの、綾香？　腰が慄えているよ」

立ちあがった達也がこれ見よがしに顔を近づけて右の乳首を覗き込む。

「フフ、破裂してしまいそうなほど乳首を勃起させてしまって、早く僕にいじめてほしくて、たまらないほど感じてしまっているんでしょ？」

「……ち、違います……そ、そんなことありません……」

「素直じゃないなあ」

達也が舌を伸ばすと乳首を掬いあげるようにベロリと舐めあげた。

「あひいっ……だ、だめっ……」

痺れるような甘美な感覚に綾香夫人が顎を突きだして悲鳴を放った。大きく揺れた身体がよろけて、羞恥のポーズが崩れた。淫らな乳首を隠すように夫人は両手で乳房をかき抱いた。

「誰がお乳を隠していいって言ったの？　そういうつもりならいいよ。今夜はもういじめてあげない。素直にしなかった罰だよ」

達也は悪戯っぽく眼を輝かせると、ゴロリとベッドの上に仰向けに横になった。

「でも、約束だけは守ってもらうよ。さあ、始めてよ」

「……約束……始めるって……どういうこと……」

「フフ、オマ×コを使って僕を射精させてくれるっていう約束だよ」

達也は天を突かんばかりに隆々と屹立する男根を眼で示した。

「僕はなにもするつもりがないからね。綾香が自分でまたがって腰を使って僕をいかせるんだよ」

「……そ、そんな羞ずかしいこと……い、いやですっ……できません……」

愕然とした夫人が顔を大きく左右に振った。犯されるのではなく、自分から達也の身体にまたがって禍々しい肉棒を受け入れ、そのうえ浅ましく腰を使うことなど、慎ましやかな夫人にできるはずがなかった。

「できなければ朝までずっとそうしていればいい。困るのは僕じゃなくて綾香のはずだから」

「……そ、そんな……」

綾香夫人は悲痛な声をあげたが、達也はニヤッと意地の悪い微笑を浮かべただけだった。もう自分から言葉を発するつもりもないらしい。

屹立した男根を誇示するようにベッドに横たわる少年と、乳房をかき抱いて立ち尽くす全裸の人妻——シンと静まり返った奇妙な構図の上を淀むように重い時間が流れていく。

「……ああ……」

その静寂の構図を破ったのは綾香夫人だった。

たとえそれが見せかけだけに過ぎないとはいえ、家庭の安寧を守るためにこの悪魔の部屋に足を踏み入れた以上、悪魔の要求に応じないわけにはいかない。

それに夫人はいたずらに逡巡して時間を浪費するわけにもいかなかった。眠りが深いたちの栄一郎は滅多に夜中に目覚めることはなかったが、それでもいつどんな不測の事態が起こるかわからないのだ。

「……いたします……」

消え入るように言ったその言葉は、達也にではなく自分に言い聞かせたものだった。夫人はよろめくように足を踏みだすと、唇を白くなるほど噛みしめてベッドに上がった。しかし、慎ましい夫人にはどうしていいものかが、しかとはわからない。

「フフ、心配はいらないよ。言う通りにすればいい。僕の身体をまたいでオシッコをする時の格好でしゃがみ込むんだ」

「……ああ……」

せつなく喘いだ夫人は、死ぬほどの羞ずかしさに耐えながら達也の身体をまたぐと禍々しい肉の凶器の上にしゃがみ込んだ。漆黒の毛叢に隠れていた夫人の女がサーモンピンクの肉色も鮮やかに男根の上で剝きだしになる。

「……ああ……羞ずかしい……み……見ないで……」

左右に開いた膝頭がガクガク慄え、淫らなまでに濡れそぼった肉溝の向こうで菊の蕾から垂れ下がった鉄環がユラユラ揺れた。

「つらくて羞ずかしいのは最初だけさ。おチン×ンを咥え込んだら、そんなことは忘れてしまうよ。──さあ、おチン×ンを摑んでオマ×コにあてがうんだ。あとは腰を沈めればいいだけさ」

達也が淫猥に光る眼で肉溝を見つめながら歌うように言った。

「……ああ……こ、こんなこと……」

声を慄わせた夫人が白く細い指をおずおずと野太い肉茎に添えた。

「……あ……」

熱く硬い亀頭を女の源泉にあてがうと、そのヌメリとした感触に、ビクンッと腰が慄える。

（……こ……怖い……）

岩塊のような亀頭をみずから体内に導かなければならない恐怖に夫人の身体が硬くこわばる。夫人はきつく眼を閉じ、恐怖を吞み込むように歯を食いしばると、ためらいがちに腰を沈めていく。

ジュブッ──しとどに濡れた花肉を押し広げるように亀頭が花口に没した。

「ああっ、いやっ……あああっ……」

長時間練りあげられた花芯から甘美な痺れが腰に広がり、閃光のような快美な感覚が背筋を駆けのぼる。こらえようもなく夫人の顎があがり、甘い声がこぼれでた。

快美感は花芯からだけではなかった。薄肉一枚を隔てただけの淫具を埋め込まれた肛道からも疼くような痺れが双臀に妖しく染み広がっていく。

「……ああ……だめ……」

交錯する官能の深さが恐ろしく、綾香夫人はそれ以上腰を落とすこともできなければ、腰を上げることもできずに進退きわまって、乳房をかき抱くようにしてガクガク身を慄わせる。

「どうしたの？　まだ先っぽを咥え込んだだけで、奥まで全然届いていないよ」

「……できない……こ、怖くてできないの……」

夫人はかぼそく声を慄わせ、いやいやというように首を振るばかりだ。

「仕方がないなあ。こうやってオマ×コの奥までしっかりと咥え込まなければだめでしょ」

達也がズンッと下から腰を突きあげた。

「ひいっ……ああっ、あああっ……」

腰が砕け、脳髄を突き抜ける快美な衝撃に白い喉をさらして夫人が啼いた。

「できないとか言いながらオマ×コがキュウキュウ食い締めているよ。フフ、本当はこうされたくて仕方なかったんでしょ」

「……そ、そんな……」

ハアハア熱い息を噴きこぼしながら夫人が首を振る。

「さあ、しっかり咥え込ませてあげたんだから、今度は綾香が腰を動かして僕を愉しませるんだよ」

そう催促されても夫人は動くことができない。深々と埋め込まれただけで腰がジーンと熱く痺れ、息があがってしまうほどの快美感なのだ。腰を動かしたら、達也を楽しませるどころか、自分が先におかしくなってしまうことは眼に見えていた。

自分を啼き狂わせるために淫らに腰を動かす——そんな浅ましい行為は淑やかな夫人の許容範囲を超えていた。

「ふーん、僕の言うことが聞けないんだ。またさっきの繰り返しだね。このままがいいんだったら、ずっとそうやっていればいいさ」

達也は芝居がかった仕草で大きく手を広げてみせたが、勝敗の帰趨はすでに明らかだった。官能の源泉を野太い肉棒で深々と穿たれ、双臀に淫具を埋め込まれた女の身に逃れる道などあるはずがなかった。

「……ああっ……」

ほんのすこし身じろいだだけでも、腰の芯が灼け、あえかな喘ぎが噴きこぼれてしまう。官能の生殺しのようなこの状況を、百歩譲って夫人が耐え続けることができたとしても、このままでは達也が精を放つことは絶対にありえない。つまり、終わらないのだ。

「……ああ……お願い……た、達也さんが……して……」

綾香夫人は顔を赤らめ、消え入りそうな声で、屈服の言葉を口にした。同じ狂い啼くなら達也に有無を言わせず啼かされた方がいいという苦渋の選択だった。

「してって、なにをするのかな?」

「……そんな……意地悪は言わないで……達也さんに動いてほしいの……」

「だめだね」

にべもなく達也が首を振った。

「そんなお上品な言い方は聞こえないよ。僕の望んでいる言葉を使わないとだめだな。それにお願いの仕方も間違っている」

「……ああ……」

綾香夫人はせつなげに喘いだ。達也がどんな言葉を求めているかはわかったが、それは慎ましやかな夫人にとって一度として口にしたことのない言葉だった。

「……た、達也さん……お願いです……あ、綾香に……」

ありったけの気力を絞って声をだしたものの、その言葉の前で言い淀んでしまう。

「フフ、綾香になんなのかな?」

「……ああ……あ、綾香に……お……お、オマ×コ……してください……」

身体中の毛穴から血が噴きでるような羞恥に声がかぼそく慄えた。

(……ああ、私……なんていうことを口にしてしまったの……)

そう思うほどに脳髄が灼けるように痺れ、肉棒を咥えた女の芯がグジュッと熱く蕩けていく。

「ハハハ、とうとう言ったね。僕は嬉しいな。綾香がそんなにオマ×コしてほしいなら、思いきりオマ×コしてやるよ」

愉しげに笑った達也は、上半身を起こすと両手で夫人の膝を掬いあげ、細く締まった足首を肩に担ぎあげた。グイと背中を引きつけ、二つ折りにするように抱えあげた夫人の身体を、胡坐に組み直した腰の上にストンと落とす。

「あひいっ……こ、こんなっ……いやっ……ああっ、あああっ……」

子宮を抉り抜かれるような深い結合感に綾香夫人はおののくように声を絞った。肛門に埋め込まれた淫具と肉壺を貫く野太い男根——前後から腰を支配する痺れるような拡張感に息が詰まり、口を閉じることすらままならず、熱を帯びた喘ぎが音をたてて噴きこぼれる。

「フフ、オマ×コしてなんて言わなければよかったって後悔するほど狂わせてあげるよ。最初はこれだよ」

達也はシーツの上からリモコンを拾いあげると、ニヤリと笑ってボタンを押した。

ブルルッ――激しいバイブレーションとともに悪魔の数珠玉が狭い肛道の中をのたうち始めた。

「ひいいっ……いやあっ……だ、だめっ……あああっ……」

淫具の震動が薄肉一枚隔てて肉壺を埋め尽くす男根に伝わり子宮を慄わせる。腰骨が灼け蕩けてしまうような快美感に、綾香夫人はガクガク総身を揺すりたてわななくように唇を慄わせ、きざしきった声をあげて啼いた。

宙を泳いでいた細腕が救いを求めるように達也の背にまわされ、ヒシとしがみつく。そうしないではいられなかった。

「フフ、可愛いね、綾香は」

ギュッと胸に押しつけられた柔らかな乳房から伝わる夫人のおののきが達也にはたまらない。

「お尻だけでこんなになっちゃうんだ。こうされたら狂ってしまうかな」

ジットリと汗に濡れた白い臀丘を達也の手がつかんだ。双臀ごと掬いあげた夫人の身体をユサユサ上下に揺すりたてながら、突きあげるような律動を熱く濡れた花芯に送り込んでいく。

「あひいっ……ああっ、いやっ……あああっ……」

硬い怒張で抉り抜かれる花芯から突き抜けるような快美な閃光が背筋を灼き、脳天にほとばしった。グンッとのけぞり返した顔を振りたくって夫人がヨガリ声を噴きあげる。

「ひいいっ、だ、だめっ、あああっ……ああっ、し、しないでっ、あひいいっ……」

女肉を貫き、四肢にほとばしる官能の快美さに夫人はこらえようもなく総身をのたくらせて啼き悶えた。

虚空に突きだされた白い足指が折れんばかりにそり返り、女の羞恥の頂点へと昇りつめさせられる予感にわななくように声が慄える。

と、突然、怒濤のような抽送がやみ、肛道を責めさいなんでいた淫具の震動がピタリと止まった。

「……あああ……」

安堵とも無念ともつかぬ喘ぎを洩らした夫人の身体が達也の腕の中でグッタリと弛

緩する。

「フフ、すぐにはいかせてあげないよ。その前に約束してもらわなくちゃ」

ハアハアッとふいごのように熱い息を噴きこぼす夫人の顔を、達也が悪戯っぽく覗きこんだ。

「今夜は絶対にイクって言うんだよ、いいね。フフ、オマ×コなんていやらしい言葉を言えたんだから、それくらい簡単でしょ」

女の羞恥の極みを告げるその羞ずかしい言葉は、何度達也に強要されても夫人が決して口にできなかった言葉だった。

「……ああ、そんなこと……これ以上、私を辱めないで……」

弱々しく顔を振り、哀訴する夫人の唇を達也の唇が塞いだ。

「……んんんっ……」

逃れようとする舌をやすやすと絡めとられ、千切れんばかりに吸いあげられた。野太い男根で花芯を深々と刺し貫かれたまま舌を吸われる――その甘美さを拒みきれずに脳が痺れる。トドメを刺すように達也が小刻みに腰を揺すりたててくる。女肉の芯から立ち昇る快美なさざ波に脳髄が蕩けた。

「……んんっ、んんんっ……」

綾香夫人は塞がれた喉の奥をせつなく鳴らして啼いた。口腔に送り込まれる達也の唾液をコクンコクンと顎を慄わせて呑み込んでいく。

「フフ、わかるだろ。綾香はもうどうしようもないほど僕の牝なんだ」

唇を離した達也が、トロンと霞のかかった夫人の瞳を見つめて笑った。

「ほら、いい声で啼いてごらん」

達也がズンと腰を突きあげた。

「あううっ、ああっ、あああっ……」

抗いようもなく夫人は顎を突きあげ、官能にきざしきったなまめかしい女の声で啼いてしまう。

「さあ、わかったね。イク時はイクって、ちゃんと教えるんだよ。いいね。ほら、僕の牝らしく返事をしなよ」

達也が腰を小刻みに揺すりたてて、ダメを押した。

「……あひっ、ああっ……あひっ、は、はい、あああっ……」

痺れるような愉悦に急きたてられるように、夫人は甘く声を慄わせて、ガクガク顔を振りたてて頷いていた。

（……ああ……私……本当にだめになってしまう……）

達也の手で生皮を一枚一枚剝ぎとられるように淫らな女へと堕とされていく——操られるように啼かされながら、せつない思いが心をかすめる。

だが、そんな思いもふたたび淫具のスイッチが入れられ、肛道に激しい刺戟を加えられるとたちまち消し飛んでしまう。

「あひいっ……ああっ、そ、それはいやっ……ああっ、だ、だめっ、あああっ……」

肛肉が灼け爛れ、双臀が蕩けてしまうような妖しい官能に夫人は丸い腰をのたくらせて、熱い声を噴きこぼした。

「そんなに淫らに啼いてしまって羞ずかしくないのかい」

夫人の羞恥を煽りたてるように言った達也が、ブルブル慄える双臀を抉り抜くように、トロトロに濡れ蕩けた肉壺を怒張で突きあげる。

「あひいいっ……ああっ、は、羞ずかしいっ……あひいっ、いやっ、あああっ……」

淫らな肉の悦びに負けてはいけない、溺れてはだめっ——綾香夫人は懸命に顔を打ち振り、羞恥に身をよじりたてるが、抑えようもなく噴きこぼれるヨガリ声が夫人の心と意志を無残に裏切っていく。

「フフ、もっと羞ずかしい姿を僕に見せるんだ」

悪魔さながらに淫猥な笑みを浮かべた達也は容赦なく腰を突きあげ、夫人のしとどに濡れた肉壺を抉り抜いていく。

達也は激しく責めたてながらも、残酷なまでに冷静だった。夫人が喉を絞って感極まった声とともにアクメを極める気配を見せると、ピタリと怒張の動きを止め、焦らすようにユルユル腰を左右に揺すった。

「綾香、そんなにあられもない声をあげて啼いてしまっていいのかな？　下で寝ているおじさんが驚いて起きてしまうよ」

真っ赤に火照った耳朶をシコシコと甘噛みし、耳孔に熱い息を吹き込みながら意地悪く囁く。

「……ああ……そ、そんな……」

うろたえるほど取り乱したところをこらえる暇も与えずに、ふたたび怒濤のようにトロトロに蕩けた花芯を抉りぬいていく。

「ひいいっ、いやあっ……あああっ、あひいいっ……」

羞ずかしい声を抑えるどころか、ひときわ淫らな声を噴きこぼして夫人は啼き乱れてしまう。

責めては休み、休ませては責める——その繰り返しだった。

官能にきざしきった綾香夫人はなすすべもなく、達也の手管に翻弄され、達也の意のままに身も世もなく啼き続けた。透きとおるほどの白さを見せていた雪肌が桜色に上気し、水を浴びたように生汗で濡れた裸身がヌメヌメとなまめかしい光を帯びて、のたくり悶える。

白濁した樹液にまみれた野太い肉茎が夫人の白い双臀のはざまを抉るたびに、ジュブッジュバッと淫らな水音があがり、甘酸っぱく熟れた女の匂いが濃厚なまでにあたりに立ち込める。

「あああっ、や、やめてっ……ひいいっ、もうしないでっ……あひっ、あああっ……」

背徳の器官を淫具で嬲られ、花芯を激しく責め抜かれて、夫人は狂おしいばかりに啼いた。意識すらが心をかすめず、もはや啼き狂うことしかできない。

達也の動きがひときわ激しくなった。夫人の裸身が跳ね踊るほど強く突きあげ、子宮を貫かんばかりに抉りぬく。

「あひいっ、ゆ、ゆるしてっ……ああっ、も、もうだめよっ……あひいっ、お願いっ、あああっ……」

汗を含んだ黒髪をバサバサ振りたて、夫人が哀訴の声とともにヒイヒイ喉を絞ってヨガリ声を噴きこぼす。痺れるような官能の閃光が次から次へと背筋を駆け抜け、脳天を貫き通した。脳髄が灼け、視界が白く弾け飛んでいく。

「さあ、イクと言うんだよッ」

達也がこれがトドメだとばかりにズブウウッと子宮を突きあげた。

「あああっ、い、いやあっ……ひいいっ、い、いくっ、ああっ、いきますっ……」

激しく総身を揺すりたてた綾香夫人は憑かれたように羞恥の極みを告げる言葉を口走り、顔をもげんばかりにグンッとのけぞり返して、喉が裂けるような断末魔の叫びを噴きあげた。

「ひいいいいいっ……」

アクメの快楽が四肢にほとばしり、硬直した裸身がビクビクッビクンッと跳ねるように慄える。花芯が引きつるほどに収縮し、怒張を食いちぎらんばかりに締めつけて灼けつくような熱い樹液を噴きこぼした。

「……はあああ……」

長くせつない喘ぎとともに夫人の身体が、達也の腕の中でガクンと弛緩して肉の重みを増した。

「フフ、凄まじいイキっぷりだね。やっぱり、夜、おじさんが家にいる時にした方が綾香は燃えるのかな?」

達也の揶揄にも、夫人はしどけなく開いた涎まみれの唇をワナワナ慄わせ、ハヒイハヒイッと荒く乱れた息を噴きこぼすばかりだ。

「でも、まだ終わりじゃないんだよ」

達也は汗にぬめ光る夫人の双臀をグッと引き寄せると、肛道深く埋め込んだ淫具の震動と連動するように小刻みに腰を揺すりたてた。亀頭で子宮口をついばむようなバイブレーションを加えながら、爆ぜんばかりに膨れあがった夫人の女の芽をグリグリ臼で挽くように恥骨で擦りあげていく。

「……も、もうゆるして……もうだめなの……」

かぼそく声を慄わせ、精も根も尽き果てたというように夫人が哀訴する。

「フフ、それはどうかな。女の身体はそういうふうにはできていないと思うけど」

意味ありげに微笑んだ達也は、急く様子も見せずに悠々と腰を揺すりたて続けた。

「……ああ……」

ハアハア荒い息を噴きこぼすばかりだった夫人があえかな喘ぎを洩らした。

アクメの余韻がゆっくりと引いていくその陰で、消え切らずにくすぶっていた官能の熾き火がチロチロと女体の芯を炙るように舐め始めたのだ。その小さな火は徐々に、そして確実に大きくなって夫人の女肉を灼いていく。

「……ああ……いや……あああ……」

グッタリしていた綾香夫人の身体に緊張が走った。黒髪を揺すりたてるように大きく首を振り、こらえきれずに放った喘ぎはすでに官能の色に染まっていた。

「ほら、たまらなくなってきたんでしょ。男に責め続けられたら何度でも淫らに啼かされてしまう——フフ、それが女なんだよ」

小刻みに腰を揺すりたてながら達也は笑った。

「……そ、そんなこと……ああっ、あああっ……」

否定する言葉も満足に言い終わらぬうちに、夫人は熱を帯びた喘ぎに喉を慄わせ、熟れた腰をくねらせるように大きく身悶えた。自分の身体がふたたび官能の炎に灼かれ始めている——そう自覚するとますます炎は大きくなり、ゴウゴウと燃え盛って夫人を呑み込んでいく。

「ああっ、だ、だめっ……あひっ、あひっ、ゆ、ゆるしてっ、あああっ……」

とうとう夫人は女肉を灼く炎を吐きだすように熱い声で啼き始めた。達也の腰の動きに応えるように、狂おしく総身を揺すりたて、顔をのたくるように振りたてて肉の愉悦に染まった声を噴きこぼした。

「フフ、いい声で啼けるね。気持ちよくてたまんないんでしょ。でも本当に楽しいのはこれからなんだ」

達也の手が、淫らに揺すりたてられる夫人の双臀の谷間に潜り込んだ。プクンと膨れた肉の蕾から垂れ下がる鎖を探りあてると、先端の鉄環に指をかけグイと引いた。

「ひいっ……ああっ、い、いやっ……」

肛道に埋め込まれた珠が外に引かれ、肉門を内から押し広げようとする感覚に夫人が引きつった声をあげる。

「フフ、このオモチャの本当の味を教えてあげるよ。この味を覚えたら病みつきになってしまうよ」

ヌプッ——狭くくびれた肉門からブルブル震える重く硬い珠がひとつ引き抜かれた。

「ひいいっ、だ、だめえっ……あううんっ……」

肛門を捲り返され、肛道をズルウッと引きだされる異様な感覚は、きざしきった女体にとって気がそぞろになるような妖しく快美な愉悦だった。夫人は達也の背肉に細指を食い込ませてしがみつき、双臀をガクガク揺すりたてて低く唸るように啼いた。

双臀が蕩け、全身の力が抜けていく甘美さに慄える夫人の身体を、達也が腰を揺すりたてて責めあげる。

「……あひいいっ、あああっ……」

花芯と女の芽から痺れるような快美さが脳天を突き抜け、脳髄を灼く。夫人はこらえきれずに軽いアクメに達した。

ズルウッ、ヌプッ——間髪を入れずに二個目の珠が引き抜かれる。

「……ああっ、ああああっ……」

花芯と肉芽、そして背徳の肉道——女の勘所を同時に責め嬲られるめくるめく愉悦に夫人は総身をブルブルガクガク慄わせ、あられもなく開いた口をわななかせて啼き続けた。

ヌプウッ、五個目の珠に肛肉を捲り返されると綾香夫人は崩壊した。

「あひいいっ、く、狂ってしまうっ、ああっ、あああっ……」

夫人はみずから怒張をむさぼるように腰を激しく揺すりたて、バサバサ黒髪を振りたてきざしきった声を噴きあげる。夫人にはもう愉悦しか見えていなかった。

「ああっ……い、いく、いくっ、ああっ、いってしまううっ……」

教え込まれたばかりの絶頂を告げる言葉を絞りだした夫人の顔が白い喉をさらしてのけぞり返った。

その瞬間を狙い澄ましたように残りの珠が一気にズブズブ、ヌプウウッと肛道から引き抜かれた。

「いやあああっ……」

肉道を抜き取られるような凄まじい快美感が夫人を襲った。

背をたわめ、のけぞり返った夫人の身体を揺すりあげるように達也が腰を突きあげ、怒張でジュブウウッと花芯を抉りぬくと、低く唸るような声とともに精を放った。

「ひいいいいいいっ……」

アクメにひきつる女芯を熱い精のほとばしりで灼かれる感覚に、夫人が断末魔の悲鳴をほとばしらせた。

双臀から花芯から相次いで四肢を駆け抜ける官能の雷撃に、夫人は喜悦を告げる声すら失った。

「…………」

声にならない叫びを噴きあげるように開け放った唇をワナワナわななかせ、硬直した裸身をガクガクブルブル、オコリのように慄わせ続ける。

熟れた牝の匂いが充満する部屋がシンと静まり返って、時間が止まった。

ガクン——スローモーションのように夫人の顔が前に落ち、達也の背肉をギリギリ摑んでいた白い手がダラリと垂れ下がる。

凄まじいまでのアクメを極めた綾香夫人は悶絶した——。

第四章　贄となる次女　麻里

1　鞭という名の烙印

「お父さま、最近、お母さまが綺麗になったと思わない？」

六月も残すところ一週間となった日曜の夜——、奥宮家のダイニングに麻里の明るい声が響いた。

「そうかな。私には変わらないように見えるが……」

箸の動きを止めた栄一郎が穏やかに微笑んで言葉を濁した。

だが栄一郎は、最近、妻がそこはかとなく色香を増していることにはもちろん気づいていた。だからといって、妻がきれいになったと素直に口にすることは古風な栄一郎には、はばかられることだった。

「もう、お父さまったら鈍感なんだから。達也君だってそう思うでしょ」

桜色の唇を可愛らしく尖らせた麻里は達也に同意を求める。

「そんな話、よしましょう」

羞じらいを浮かべて綾香夫人が首を振る。

最近、綺麗になったわね、色っぽくなったんじゃない——親しくしている近所の婦人たちからもすでに何度となくそう指摘されていた。そのたびに夫人は、知らず知らずに淫らさがにじみでてしまっているのだろうかと、身も凍るような心地になった。夫の前ではなんとしても避けたい話題だった。

「おばさんはいつでも綺麗なような気がするけど——」

達也がはにかむように小声で口にする。

その言葉に綾香夫人は居ずまいをただす振りを装って、身構えた。だが、恐れていたバイブレーションはやってこなかった。夫人は安堵とともに腰の力を抜く。微かに身じろいだ双臀の最奥には、あの忌まわしい淫具が今夜も埋め込まれていた。

「ああ、なんだかなあ。相変わらず達也君たら煮えきらない言い方ね。男なんだからもっとはっきりしなくちゃだめよ」

いかにもお姉さま然と嘆いてみせた麻里は、あきらめたように本題に入った。

「もう、前置きはやめにしたわ。ねえお父さま、こんなに綺麗で素敵なお母さまなんだから、たまにはプレゼントを差しあげたらいかがかしら」

「プレゼント――藪から棒になんの話かな？」

「お父さまとお母さまは次の土日に九州に行かれるでしょ」

それは達也が奥宮家に来る以前から決められていたことだった。かつての部下が赴任先の大分で結婚式を挙げることになり、栄一郎と綾香夫人は仲人の大役を務めることになっていたのだ。

「大分って別府の隣でしょ。お父さま、金曜日にお休みをとって、お母さまを温泉に連れて行って差しあげたらどうかしら。せっかくふたりだけで九州まで行くんですもの。こんな機会は滅多になくてよ」

「うーん、ふたりだけの旅行か――新婚旅行以来ということになるな」

栄一郎が思案深げに首をひねった。

「……あなた……ご無理をなさらなくてもいいのよ……」

この九州行きを嫉妬心と支配欲が強い達也が快く思っていないことを知る夫人がさりげなく口を挟んだ。

「いや、今週は大きな動きがないから、今からでも有休をとることはできるだろう。

うん、そうだな、たまには温泉でふたりでのんびりしてくるか」

栄一郎が夫人の顔を見て破顔一笑した。

「……は……い……」

栄一郎の決定に異を唱えることができない夫人は頷かざるを得ない。

「わあ、やったあッ」

自分の思惑通りにことが進行した麻里が手を叩いて喜んだ。

「夫婦水入らずの温泉旅行なんて素敵。思いきりふたりで楽しんできてね」

もちろん、達也にはことの成り行きが楽しかろうはずがなかった。口元に微笑を浮かべながら、一瞬、射るような視線で麻里を睨みつけた。

(おせっかいな女め。いつまでもお姉さん気取りでいられると思うなよ。死ぬほど後悔させてやる)

だが、もちろんこの場で麻里に手を出すことはできない。達也の暗い情念は綾香夫人に向けられる。

ブルルッ――双臀の最奥を揺さぶるようなバイブレーションが夫人の肛道を襲った。

達也の性格を知る夫人はこの襲撃を予期していた。テーブルの下で手をギリギリ握りしめ、十秒ほどの激しい刺戟を耐えた。

「……ああ……」

それでも双臀の最奥からジーンと広がる疼くような痺れに、夫人の口からは微かな喘ぎが洩れでてしまう。

あわてて顔をあげた夫人を栄一郎が見つめていた。どぎまぎした様子を羞じらいの表われとでも勘違いしたのだろうか、栄一郎が微笑みながら頷いた。

（……ああ、あなたはなにもお気づきではないのね……）

安堵なのか落胆なのか——どちらともつかぬ思いが心をかすめ、夫人はすでに動きを停めた淫具をますます強く意識した。

肛道を押し広げるそのズシリと重い珠は、夫への裏切りの証しであり、達也への隷従の印しだった。これを埋め込まれた夜は達也の部屋に忍んでいかなければならない。それはすでに暗黙のルールとなっていた。

今夜もまた身も世もなく啼き狂わされるのだ——恐れと絶望に締めつけられる心とは裏腹に、達也に責め嬲られる自分の姿を想像した夫人の花芯はジュクッと妖しく疼いてしまう。

（……ああ、栄一郎さんの前だというのに……）

家族の和やかな夕餉の席で身体が淫らに反応してしまう——夫人は自分の中に自分

では制御できない女が存在していることに慄然とした。罪深く淫らな女、それは達也の手で導きだされ、馴致されたもうひとりの自分だった。


その週の木曜日の昼下がり――。

リビングにスーツケースを広げた綾香夫人は、明日からの九州旅行に備えた荷造りにいそしんでいた。メインは仲人という大役である。式前日の両家への挨拶、当日の礼装と、思いのほか衣類の量がかさんでしまう。

「楽しそうだね、綾香」

突然、背後から達也の声が聞こえた。

愕然として振り返った夫人は思わず息を呑んだ。達也はすでに全裸だった。股間に重たげな男根がダラリと垂れ、手にはどす黒い麻縄の束をいくつもぶら下げている。

「……た、達也さん……ど、どうして……学校は……」

驚きと恐怖とともに、達也を刺戟しないために学校から帰宅する前に荷造りを終えてしまおうという計画が頓挫してしまったことへの悔いが夫人の心を締めつける。

「勉強なんかしている心境じゃないのさ。――素っ裸になりなよ」

いつになく険のある眼で見つめられた夫人は逆らいようがなかった。

せつない喘ぎとともに、ブラウスを脱ぎ、スカートを下ろしていく。

「……ああ……」

レースのカーテンを通してまばゆい午後の陽光が射し込むリビングで一糸まとわぬ全裸になった夫人は、慄える手を後頭部で組み、女体のすべてを開示する羞恥のポーズをとろうとした。

「ポーズはいいよ。両手を前にだして組むんだ」

おずおずと差しだされた夫人の細い手首を交差させると、ひとまとめに達也が麻縄で縛りあげる。

「……ああ……お願い、縛らないで……縛られなくても達也さんの言う通りにしますから……」

声を慄わせて哀訴する夫人の健気な姿にほだされたのか、ようやく達也の顔にいつもの微笑みが浮かんだ。

「フフ、だめだよ。今日は縛る必要があるんだ。理由はもうすぐいやでもわかるさ」

不気味な言葉に竦みあがる夫人の身体を達也はダイニングに引きたてた。

「さあ、足を思いきり開くんだ」

テーブルと向き合う形で夫人を立たせた達也はそう命じると、ためらいがちに開いた夫人の足首にそれぞれ麻縄を巻きつけ、グイと引き絞ってテーブルの左右の脚に別々に縛りつけてしまう。スラリと引き締まった美脚が大きく割り裂かれ、すでに二枚の花弁がほころんでサーモンピンクにぬめ光る肉溝を覗かせている秘所が露わにさらされた。

「……ああ……な、なにをなさるの……」

「こうするのさ」

テーブルの向こう側にまわった達也が夫人の手首を縛りあげた縄をグイと力まかせに引いた。

「ひいっ、いやっ……」

夫人の上体が前のめりに引き倒された。たわわな乳房が冷たいテーブルに押しつけられグニュッと変形する。達也は容赦なく引き絞った縄尻をテーブルの二本の脚にまわし掛け、中央でもう一度縄にかけて引き絞るようにして縄留めした。

綾香夫人は丸い双臀を背後に突きだす格好でテーブルに固定されてしまう。

「……ああ……こ、こんな……羞ずかしい……」

夫人は、唯一自由のきく顔を心細げに上げて声を慄わせる。

「フフ、素敵な格好だね」

　達也の手が滑らかな手ざわりを確かめるように白い双臀をソロリと撫ぜた。

「九州に行くのが愉しみなんでしょ？」

「……ああ、そんな……し、仕方がないの……わかるでしょ……」

「おじさんに言われたから仕方がない、逆らえない――フフ、綾香らしい答だね。久しぶりの夫婦水入らずの旅行だ。おじさんが温泉に入ろうと言えば、綾香は仕方がなく一緒に入って、仕方がなく、素敵なお乳も、この可愛いお尻もおじさんに見せてしまう。そういうことかな？」

　綾香の滑らかな背中から豊かに熟れた双臀を撫ぜながら達也が言った。

「……そ……それは……」

「フフ、一緒に温泉には入りませんとは答えられない。正直だね、綾香は」

　達也の細い指が、臀丘のあわいに隠しようもなくさらされた肉の亀裂をなぞるように這った。鮮やかなサーモンピンクの肉溝はすでに淫らな濡れを示している。ヒクリヒクリとおののく花口をくすぐるように達也の指先が脅かす。

「……ひっ……いや……」

「いやじゃないでしょ。温泉宿でおじさんに求められれば、仕方がなく、綾香は股を開いてここにおじさんのおチン×ンを受け入れる」

二本揃えた達也の指がズブッと夫人の花芯を貫いた。

「ひいいっ、いやっ……あぁっ、だ、だめっ、あぁあっ……」

柔肉をまさぐられ、プクンと膨れた肉襞のシコリをコリコリ指先で掻きたてられると、達也の嬲りに馴らされた夫人の女体はこらえようがなかった。双臀を淫らに慄わせ、あえかな声をこぼして啼いてしまう。

「フフ、わかるでしょ。そこから先は仕方なくじゃないのさ。オマ×コにおチン×ンを咥え込まされたら、悦んで腰を揺すって、淫らな声をあげて啼いてしまう。それが女なんだ」

達也は指を無造作に花芯から抜き取ると、新たな麻縄を手に取った。キュッとくびれた夫人のウエストを二重にした縄でグルリとひと巻きする。

「……な……なにを……」

不安におののき慄える夫人の腹の前で、縄尻の輪をくぐらせて二重の縄を股間にたぐり寄せる。達也は二本の縄をよじり合わせるように丹念にあざなっていく。こうするとただでさえ硬い麻縄の硬度が増すのだ。

ガチガチに硬くなった縄が夫人の股間を通され、腰に巻かれた縄に掛けられてグイッと引き絞られた。よじり合わされた縄が隠しようもなくさらされた女の亀裂にググッと食い込む。

「ひいいいいっ、いやあああっ……」

敏感な肉芽が押し潰され、柔らかな女の肉溝を硬く毛羽だつ麻縄で締めあげられる衝撃に綾香夫人が悲鳴をほとばしらせた。

達也は容赦なく引き絞り、二枚の花弁のあわいに縄が没して見えなくなるほどきつく締めあげて、ようやく縄留めをした。

「……ああっ……ど、どうしてこんな酷いことを……」

女肉の芯を締めあげられる息苦しいほどの緊縛感にたちまち夫人の息があがった。ジーンと灼けつくような痺れが腰を支配し、身じろぐことすら恐ろしい。

「フフ、これは綾香のような淫らな女を責めるための股縄という縛りさ。お仕置きだよ。おじさんと一緒に温泉に入らない、おじさんとセックスしない、そう答えられなかった罰だ。縄で締めあげられたオマ×コが誰のものか、身に染みるまでそうやっているんだ」

「……そ、そんな……も、もう私をいじめないで……」

綾香夫人の声が慄え、瞳に涙がにじんだ。

できることなら旅行になど行きたくはない、それが夫人の本心だった。夫を裏切っているという罪悪感を抱えた旅行が楽しかろうはずがなかった。だが、仲人という人との関わりの中で決められた大役があるため、自分の都合で行かないと言うわけにはいかないのだ。

（……こんな酷いことをしなくても……私の身体はもう……どうしようもなくあなたのものじゃない……）

言葉にすることこそためらわれたが、綾香夫人は心の中でそう言った。

ふと気づくと達也の気配が消えていた。夫人は首を捻るようにして背後を見た。達也の姿はない。

どこへ行ってしまったの——言い知れぬ不安が心を締めつける。夫人は手足の縛めを解こうと身を揺すりたてた。

「……あっ……あぁっ……」

揺すりたてた腰から電撃のような感覚が背筋を駆け抜けた。縄で締めあげられた肉溝が灼け、肉芽がジーンと痺れるように疼く。それだけではない。毛羽だった縄で擦りあげられるためだろうか、秘肛にすらむず痒いような妖しい感覚があった。

（……ああ……こんな……）

それがまごうことなき官能のきざしであることを知った夫人がうろたえる。

だが、女の急所を締めあげる縄を意識すればするほどに、腰の芯が灼けるような熱を帯び、甘美な痺れが四肢に広がっていく。身じろげばさらに刺戟が増すとわかっていても、女肉が疼く焦れるような感覚にじっとしていることができない。股縄を食い込ませた丸い双臀が蠢くように淫らに揺れ始める。

「……ああ……あああっ……」

いつしか夫人の裸身はにじみでた生汗でジットリと濡れ、喘ぎは官能に染まってあえかな啼き声へと変わっていた。

（……ああ……は、早く……戻ってきて……お願い……）

この窮地を脱するには達也の慈悲にすがるしかない――官能に女芯を灼かれ、身悶えながら夫人は達也が戻ってくることを乞い願った。

「……あああっ……」

ぬめ光る裸身を慄わせ、もどかしげに双臀を揺すりながら啼泣を洩らすその姿から匂いたつような色香が漂っていた。

そんな悩ましい身悶えをどれほど続けただろう。もう達也は戻って来ないのではないか――そんな恐れとも不安ともつかない思いが脳裡をかすめ始めた時、それを待っていたかのように、突然、背後から達也の声が聞こえた。

「フフ、淫らな女そのものになったね」

「……ああ……た、達也さん……」

思わず洩らした綾香夫人の声には隠しようもなく安堵の響きがあった。

「……もうゆるして……お願い……」

前に立った達也を夫人は潤んだ瞳ですがるように見あげてせつなく声を慄わせる。

「フフ、とっても素敵な顔になったね」

夫人の顔を近々と覗き込んだ達也が笑みを浮かべて唇を重ねてきた。

官能にさいなまれ、達也が戻るのを待ち焦がれていた夫人の心には、くちづけを拒もうという思いは微塵も浮かばなかった。夫人は柔らかく甘い舌をみずから差しだして、達也の舌にゆだねた。

「……んん、んんんっ……」

舌を吸いあげられると股縄で締めあげられた花芯がグジュッと蕩け、花弁のあわいからあふれでた羞ずかしい女の樹液がネットリと内腿を濡らす。

「フフ、もう素直に言えるだろ。さあ、言ってごらん。綾香のオマ×コは誰のものかな？」

長い口づけを終えると、達也が支配者の笑いを浮かべながら訊いた。甘美なくちづけを与えられた夫人はその笑いにあらがうことができない。

「……ああ……あ、綾香の……お……お、オマ×コは……達也さんのものです……」

霞みがかかったようにトロンと潤んだ瞳で達也を見あげて、いざなわれるように声を慄わせる。

「フフ、嬉しいな。じゃ、素直になれた綾香に、主人の僕からとっても素敵なご褒美をあげるよ」

達也が一メートルほどの長さの黒い棒状のものを夫人の顔の前にかざした。

「……それは……」

「初めて見るのかな。フフ、これは鞭っていうものさ」

それは〈平鞭〉と呼ばれるラバー製の鞭で、太いグリップから幅三センチほどの板状の舌が次第に薄くなりながら長く伸び、先端は数ミリの厚さしかない。

「……鞭って……ま、まさか……私を……」

トロンと靄みがかかっていた綾香夫人の瞳が驚きと恐怖に見開かれる。

「もちろん、そのまさかさ。鞭にはほかに使い道はないからね。――フフ、この鞭はね、あの人の愛用品だったんだ。あの人が自分の女たちをいやというほど泣き叫ばせた鞭さ。白金のマンションの秘密部屋にはこういう面白い道具や便利な薬が山ほどあるんだよ」

白金のマンションとは達也が実の父である沖田哲男とともに暮らしていたマンションだった。現在は達也の後見人であり管財人でもある栄一郎が管理しているが、成人と同時に達也の財産となる。そのこともあって、達也は今でも自由に出入りすることができた。

「じゃ、始めるよ」

達也が夫人の背後に立った。打ってくれとばかりに無防備にさらされた丸い双臀を鞭の舌先でピタピタと嬲る。

「……ああっ、い、いやっ……お願い……や、やめてっ……」

ヒンヤリと冷たい鞭先の感触に白く艶やかな尻たぶがスーッと鳥肌だってワナワナ慄え、夫人の声が恐怖に染まる。

「だめだね。これだけは絶対にやめないよ。この素敵なお尻が僕のものだという印しをしっかりと刻み込んであげる。フフ、鞭の痕がついたお尻じゃ、おじさんとお風呂に入ることもセックスもできないでしょ」

「……ああっ、む、鞭なんていやですっ……そんなことしないでっ……ああっ、い、いやですっ……」

古代や中世の奴隷さながらに鞭で打たれる――身も凍るような恐怖に、夫人は生汗にぬめ光る裸身をブルブル慄わせ、冷たく硬い鞭の舌先に怯えるように白い双臀をガクガク揺すりたてる。

「……あ、あああっ……」

官能に染まったせつない声をあげて綾香夫人が啼いた。激しい身じろぎはそのまま股縄で締めあげられた女の芯に快美な刺戟となって返ってくるのだ。

「フフ、いやとか言いながら羞ずかしい声で啼いてしまって――その淫らな気分を忘れさせてあげるよ。さあ、思いきり泣き叫んでごらん」

空気をブンッと鋭く切り裂いて鞭が一閃した。

ビシイイッ――重く鋭い音をたてて、夫人の白い臀丘に漆黒の鞭の舌先が食い込む。手首のスナップを充分きかせた容赦のない一打だった。

「ひいいいいっ……いやあああっ……」

一打擲の衝撃から数瞬遅れて、肉が引き裂かれるような鋭い痛みが双臀を襲った。一瞬、のけぞり返った夫人の顔が、激しく左右に打ち振られ、ガクガク総身が踊るように揺れる。

鋭い痛みが去るとジーンと灼けつく痺れのような疼痛が双臀全体に広がっていく。

「……あぁっ……い、痛いっ……」

たった一打で夫人の眼からはこらえようもなく涙があふれでた。

生まれてこの方、親にも手をあげられた経験すらない夫人にとって初めて知らされる剥きだしの暴力、鞭で打たれる衝撃は想像を絶していた。もちろん痛みに対する耐性もない。

だが、もとより夫人を泣き叫ばせ、涙を絞りとることを目的とする鞭打ちが一打で終わるはずはなかった。痛みが肉に充分染み渡るだけの間合いをとって、ビシイッ、ビシイイッと非情な鞭が夫人の柔らかな臀丘に容赦なく叩きつけられた。

「ひいいっ、いやああっ……ああっ、ゆ、ゆるしてっ……あああっ……」

打たれるたびに夫人は悲痛な叫びをほとばしらせ、四肢を縛る縄がギシギシきしむほど激しく総身をのたうたせて悶え泣いた。

いやっ、やめてっ、打たないでっ、お願いっ、ゆるしてっ——涙とともに喉から絞りだすすがりつかんばかりの哀訴もビシイイッと肉に食い込む次の打擲の呼び水にしかならなかった。

やがてその哀訴の声さえ、こらえようもなく噴きこぼれる激しい嗚咽に呑み込まれて聞こえなくなった。

「……あひい、あひいっ、あああああっ……」

双臀全体が燃えさかる炎に包まれ、肉が灼け爛れるような痛みに、夫人は汗みずくの裸身をブルブル慄わせ、幼女のように声をあげて泣いた。身も世もなく泣きじゃくった。

そこでようやく長く激しい鞭打ちが終わった。

雪のように白かった夫人の臀丘は真っ赤に染まって腫れあがり、無惨な鞭の痕を縦横に刻み込まれて、ブルブル小刻みに慄え続ける。

「フフ、しっかり僕の印しを綾香のお尻に刻み込んであげたよ。これで九州に行っても僕のことを忘れないでしょ。椅子に座るたびにお尻が痛みに痺れて、そのお尻が誰のものかを思いだすんだ。僕の色に染まったお尻をおじさんに見せようなんて気にはもうならないね」

テーブルに突っ伏して嗚咽に慄える夫人の顎を達也の手が摑んで、泣き濡れた顔をグイとさらしあげた。

「……ああ……さ、さわらないで……」

涙に濡れ、涎と鼻汁でグジョグジョになった顔を振りたてて綾香夫人は達也から目をそむけようとした。

「どうやら鞭のご褒美は気にいってもらえなかったらしいね。じゃ、今度は別のご褒美をあげるよ。フフ、綾香の大好きな甘く蕩けるキャンディ——、僕のおチン×ンをたっぷり味わわせてあげる」

ニヤリと笑った達也は夫人の背後にまわると、双臀にきつく締め込まれている股縄の結び目を解き始めた。

「……ああ……もういやですっ……な、なにもしないでっ……」

鞭打たれた身体を犯されると知った夫人はいやいやと激しく左右にかぶりを振った。しゃくりあげるような嗚咽とともにせつなく裸身を揺すりたてる。

「フフ、本当にいやなのかな？　こっちの口も淫らな涎を垂らしてベトベトだよ」

女の亀裂に食い込んでいた縄をはずした達也が笑った。麻縄のその部分はベットリと樹液にまみれて変色し、淫らな糸まで引いている。

股縄で練りあげられた肉溝からは甘酸っぱい濃厚な女の匂いが立ち昇り、夫人がしゃくりあげるたびにしとどに濡れた花口とプックリ膨れた菊蕾が喘ぐように蠢き、淫らな収縮を繰り返した。

淫猥な微笑みを浮かべた達也が赤剝けた亀頭を花口にヌプッとあてがう。

「ああっ、いやっ、やめてっ……ああっ、しないでっ……」

綾香夫人が激しく顔を振りたてて哀訴の声をあげたが、達也が腰を進めると、その悲痛な声とは裏腹に熱く濡れそぼった花口は硬く膨れた亀頭をやすやすと受け入れてしまう。

ジュブウウッ――サーモンピンクの花肉を押し広げ、野太い肉茎が夫人の肉壺に沈み込んでいく。

「ひいいいっ、いやあああっ……」

ジンジン灼けつくように痛む双臀の芯を、真っ赤に焼けた鋼鉄の杭で押し広げられ、深々と抉られていくような異様な挿入感に、夫人が汗に濡れた背をのけぞらせてひときわ高い声で啼いた。

だが股縄と鞭打ちで練りあげられた女の芯はここでも綾香夫人を裏切ってしまう。悲痛な叫び声とは裏腹に、夫人の花芯は熱くたぎらんばかりの樹液を溜めてトロトロに蕩けきっていた。柔肉がざわめくように淫靡に蠢き、硬く野太い男根の侵犯を待ちわびていたとばかりに肉茎にネットリと絡みついて亀頭をギュウウッと絞るように吸いあげる。

「フフ、やっぱり綾香は淫らだなあ。オマ×コが焼けるように熱く濡れて、もうすっかり出来あがっているよ」

達也は夫人の羞恥を煽りたてるように笑いながら言葉で嬲った。

だが、達也には夫人を一気に責め落としてしまおうという気はなかった。眼を閉じて泣きじゃくる夫人の声で耳を楽しませながら、官能にきざしきった女肉の感触をじっくりと味わうように腰を使った。絡みつく肉襞をめくり返すように亀頭をゆっくりと肉壺から引きだしては、ふたたび花口に沈め、ヌプヌプと二度三度浅く遊ばせてからおもむろにジュブジュブウッと最奥まで縫いあげていく。熱く蕩けた女肉の感触はなんとも快美な味わいがあり、特に怒張を引き抜く時に見せる吸いつくような秘肉の蠢きにはえもいわれぬ愉悦があった。

「……あああっ……ああっ、あああああっ……」

夫人の嗚咽が尾を引くような啜り泣きに変わり、それがいつしか官能に染まった女の啼き声となって、怒張の動きに合わせるようにわななく唇のあわいから噴きこぼれていく。

(……ああ……ど……どうして……)

腰を支配する灼けつくような痛みの底から肉が蕩けるような甘美な痺れがさざ波のように四肢に広がっていく。悠々とした男根の動きから導きだされるもどかしく焦れるような感覚に、双臀を淫らに揺すりたてずにはいられない。

（……あんなに酷く鞭で打たれたばかりだというのに……）

自分の身体がもっと激しい刺戟を望み、さらに深い愉悦を求めていることを知って夫人は愕然とした。

（……ああ……こんな淫らなこと……い、いけないっ……）

夫人は女体の欲求にあらがうようにきつく唇を噛みしめ、自分を戒めるように激しく首を振った。官能に搦めとられまいとギリギリ手が握り締められる。

達也が悪魔さながらにニヤリと嗤った。汗に濡れた夫人の背に上体を覆いかぶせると、こじ入れた両手でたわわな乳房をつかみとり、練り潰すような強さでシナシナと揉みしだいた。

「ひいいっ、いやっ、や、やめてっ……」

狼狽も露わに、達也の手から逃れようと懸命に身をよじりたてた夫人の双臀をビシイッと叩きつけるように達也の腰が突きあげた。

ジュブウウウッ、今までにない激しさで怒張が肉壺を深々と抉りぬく。雷撃のような快美な痺れが夫人の背筋を貫き、脳天で炸裂した。

「あひいいっ、いやっ、ああああっ……」

のけぞり返った綾香夫人の口から火を吐くような熱い啼き声が噴きこぼれる。

「あううっ、いやあっ、あああああっ……ああっ、あひいいいっ……」

こらえる暇も与えないとばかりに達也の腰が肉音も高く夫人の腰を叩き続ける。

ギアをいきなりトップにあげたようなその怒濤の責めを夫人の身体はこらえることができない。じっくり練りあげられ、ジワジワと焦れるように膨れあがっていた官能がたちまち臨界点を超え、大きな渦となって夫人を呑み込んだ。

「ひいいいっ、ああっ、だ、だめっ……あひいいっ、た、達也さんっ……ああっ、いっ、いくっ、いくっ、いきますうっ……あひいいいいっ……」

喉を慄わせ、ひときわ高い声を噴きあげて夫人が官能の頂点に一気に駆けのぼった。顎を突きあげ、のけぞり返った裸身を跳ね踊らせるように、ブルッ、ブルルルッとアクメの痙攣が走り抜ける。

熱く濃厚な樹液を噴きこぼし、柔肉がキリキリ肉茎を食い締めてくる。その収縮に応えるように、激しい脈動とともに怒張が爆ぜた。トロトロに蕩けた女肉の最奥に灼熱の精がドクックンッと射込まれる。

「……あううううっ……」

午後の陽光の射すリビングに肉の喜悦に慄える綾香夫人の牝そのもののなまめいた呻きが響き渡った——。

2 啼き悶える処女

翌朝。

「はい。麻里お姉さんの特製ジュース」

達也がキッチンから運んできたジュースを麻里の前に置いた。グレープフルーツとレモンをミックスしたそのジュースは麻里のお気に入りで、毎朝、綾香夫人がミキサーで絞りたてを作ってくれるのだが、今朝は数時間前の作りおきだった。

あいにく朝一番の大分行きのチケットしか取れなかったために、栄一郎と夫人は六時に家を出てすでに羽田に向かっていた。

「今日から三日間、ふたりで留守番か。なんだかキャンプみたいで楽しいわね」

美容と健康によいと信じているそのジュースをゴクゴクと飲み干した麻里が、これも夫人が作っておいたサンドイッチを手にとって微笑んだ。

「そうかなあ……本当に楽しければいいけど……」

牛乳をひと口飲んだ達也が、その言葉に裏の意味を隠しながら心細げにつぶやいた。

「フフ、頼りない男手だけど、大丈夫よ。今夜はお姉さんが、特製のパスタを作ってあげる」

パステルブルーのブラウスの膨らみをそらせるように胸を張って麻里が無邪気に笑った。

（……どうしたんだろう……ものすごく眠い……）

自室に戻り、大学に行くための身支度を整えた麻里の身体が姿見の中で揺れた。

重く垂れてしまいそうな目蓋を懸命に開いて、麻里はブラシで梳きあげた長い黒髪をポニーテールにまとめる。

ストゥールから腰をあげると眩暈とともに足がよろけた。たまらずにベッドに身を横たえる。

（……貧血、それとも風邪かしら……）

まさかジュースに強力な催眠剤が混入されていたとは思いもしない麻里の意識が原因を求めてさまよいながら、深い眠りの闇に落ちていった。

長い睫毛が微かに慄え、眩しさにしばたたくようにつぶらな瞳が開いた。

（……わたし……）

頭の芯が痺れたように重い。身を起こそうとした麻里は愕然とした。

身体の自由がきかない。両手が頭上に引き伸ばされた格好で縛られているのだ。両足は大きく割り裂かれた形で足首を縄で縛られ天井から吊られていた。そのうえ、いつのまにか服を脱がされ、ブラジャーとショーツという下着姿にされている。

「……ど、どうして……」

思わず洩らした声が慄えた。

「フフ、お姉さん、ようやくお目覚めですか？」

机の前の椅子にかけた達也が笑った。達也も黒いブリーフ一枚の半裸だった。

麻里は達也の大きなベッドに生贄さながらにさらされていた。

肌理こまやかな腋窩も白いブラジャーに包まれた少女の名残りを残す可憐な膨らみも隠しようがなく、V字に割り裂かれた瑞々しい輝きを見せる太腿はおろか、白いショーツにピタリと覆われた小高い女の丘も、その下の秘めやかな箇所も、達也の視線から逃れることはできない。そればかりか、腰の下に大きな枕をあてがわれているため、供物さながらに双臀が丸い形状も露わに捧げられていた。

「……た、達也君……ふざけるのはやめて……これをほどいて……」

身体の芯が灼けるような羞恥に麻里の頬は桜色に染まり、声が慄えた。

「別にふざけてはいないよ」

達也がリモコンを手に取ると、壁際に設えられたＡＶシステムに向けてボタンを操作する。ヒュン——微かな電子音とともに大型ディスプレイの電源が入り、ハードディスクに収められていた動画の再生が始まった。

「あっ……ああああっ……」

スピーカーから大音量であられもない女のヨガリ声が響き渡り、全裸の男女が媾わう映像が映しだされた。

「いやっ……」

麻里が驚きの声をあげて顔をそむけ、固く瞳を閉じ合わせる。

だが、脳裡に灼きついた残像を消すことはできない。達也に組み伏せられ、背中にしがみつくようにして狂おしく顔を振りたて、羞ずかしい声をあげて啼いているのはまぎれもなく母だった。

（……お、お母さま……ど、どうして……）

茫然自失する麻里の耳を、これは事実だと告げるように母の喜悦に慄える声が撃つ。優しい母のものとは思えないほど淫らな声だった。

「あひいいっ……た、達也さん、だめっ……ああっ、いく、いくっ、ああっ、綾香はいきますっ……ひいいいいいっ……」

アクメを告げる夫人の声を最後にディスプレイの電源が切られた。

「フフ、わかるかい。綾香は僕の女なんだ」

立ちあがった達也がベッドサイドから麻里を見おろした。

「それをお姉さんが夫婦水入らずで温泉に行けなんて、余計なおせっかいをやいたんだ。その償いをしてもらうよ」

達也の目つきと口調は確かな意志と自信に満ちていて、いつものおどおどとはにかんだ気弱げな姿とはかけ離れていた。

その不気味な変貌が麻里の恐怖を煽りたてる。

「……つ、償いって……」

心臓が早鐘のように打ち、麻里の声はどうしようもなく慄えた。

「フフ、決まってるだろ。今日から三日間、麻里お姉さんに綾香の代わりを務めてもらうのさ。お姉さんは僕の女になるんだ」

「……そ、そんなっ……いや、いやよっ、そんなこと絶対にいやっ……」

弟同然に思っていた達也に犯される――麻里の身体がガクガク慄え、奥歯がガチガチ音をたてた。

「偉そうに僕のことを男らしくないとか煮えきらないとか言いたいように言ってたけ

ど、フフ、お姉さんだってまだ女じゃないでしょ」

達也の指先が麻里の剥きだしの腋窩をソロリと撫ぜた。

「ひいっ、いやあああっ……さ、さわらないでっ……」

快活ではあっても品格を失わないお嬢様として育てられた麻里はもちろん男を知らない。生まれて初めて男の手で柔肌を嬲られる恐怖に麻里は総身を鳥肌だたせ、焼け火箸でも押しつけられたかのように激しく身体をよじりたてて悲鳴をほとばしらせた。

「フフ、いかにも処女らしい反応だね。僕がお姉さんに女とはどういうものか、男とはどういうものか、たっぷりと教えてあげるよ」

ニヤリと笑った達也は身を屈めるとベッドの下から淫具をいくつも取りだして、麻里の顔の横に並べていく。

「……ひっ……いやっ……」

麻里はガクガク慄えながら顔をそむけた。お嬢様育ちの麻里にはもちろん、そのグロテスクな淫具の具体的な用途は知る由もなかったが、それらが淫らでおぞましい目的を持つ道具だということは本能的にわかった。

「部活動もしないって姉さん気取りで何度も文句を言われたけど、僕が所属しているのは〈女体研究部〉なのさ。女の身体がどれくらい淫らにできているかを研究するんだ。その部活の成果を思い知らせてあげるよ。フフ、もちろんれっきとした体育会系だからね。そのこともいやというほど教えてあげる」

「……た、達也君……あなたは変よ……狂ってるわ……」

おぞましさと恐怖に瞳を潤ませて麻里が言った。

「女はね、そういう口のきき方を男にするもんじゃない。生意気なことを言うと泣かされるだけだよ」

達也がデザインバサミを手に取ると、可憐な膨らみを守るブラジャーの谷間にこじ入れた。

「いやっ……や、やめてっ……」

麻里の懇願はあっさりと無視された。ジョリ——非情な音をたてて、小さなリボンの飾りもろともカップの繋ぎ目がふたつに断ち切られた。

「いやあああっ……」

処女の悲痛な叫びとともに、無垢な白い乳房がプルルンと躍りでる。

「フフ、まだ大人になりきれていないお乳だね」

ストラップを断ち切ってブラジャーをむしり取った達也がシゲシゲと覗き込んだ。

透きとおるように白い、いかにも処女らしく硬そうな半球体の瑞々しい乳房だった。

男の手で揉まれることをまだ知らない小ぶりな乳房は、青い果実さながらに羞じらうような慄えを見せて、どことなく頼りなげな風情があった。

小さく淡い桜色の乳暈に小粒の乳首を埋め隠して、プルプルおののくさまが初々しく達也の嗜虐心を刺戟する。

「……ああ……いや……」

生まれて初めて男の眼前に乳房をさらす羞恥に、麻里の瞳からポロポロと大粒の涙がこぼれ落ちる。

達也の掌がすっぽりと乳房を包み込んだ。

「いやあああっ……やめてえっ……」

ちぎれんばかりに顔を振りたて、激しく身をよじりたてて悲鳴をあげるのも構わず、達也は無垢な膨らみの瑞々しさを確かめるようにヤワヤワと揉みしだいていく。

「まだコリコリ硬いね。女になりたくてウズウズしているみたいだな」

達也はギュッと指が食い込むほど強く乳房を握りしめると、乳暈の中から絞りだした小さな尖りを舌先でチロチロ舐めあげた。

「ひっ……いやっ……」

ビクッと身体を慄わせ、麻里が怯えるような声をあげた。

硬くしこった乳首を達也の唇が咥え込み、チュウッと吸いあげて舌先ではじくようにコリコリと舐め転がす。

「あっ……ひっ……いやっ……ひっ、だめっ……」

舌の動きに合わせるように声が慄え、ゾクッゾクッと背筋がおののくような未知の感覚に麻里の身体が竦みあがった。

「フフ、とっても感じやすいお乳だね。女になる資格が充分あるよ」

無垢の処女をいたぶる悦びに頬を淫猥にゆがめた達也の指がショーツの腰の部分を摘みあげ、ハサミの刃があてられた。

「いやっ、裸はいやっ……た、達也君、やめてっ、お願いっ……」

V字に割り裂かれたしなやかな二肢をブルブル慄わせ、腰を揺すりたてて麻里が必死に哀願する。

「裸になって羞ずかしいところを剝きだしにしないと、女になることはできないよ」

「……お……女になんかなりたくないっ……」

「フフ、いやだと言っても女にされてしまう、それもまた女なのさ」

ジョキッ――無情にも薄布が断ち切られた。弾けるように捲りかえった布地の陰から白い丘を飾る絹毛の黒い縁がわずかに覗く。

「いやっ……や、やめてえっ……」

お姉さま気取りだった麻里が、いかにも育ちのよいお嬢様の弱さを剝きだしにして泣き悶える姿が達也にはこのうえなく心地よい。

「さあ、覚悟はいいかな。お姉さんの羞ずかしい毛の生え具合とオマ×コをしっかり見てあげるよ」

卑語で麻里の羞恥をかきたてた達也はショーツのもう一方の端をゆっくりと摘みあげると、恐怖心を煽るようにジョリッ、ジョリッと寸刻みにハサミを入れていく。

「……いやいやっ、や、やめてっ……達也くん、お願いよっ……ああっ、切らないでッ……」

懸命に声を慄わせる麻里の懇願もむなしく、ブチッという非情な音とともに薄布の最後の支えが弾け飛んだ。

「いやああっ……み、見ないでえっ……」

麻里が顔を振りたてて悲鳴をほとばしらせた。敏感な肌が外気と淫らな視線にさらされる気配にガクガク腰が慄える。

「フフ、成城育ちのお嬢様らしい綺麗で可愛いオマ×コだね」

見るからに処女然とした秘所のたたずまいに達也の眼が淫猥な光を帯びた。

こんもりと盛りあがった女の丘を覆う毛叢は濃くもなく薄すぎもせず、淫水に灼かれたことのない若草さながらの瑞々しい光沢を見せ、そのはざまに桜色の花弁を内に折りこむようにピタリと閉じ合わせた一条の肉の合わせ目が、未開の源泉を慎ましやかに封印している。

「さあ、麻里お姉さんの素敵なオマ×コをしっかり調べさせてもらうよ」

柔らかな絹毛の感触を楽しむように撫ぜさすり梳きあげた達也の手が肉の合わせ目の左右に添えられ、花弁を左右に押し広げて処女の封印を解いた。小ぶりの花弁のあわいからピンク色も鮮やかな肉溝が露わになり、麻里の初々しい女肉の構造が隠しようもなくさらされる。

「いやあああっ……み、見ないでっ……」

最も秘しておきたい女の源泉を生まれて初めて男の視線に灼かれる気が遠くなるような羞恥と恐怖に麻里の声が慄え、新たな涙があふれて頬を濡らす。

「フフ、麻里お姉さん、やっぱり正真正銘の処女だったね」

わずかに湿り気を帯びた花口を覗き込み、まるく縁どるように女の道を塞いでいる薄い肉の膜の存在を確かめた達也が嬉しそうに笑った。

達也は聞こえよがしにクンクン鼻を鳴らして処女地の花肉の匂いを嗅いだ。バニラのような石鹸の淡い残り香と微かなアンモニア臭の奥に、甘酸っぱい女の匂いが隠れるように漂っていた。

「フフ、やっぱり淫らな女の匂いはあまりしていないね。かわりにオシッコの匂いがプンプンするよ」

「……そ、そんな羞ずかしいことっ……いや、いやよっ……」

あろうことか、秘所の匂いをクンクン嗅がれて露骨な言葉で評された麻里は泣き濡れた顔を振りたくって激しく身悶えた。身体中の毛穴から血が噴きでるような羞恥に生きた心地がしない。

「フフ、今度は味を見てあげる」

達也は硬く尖らせた舌先でチロチロと花口の縁をなぞるようにまさぐって処女地のおののきを確かめると、唾液をためた舌を押しつけるようにしてベロリと肉溝を縦に舐めあげた。

「ひぃいいっ、や、やめてっ……いやあっ……」

ヌメリとした舌に敏感な女肉を舐めあげられる不気味な感触に麻里が悲鳴を噴きこぼし、狂ったように身悶えた。官能の萌芽などあらばこそ、慎ましい処女にはただただおぞましいばかりで、総身が鳥肌だつほどの気色の悪さだった。

達也の指先が肉溝の上端の三角形の肉苞に添えられ、恥垢で癒着した包皮を引き剝がすようにズルッと剝きあげた。自慰も知らない女の芽からブルーチーズのような処女の匂いがツンと鼻をつく。白い粒子のような恥垢にまみれた淡い珊瑚色の肉珠は母譲りなのだろうか、思いのほか大粒で、麻里の未開の女肉に秘められた官能の埋蔵量の豊かさを想像させた。

ニヤリと淫猥な笑いを浮かべた悪魔の舌が、その処女の宝の珠をこびりついた恥垢を掬い取るようにペロペロ舐めあげていく。

「ひっ……いやっ……」

麻里の裸身がビクンッと跳ねるように踊った。

（……な、なに……これはなに……）

肉芽を舐めあげられるたびに、スッと力が抜けていく感覚が腰を襲い、電流を流されたような痺れが背筋にほとばしる。戸惑い怯えた処女の身体がビクッ、ビクンッと慄え、「あっ……」「ひっ……」と短い悲鳴が放たれる。

「フフ、やっぱり綾香の淫らな血を受け継いでいるのかな、とっても感じやすいね。合格だよ」

満足げに笑った達也は身を起こすと淫具のひとつを手に取った。

それは細長い繭のようなメタリックな楕円球の先にクリップ状のクランプが付いた「ニップルクランプ」と呼ばれる責め具だった。

「……い、いやっ……な、なにをするの……」

ギュッと乳房を掴みあげられた麻里が声を慄わせる。

「女体研究部の研究成果を体験させてやるって言っただろ。フフ、今日のテーマは処女がどこまで淫らになれるか、というわけさ」

達也が微笑みながら、乳暈の中から絞りだした麻里の小さな乳首を責め具の先のクランプで挟みあげた。小さなネジを回してキュッと締めつける。

「いやっ、やめてっ……」

敏感な乳首を摘まれ、錘をつけられたような異様な感触に麻里は怯えた。

「じゃ、始めるよ」

左右の乳首に責め具を付け終えた達也が、銀色に光る胴体をカチッと捻ってスイッチを入れた。ブルルルッ――ニップルクランプが高速度のバイブレーションを処女の硬い乳首に送り込んだ。

「ひいっ、いやあっ……」

こそばゆく痺れるような刺戟が敏感な乳首を襲った。ジーンと胸の奥に染み入ってくる感覚の甘美さに麻里が戸惑い、慄える。

「フフ、次はここだよ」

白い臀丘の谷間にひっそりと隠れるようにたたずむ桜色の肉のすぼまりを達也の指がギュッと押し示した。

「ひっ、いやあっ、そ、そんなとこさわらないでっ……」

排泄器官をさわられた驚きと、ユルユル指で揉み込まれるおぞましさに麻里が声を引きつらせ、双臀をガクガク揺すりたてた。

「お姉さん気取りでいらないお節介をやいてきた罰さ。オマ×コの味を覚える前にお尻の味をしっかり教えてあげるよ。フフ、こんな体験をさせてもらえる処女はなかなかいないよ」

ギュッとすぼめられた肛蕾の肉じわを伸ばすように、コリコリと弾力のある硬い肉を達也の指が丹念に揉みほぐしていく。「いやいやっ……」「やめてっ……」と涙まじりに噴きこぼす麻里の悲鳴と、指先に伝わる未開の肛肉のおののきが達也にはこよなく楽しい。

「そろそろこれを使っても大丈夫かな」

揉み込まれた肛肉がネットリと柔らかく指に馴染み、すぼまりがキュッと指に吸いつくような妖しい蠢きを見せ始めると、達也が新たな淫具を手に取った。それは、足をむしり取られたムカデの胴体のように、丸く節くれだったアヌス責め用の細身のバイブだった。

達也は潤滑用のジェルをバイブにたっぷりまぶしつけると、揉みあげられてプックリ膨れた肉の蕾にグッと押しあてた。

「ひっ、いやあっ、や、やめてえっ……」

ヌメリをおびた硬い異物に肛門をググッと押しこまれるおぞましく異様な感触に麻里が泣き濡れた顔を振りたくった。グロテスクな責め具の鉾先から逃れようと、さらしあげられた双臀を激しく揺すりたてる。

だが、四肢の自由を奪われた身のあらがいにはおのずから限界がある。

ズブッ――麻里の健気な抵抗を嘲笑うかのように、バイブの丸い先端がすぼまりに没した。

「ひいいいっ……ああっ、いやああっ……」

生まれて初めて味わう排泄器官への異物の侵犯――そのおぞましい挿入感に麻里が小さく尖った顎を突きあげて悲鳴をほとばしらせる。

処女の悲痛な叫びを絞りとりながら、バイブが肛肉を押し広げ、ズブズブッと未開の双臀に女の道をつけていく。

「ひいいっ、お願いっ、やめてえええっ……」

麻里の哀訴もむなしく、ムカデの胴体のような奇怪なバイブに処女の双臀は最奥まで深々と縫いあげられてしまった。

「……ああっ、こ、こんなことといやあっ……ああっ……いやいやっ……」

排泄器官を硬く冷たい責め具で貫かれたおぞましい拡張感と異物感に、麻里はブルブル総身を慄わせ、嗚咽を噴きこぼして泣きじゃくった。

「フフ、本当にいやなだけなの？　おかしいな。女の身体はそういうふうにはできてないはずなんだけど」

面白がるようにとぼけた調子で言った達也が、おもむろにリモコンのスイッチを入れた。ブーンという微かな震動音とともに責め具がバイブレーションとうねるような蠕動を始める。

双臀の谷間から突きでたバイブの尻が、肛門に潜り込もうとする節足動物の尻尾のようにクネクネと妖しく蠢く。

「ひいいっ、い、いやっ……ああっ、と、止めてっ……ああっ、いやあっ……」

双臀の芯でバイブが激しく震え、身をくねらせて蠢き蠕動する――そのおぞましく妖しい刺戟に麻里はじっとしていることができない。

白く瑞々しい臀丘がもじつくように右に左に揺れ動き、ニップルクランプから送り込まれる甘美な痺れに乳房が波だつように慄える。

「……ああっ、いやっ……た、達也君っ……ああっ、お、お願い、止めてっ……ああっ、いやなのっ……」

せつなく声を慄わせる麻里の涙ながらの訴えにも、達也はニヤニヤ意地悪く微笑むばかりで答えようともしない。

（……ああ……どうしたらいいの……）

未開の処女の肉体であっても性感帯は性感帯である。肛道が淫具で灼かれるむず痒さにも似た痺れと、ジーンと甘く疼く乳首――もどかしくせつない官能のきざしを麻里はもてあまし、戸惑いうろたえながらもジワジワと官能に侵食されていく。

「……はああ……い、いや……あああ……」

泣き声が次第に啜り泣きへと変わり、荒い息とともに桜色の唇を慄わせてあえかな喘ぎを洩らし始める。いつのまにか裸身はジットリと汗ばみ、剝きだしの腋窩は汗の珠を浮かべてぬめぬめ妖しい光を放ち始めていた。

にじみでるものは汗だけではない。肛道をバイブにさいなまれ、もどかしげに揺れる白い内腿の間にさらされた女芯は充血した花弁の輪郭をくっきりと際だたせ、淡いピンクの肉口から透明な樹液をにじませている。

「フフ、処女なのにエッチな汁まで垂らしてしまって、お姉さんの身体の中で眠っていた女が目覚め始めたみたいだね。身体の中が熱く疼いて、思いきり声をあげて啼きたい不思議な気分になってくるでしょ」

「……そ、そんなことない……」

達也に覗き込まれた顔を麻里が弱々しくそむけた。桜色に染まった耳朶と汗の浮いたうなじが無防備にさらされる。

フーッ——狙いすましたように達也が熱い息を耳孔に強く吹き込んだ。

「ひっ……あああっ……」

麻里の裸身がビクンッと跳ねた。半開きの唇からせつない喘ぎが噴きこぼれ、息が弾む。

「フフ、こんなに感じやすくなってしまって。やっぱり綾香の淫らな血が流れているんだね。——お姉さん、キスしようか？」

「……い、いやよっ……いやっ……」

声を慄わせ、顔をそむけるようにして唇をきつく引き結ぶ。麻里はまだキスの体験もなかった。

「そうか、キスはまだおあずけか。じゃ、その気になるまで思いきり啼かせてあげる。フフ、処女のままヨガリ狂うなんて、なかなかできない体験だよ」

達也はニヤリと微笑むと大きな筒型の責め具を手に取った。床に這わせた延長コードのコンセントに電源プラグを差し込む。

「……な、なにをするの……」

太い円筒形の胴体に握り拳ほどの球体を付けたロケットの模型のような不気味な器具——見つめる麻里の瞳に不安と怯えが走った。

「これは電動マッサージ器。電マって呼ばれてて、お姉さんの中の女を剝きだしにしてしまう楽しい器械さ。こうやってね」

達也がカチリと電マのスイッチを入れた。ブーン——巨大な昆虫の羽音のような低い唸りとともに球体が高速度の震動を始める。達也がその球体を麻里の内腿に無造作に押しあてた。ブルブルッと白く瑞々しい肉がさざ波だつように激しく慄える。

「ひいっ、いやあっ……」

肉が揉みほぐされ、骨の芯に染み入るような強く激しい震動に麻里の身体が跳ね踊った。

「フフ、凄い刺戟でしょ。これをお姉さんの一番感じやすいところにあててあげる」

達也の指がツルンと肉莢を剝き返した。官能に煽られて珊瑚色も生々しく屹立した麻里の女の芽が根元まで剝きあげられる。

「ひっ……い、いやっ、そこはいやっ……」

クリトリスの感じやすさは達也の舌で思い知らされている。その敏感な箇所をこんな器械で嬲られたらどうなってしまうのか——麻里は未知の恐怖に慄えた。

「さあ、お姉さん、啼くんだよ」

剝きだしの処女の肉芽を電マの激震が襲った。

「ひいいいいっ……いやあああっ……」

腰が粉々に砕けてなくなってしまうような鋭く快美な衝撃とともに、痺れにも似た強い刺戟が四肢にほとばしり、背筋を貫き、脳天を刺すように炸裂した。麻里は電流を流されたように、さらされた双臀をガクガク揺すり、総身をよじりたてて悲鳴を噴きこぼした。

「……ハヒイッ、ハヒイッ……」

電マが肉芽を離れても、初めて知らされた快美な刺戟のほとばしりに、麻里は哀訴の言葉すらおぼつかず、可憐な唇をワナワナ慄わせて火のような喘ぎをこぼすばかりだった。

「フフ、たまらないほど気持ちいいんでしょ。ほら、これだよ」

達也の言葉と同時にふたたび電マの激震が肉芽を襲った。

「あひいっ……い、いやあっ……あああぁっ……」

全身の骨が慄え、肉という肉がざわめきたって熱く痺れるような快美感に、麻里はあらがいようもなかった。それがなんなのかさえ、しかとはわからないままに、ガクガク裸身を揺すりたて、抑えようもなく喉を慄わせて羞ずかしい声をあげて啼かずにはいられない。

達也は電マを肉芽に押しあてては離し、ひと息ついたところでふたたび押しあてるという繰り返しで麻里を嬲り続けた。押しあてる時間を次第に長くし、強さも増していきながら、処女を官能の坩堝へと追いたてていく。

「ひいいっ、や、やめてっ……ああっ、あああっ……」

麻里は天井から吊られた二肢を突っ張らせ、両手をギリギリ握り合わせて、愉悦に染まった声を噴きあげて啼き続けた。まだどこかあどけなさを残す少女の顔が汗と涙にまみれて紅潮し、可憐な唇をわななかせながら女そのもののヨガリ声を放って啼く
——その姿には妖しい色香があった。

「あひいっ……た、達也君っ、もうしないでっ……ああっ、お、お願いっ、ゆるしてっ、ああっ……ひいっ、だ、だめっ、こ、怖いのっ……」

狂おしく顔を振りたてた麻里が切迫した声をあげて訴えた。

啼けば啼くほどに快美感は増し、身悶えれば悶えるほどに愉悦はより深まっていく。初めて知らされる気が狂ってしまいそうな肉の愉悦に翻弄され、さらに大きく深い快楽の坩堝に放りだされてしまいそうな予感に麻里は怯えた。

「フフ、絶頂に達してしまいそうなんだ？　怖くなんかないよ。男に可愛がられたら女の身体はそうなるようにできているのさ。処女なのにアクメを体験できるなんて幸せと思わなくちゃ」

そううそぶいた達也が麻里の女芯を見つめて淫猥な微笑みを浮かべた。

電マで嬲り続けられた麻里の女の芽は肉莢を押しのけるように剝き返り、珊瑚色に朱を掃いたように紅潮して爆ぜんばかりに尖りきっている。そればかりか、すでに花口からは樹液があふれ、蟻の門渡りはおろか、芋虫の尻尾さながらに身をくねらせるバイブを咥え込んだ肛門にまで達していた。

甘酸っぱい女の匂いが立ち昇るその肉の亀裂は、淫水焼けのない鮮やかなピンクの肉色を除けば、処女のものとはにわかに信じがたい淫らな様相を見せている。

「さあ、イカセてあげるよ。思いきり羞ずかしい姿を見せるんだ」

達也は悪魔さながらに淫猥な笑いを浮かべると、双臀を深々と貫いていたバイブを摑んでゆっくりと抜いていく。

「ひいっ……そこはいやっ、お、お尻はいやっ……あああっ……」

うろたえた麻里は激しく顔を振りたてた。だが、拒絶の言葉を裏切るように熱を帯びた女の声が噴きこぼれてしまう。バイブで練りあげられた肛肉がめくり返されるようにズルズル引きだされていく妖しいまでの快美感をこらえることができない。

「フフ、羞ずかしい声で啼いてしまって、淫らだな、お姉さんは。もうお尻の味を覚えてしまったの？」

達也が言葉で麻里の羞恥を煽りながら、抜きだしたバイブをふたたび双臀の最奥に埋め込んだ。ズブズブ、ズルズルと淫らな肉音が聞こえてきそうなゆったりとしたピッチでバイブを抜き差ししていく。

「あひいっ、いやっ、ゆ、ゆるしてっ、あああっ……ひいっ、お尻なんてだめっ、は、羞ずかしいっ、あああっ……」

官能に灼かれ続け、女として目覚め始めた麻里の肉体はひとたまりもなかった。処女の意志を離れ、悪魔の手管で操られるままに双臀を揺すり、裸身をくねらせて淫らな声を噴きこぼして啼いてしまう。

頃合いはよしと見た達也がふたたび電マのスイッチを入れた。ブーン——低い唸りをあげた電マが、爆ぜんばかりにプクンと膨れあがった女の芽をググッと押し潰す。

「ひいいいっ、いやあっ、ああっ、やめてっ……あひいいっ、あああっ……」

雷撃のような快美な衝撃が四肢を駆け抜け、脳天を刺し貫いた。肛道をバイブで抉りたてられながらの電マの刺戟はこれまで以上の凄まじさだった。腰骨が消失し、下半身が蕩けていくような快美感に、脳髄が痺れ、視界が白く弾け飛ぶ。

「ああっ、だ、だめえっ……あひいっ、こ、怖いっ……ああっ、いやあっ……」

麻里の女肉が官能の大波にさらわれ、未知の領域に瞬く間に放りだされた。腰の芯が爆ぜるような感覚とともに、快楽の閃光が総身を貫き、四肢に散った。汗にまみれた麻里の裸身が何物かに憑依されたようにガクンガクンッと揺すりたてられ、スラリとした足が虚空をグンッと蹴りあげる。

「あひいいいっ、いやあああっ……」

電マを跳ね飛ばして腰がグンッと宙に突きだされ、折れんばかりに処女の肢体が弓なりにのけぞり返った。麻里は顎を突きあげ、汗と唾液に濡れた唇から初めての絶頂を告げる叫びを魂消えんばかりに噴きあげた。

一度として経験したことのない、気の遠くなるような肉の愉悦に、麻里の中のすべてのタガが弾け飛んだ。瑞々しい太腿と丸い双臀がブルッブルルッと慄えたかと思うと、開ききった花弁のあわいからジャーッという水音とともに羞恥のほとばしりが虚空に噴きこぼれた。感極まった麻里は不覚にも失禁してしまったのだ。

官能の高みの中では、失禁の恥辱すらも腰から力がスーッと抜けていくような生理的な快感である。

「いやあああっ……あああああっ……」

羞恥の叫びを打ち消すようにあられもない喜悦の声を放った麻里は、そり返らせた総身をブルブル慄わせながら銀色に輝く飛沫を股間から噴きあげ続けた。

虚空に弧を描いた羞恥の奔流が次第に力を失っておさまると、「はあああっ……」と深い吐息を洩らして麻里の身体が弛緩し、ガクリとベッドに崩れ落ちた。

処女のまま女として覚醒した麻里の裸身を、アクメの余韻が痙攣となってビクンビクンッと洗っていく——。

3 完全無欠の破瓜

「フフ、お漏らしまでしてしまって、お姉さん、よっぽど気持ちよかったんだね」

達也は小水で濡れたベッドにバスタオルを重ねて敷き詰めて応急処置をすると、天井に吊り上げていた麻里の二肢をベッドにおろした。足首の縄を解かれても、麻里はしどけなく投げだされた二肢を閉じる力も気力もなく、ハアハアッと荒く乱れた息を噴きこぼすばかりだった。

上下に大きく波打つ乳房からニップルクランプがはずされる。

だが、手首の縛めは解かれず、肛道を深々と貫いているバイブはスイッチを切られたものの抜き取られることはなかった。

「あんなにヨガリ啼かせてあげたんだから、もうキスができるでしょ」

トロンと焦点を失った麻里の瞳を覗き込んで達也が微笑んだ。

「……ああ……そ、それはいや……」

力なくそむけようとした顔が両手で挟まれて引き戻された。

「フフ、処女は覚えることばかりだね。羞ずかしい姿をさらしてしまったら女は男に従うしかないんだよ。それが男と女のルールさ」

ニヤッと笑った達也の唇が柔らかな唇を塞いだ。処女の口腔の甘露な匂いが達也の嗜虐心をくすぐる。初めてのキスに戸惑い怯える舌を絡めとると千切れんばかりにきつく吸いあげた。

（……ああ……いや……）

ヌメリとした感触とともに舌を吸いあげられると、アクメの余韻で灼けるように熱い腰の芯がジーンと疼いた。

「……んんっ、んんんっ……」

ジットリと汗ばんだ乳房がヒンヤリとした掌で包まれ、ヤワヤワ揉みしだかれる。

（……ああ……どうしてこんなに……）

初めて知らされる絶頂を極めたあとのキスの味——その蕩けてしまうような甘美さに、麻里の小さく尖った顎が慄えた。その甘美さの前に拒まなければという気持ちを持ち続けることができない。口腔に流し込まれる達也の唾液を子犬のように喉を鳴らして呑み込んでいく。

「……あああ……」

長いキスから解放されると麻里はあえかな喘ぎを洩らしてせつなげに啼いた。

「フフ、わかっただろ。お姉さんはもう僕に逆らうことはできないのさ」

すでに支配者の笑みを浮かべた達也は無造作にブリーフを脱ぎ捨てた。野太い屹立がヌッと贄の前に毒蛇さながらの姿を現わす。

「……ひっ……いやっ……」

初めて眼にする、屹立した男根のグロテスクなまでの威容に、麻里の瞳に恐怖が走った。

「いまはいやでも、すぐに大好きになってしまうよ。——じゃ、麻里お姉さんを女にしてあげるこのおチン×ンに挨拶してもらおうかな」

達也はベッドに上がると、麻里の乳房をまたいで腰を落とした。

ユラリ——力をみなぎらせた怒張が麻里の顔の上で不気味に揺れる。

「いやっ……」

処女であっても達也がなにを要求しているかは本能的にわかった。麻里は顔をよじって逃れようとしたが、達也は容赦しなかった。麻里の頭を掴むとグイと顔を引き戻した。

「……ううっ……」

懸命に引き結んで拒もうとする桜色の唇を、赤黒い亀頭が処女のおののきを楽しむようにズルリとなぞりあげる。

「さあ、麻里お姉さん、その素敵なお口を開いて咥えるんだよ」

無邪気な口調とは裏腹に、無慈悲な達也の指先が、可憐に尖った麻里の鼻を摘みあげた。こうされてしまうと抵抗は長くは続かない。

「……んんっ、ああっ……い、いやっ、うっ、むううっ……」

息苦しさに喘いだ小さな口に野太い男根が有無を言わさず捻じ込まれた。

ムッと口腔に広がる男の異臭と、肉とはとても思えない不気味なまでの硬さ——そしてなによりも排泄器官でもある男の生殖器を口に咥え込まされるというおぞましさに、麻里のきつく閉じたまなじりから新たな涙がこぼれ落ちる。

「……んんっ……んんんっ……」

本性を剝きだしにした達也は口元に残忍な笑みを浮かべながら、ゆっくりと腰を揺り動かして麻里の柔らかな口腔を蹂躙し、処女の苦鳴と涙を絞りとった。

父譲りの淫蕩な悪魔の血を継ぐ達也にとって、処女は初めての処女ではない。すでに中学時代に同級の少女をふたり屠りあげていた。だが、達也にとって処女は貞操堅固な人妻を性奴に堕としていくほどにはスリリングな獲物ではなかった。

泣き叫ぶ少女を容赦なく女にする行為には、確かにゾクゾクするような嗜虐の悦びと醍醐味があったが、それは最初だけのことで、女にされた処女はたちまち従順になびいてしまい、興味を持続させることができないのだ。

こんな子供に――、夫を裏切って――と抵抗を見せながらもズルズルと蟻地獄に沈むように牝への道を堕ちていく人妻とは較べるべくもなかった。

そこで達也は過去のふたりとはその美しさも可憐さも格段に違う麻里を屠るにあたって趣向を変えることにしたのだ。処女のまま、尻の味を教え、ヨガリ狂わせ、アクメの恥じを極めさせ、性交以外の女の悦びのすべてを味わわせてから屠りあげるという趣向だ。男根で処女膜を突き破られ、花芯に女の道をつけられると同時に、文字通りすべての点で女になるという完璧な処女凌辱――それは想像以上に達也の嗜虐心と征服欲を満たした。

(フフ、残っているのはオマ×コだけだ)

口にあまるほどの男根を咥え込まされ、涙を流し苦鳴を洩らす可憐な処女の姿に達也の歪んだ欲望は最高潮に達していた。

「麻里お姉さん、僕のおチン×ンの味はどうだった？　フフ、お姉さんの唾液にまみれたこのおチン×ンで女にしてあげるよ」

達也は怒張を口から抜き取ると、しどけなく投げだされた麻里の二肢の間に腰をすえた。樹液でしとどに濡れそぼつ処女の亀裂を唾液に濡れた赤黒い亀頭でズルリと擦りあげる。

「ひいっ、いやっ、それだけはいやあっ……」

麻里は泣き濡れた顔を振りたくり、懸命に身をよじりたてて逃れようとした。

だが、両手の自由を奪われているうえ、責め具で嬲りぬかれ初めてのアクメの洗礼を受けた身体は重く、達也に敵うはずもなかった。腰枕の上に乗せあげられた細腰をグイと引きつけられ、花弁を押しひしゃぐようにしてヌルリと硬い亀頭を未開の肉口にあてがわれてしまう。

「ひっ、いやっ……やめてっ、た、達也君っ……お願いっ、し、しないでっ……」

処女を奪われる恐怖に麻里は歯をガチガチ嚙み鳴らして、声を慄わせる。

「フフ、お姉さん気取りはここまでだよ。麻里、おまえは今日から僕の牝になるんだ」

初めて名前を呼び捨てにした達也は舌なめずりせんばかりに、恐怖に慄える麻里の顔を見おろし、残忍な笑いを浮かべるとググッと体重をのせあげるようにして怒張を処女肉に沈めにかかった。

「ひいいっ……いっ、痛いっ……ああっ、痛いっ、痛いのっ……お願いっ、ゆ、ゆるしてっ……」

アクメを極め、花芯は熱く濡れそぼっているといっても処女膜で守られた肉口は狭く硬い。文字通りの肉が引き裂かれる激痛に、麻里は泣き濡れた顔をワナワナ慄わせて悲鳴を噴きこぼした。

「ああっ……お、お願いっ……や、やめてっ……ああっ、痛いいっ……」

腰をずりあげて逃れようと二肢がシーツを蹴るように突っ張り、白い内腿が破瓜の痛みにビクビク慄える。

達也は苦悶にゆがむ可憐な顔を悪魔の笑いを浮かべて見据えながら、処女の硬い肉口にミリ単位で怒張をめり込ませ、女の道をつけていく。

ズブウウッ——ついに亀頭が未通の肉口を押し開き、処女膜を突き破った。破瓜の証しの鮮血がしぶいて、純白のタオルを朱に染める。

「ひいいいいいっ……」

薄肉が引き裂かれ、処女の肉口を無慈悲に突き破られる激痛が四肢を貫き脳天で炸裂した。麻里はのけぞりさらした白い喉を慄わせ、引きつった叫びをほとばしらせて泣いた。

メリメリ肉を軋ませて達也の野太い怒張が未開の肉の狭間を押し広げ、ズンと根元まで突き入れられる。

股間に深々と丸太を打ち込まれたような衝撃と息が詰まるほどの拡張感——そして

肉の芯がジーンと灼けつくような痛みに脳が痺れ、視界が白く閉ざされて、麻里は悲鳴をあげることさえおぼつかない。

丸く開け放たれた桜色の口唇がワナワナ慄え、異物で刺し貫かれた身体は身じろぐこともできずに硬直し、ドッと生汗が噴きこぼれる。

「フフ、とうとう女にされてしまったね」

会心の笑みを浮かべた達也が上体を倒して、茫然自失した麻里の顔を覗き込んだ。胸で押しひしゃげた乳房の底から早鐘のように打つ心臓の鼓動が伝わり、滑らかな肌が破瓜の衝撃におののき慄える感触が達也の征服欲を心地よく満たしていく。

「僕が麻里の最初の男だ」

ズズッ——まだ狭く硬い肉壺を味わうように達也は怒張を肉口まで引き抜くと、ズブズブッとふたたび肉棒を深々と埋め込んだ。

「ひいいっ、痛いっ……お願い……う、動かないで……」

「だめだね。おチン×ンでオマ×コを貫かれたらヒイヒイヨガリ啼いて男を楽しませるのが女の務めさ。でも麻里はまだオマ×コでヨガリ啼けないいんだから、痛い痛いって泣き叫んで僕を楽しませるしかないんだよ」

「……ああっ、そ、そんな酷いこと……いやっ……」

あまりに残酷な達也の言葉に麻里は強くかぶりを振った。

さあ、泣き叫べ――そう告げるように、達也が大きなストロークでズブウッと花芯を抉りぬいた。

「ひいいっ……痛いいっ……ああっ、達也くんっ、お願いだから……ああっ、もう終わりにしてっ……」

灼けつくような痛みと無慈悲な達也の行為に麻里は顔を振りたくって泣き声をあげた。大粒の涙がボロボロこぼれ落ちる。

「達也君じゃなくて、達也様だろう。お姉さん気取りはもう終わりだと教えたはずだよ。――ふふ、でも、そんなに痛いんだったらすこし気を紛らわせてあげる」

達也は悪戯っぽく微笑むと、麻里の太腿の横に放置されていたリモコンを手に取った。カチリと無造作にスイッチが入れられる。

ウイーンッ――肛道に埋め込まれていたままのバイブが激しい震動とともにウネウネ身をくねらせて淫らな蠕動を始める。

「ひっ、いやっ……ああっ……」

ヒリヒリ灼ける花芯の痛みの底から忘れかけていた甘くむず痒い妖しい感覚がよみがえってくる。腰の芯で痛みと妖美な感覚がせめぎあい、混交し、ジーンと痺れるような疼痛となった。

「ああっ、いやっ……ああっ、お、お尻はいやっ……と、止めてっ……ああっ、お願いっ……」

戸惑いとうろたえ、そして不安とその向こうにあるものへの恐怖——汗みずくの裸身がこわばり、声がかぼそく慄える。

「いやじゃないくせに。お尻が好きになってしまいそうで怖いだけさ。フフ、ここも好きだろ」

達也の両手がジットリと汗に濡れたふたつの乳房を包み込んだ。まだ青く小ぶりな乳房のゴムマリのような硬さをほぐすようにヤワヤワと揉み込んでいく。

「ひっ……ああっ、だ、だめっ……あああっ……」

揉みだされた小さな乳首を唇で挟み込まれ、キュウッと吸いあげられると麻里の裸身がビクンッと慄え、小さな顎がそり返った。

吸いだされて硬く尖りきった乳首を舌先でくすぐるようにチロチロ舐められると甘美な痺れが胸の奥へ染み入り、羞ずかしいほど声が慄えてしまう。

「男にそんな声を聞かせちゃだめだよ。もっといじめられることになってしまうんだから。フフ、こうやってね。——ほら、お仕置きだ」

ズズッと花口まで引き戻された肉棒が、ズブウウッと容赦なく肉壺を抉りぬいた。

「ひいいっ……い、痛いっ……」

甘美さが消し飛ぶような破瓜の痛みが背筋を駆けのぼり、脳天で爆ぜた。

その繰り返しだった。

肛道を責めさいなむ焦れるような妖美な刺戟に、花芯の息苦しいほどの拡張感とジーンと痺れる疼痛、そして乳房から送り込まれる甘美な痺れ——女の官能の急所を炙るようにジワジワ嬲られると、麻里はこらえようもなく羞ずかしい声を洩らして啼いてしまう。そこをズンッと肉棒で突きあげられて悲鳴を絞りとられた。

「ひいいっ……はあはあっ……あああっ……」

次第に麻里は自分を責めさいなんでいるものが、痛みなのか甘美さなのか定かな区別がつかなくなった。花芯を抉られる痛みにあえかな喘ぎを洩らし、乳首をキュウッと吸いあげられる甘美さに悲鳴をほとばしらせている——いくつもの刺戟と感覚が交錯して混交し、そんな錯覚にさえ陥る。

「ああっ……はあはあっ……ゆ、ゆるしてっ……あひいいっ……」

悲鳴なのか羞ずかしい喘ぎ声なのか、自分では判別がつかないままに、女肉の底から衝きあげてくる熱の塊りをこらえることができず、麻里は荒い息とともに、声を放ち続けた。

（……ああっ……こ、怖い……）

混濁し惑乱していく意識の中で、未知の領域へと引きずり込まれていく気配に麻里はおののいた。

「あひいっ……お、お願い……ああっ……も、もうしないで……あああっ……」

麻里は声を慄わせ、すがりつく思いでそう乞い願った。

だが、耳朶はおろか汗の浮いたうなじまで朱に染め、唇をワナワナ慄わせながら苦しげに顔を左右によじりたてるその姿は、すでに官能に灼かれる女のものだった。

「フフ、すっかり女っぽくなってしまったね。腋の下もこんなに汗で濡らしてしまって、どんな匂いがするのかな」

悪戯っぽくキラキラ眼を輝かせて笑った達也が、生汗でテラテラぬめ光る腋窩に鼻を寄せる。官能に煽られて搾りだされた汗からは甘酸っぱく淫靡に饐えた女の匂いがした。

「フフ、汗まで女臭くなってしまったね。淫らでスケベな女の匂いがプンプンするよ」

「……ああっ……そ、そんな羞ずかしい……そんなところを嗅がないで……ああ、いやっ……」

クンクン鼻を鳴らして剝きだしの腋窩の匂いを嗅がれる羞ずかしさに麻里が声を慄わせ、身をよじりたてる。その羞じらいの仕草と鼻腔をくすぐる濃厚な女の匂いが達也の嗜虐心をますます煽りたてた。

「フフ、そんなに羞ずかしいの？　だったら綺麗にしてあげるよ」

達也が長く伸ばした舌で汗を掬いとるように繊細な肌をベロリと舐めあげた。

「ひいっ……いやあっ……」

こそばゆさと同時にゾクリとおぞけるような感覚が背筋を走った。ビクンッと裸身がおののき、大きくよじりたてた身体に腰の芯から甘美な痺れが染み渡る。

「……ああっ……」

麻里は官能にきざした声をあげて啼いた。

「そうか。麻里は腋の下が好きだったんだ」

達也の舌が続けざまにピチャピチャ音をたてて腋窩を舐めあげた。

「ひいっ……い、いやっ……あああっ……だ、だめ、やめてっ……あひいっ……」

ビクンビクンッと麻里の裸身が跳ねた。狂おしく顔を振りたて身をよじりたてて悲鳴を噴きあげる。

「フフ、可愛いね。こういうのも好きでしょ」

しわひとつない腋窩をツンと硬く尖らせた舌先が渦を描くようにツツッ、ツツーッと這った。

「あひいっ……あああっ……ゆ、ゆるしてっ……あひっ、そ、そこはいやっ、あああっ……」

こそばゆさとおぞましさの混ざりあった、いてもたってもいられないような得体の知れない感覚に、麻里がブルブル総身を慄わせ、いやいやと顔を振りたてて尾を引くような声で啼いた。

と、達也の手がこれまでになく強いタッチで乳房を揉みしだき、絞りだした乳首の尖りを指先でグリグリこねくりまわした。それだけではない。怒張を花芯に深々と埋め込んだまま、グッと押しつけた恥骨で女の芽を擦りつぶすように小刻みに腰を揺すりたてる。

「ああっ、だ、だめっ、あひっ、いやっ、あああああっ……」

痺れるような快美な感覚が四肢にほとばしった。稲妻のように熱く鋭い痺れが背筋を灼き、脳天で続けざまに爆ぜた。

「ひいいいいっ、いやあああっ……」

グンッとのけぞり返った裸身をブルルッと慄えが走り抜け、麻里はこらえる暇もなく官能の頂きを極めてしまう。

「フフ、さっきまで処女だったくせに、もう女の羞ずかしい姿をさらしてしまうなんて、麻里は本当に淫らな女だね」

ギュッと肉壺が収縮し、怒張をキリキリ食い締めながら熱い樹液を絞りだすえもいわれぬ感覚を楽しんだ達也が淫猥な笑みを浮かべた。

「だったら僕も遠慮しないよ。もう痛いなんて言っても許さないからね」

達也の背がしなるように動き、腰が大きく繰りだされた。

「ひいいっ、い、痛いっ……あひいっ、いやっ、あああっ……」

怒張に抉りぬかれた花芯から鋭い痛みが背筋を駆けのぼった。一瞬遅れて、痛みを追いかけるように灼けつくような痺れが花芯から脳天を一気に刺し貫いた。それは麻里が初めて知らされる男根によって与えられた快美感だった。

「あひいっ、いやっ……ああっ、あああっ……」

達也の激しい律動に合わせて、処女の血と樹液にあふれた肉壺がジュブジュブと淫らな水音をたてた。容赦なく花芯を抉りぬかれ、子宮を突きあげられるたびに、麻里は悲鳴ときざしきった声を交錯させて啼いた。

破瓜の痛みすらが、めくるめく官能に呑み込まれて、快美な痺れとなって脳髄を灼いていく。

「ああっ、だ、だめっ、ああっ、ま、またっ……あああっ、お、おかしくなってしまうっ……」

汗と涙にまみれた顔を左右に振りたてて、麻里が切羽詰まった声をあげ、狂おしく声を慄わせる。二度の絶頂を極めさせられた麻里には女肉の芯からこみあげてくるそれがなんなのか、もう身にしみてわかっている。

「おかしくなってしまいなよっ」

達也が叫ぶように言うと、ひときわ激しい腰遣いで麻里を追いたてる。

「あひいいっ……ああっ、こ、壊れちゃうっ……ああっ、だ、だめええっ……」

麻里はガクガク顔を揺すりたて、狂ったように総身をのたうたせた。

「ひいいいいっ、いやあああっ……」

汗と涙で濡れた顔が仰向けにそり返り、達也の身体を跳ね飛ばさんばかりに腰を突きあげると、麻里は魂消えんばかりの悲鳴を噴きあげて肉の愉悦の頂点を極めた。

「ううっ――」

達也が低い唸り声とともに、怒張を捻じ切らんばかりに収縮する花芯の中に精を放った。

「……あううううっ……」

子宮を初めて男の精の飛沫で灼かれる感触に、麻里が少女とは思えぬ生臭い息み声をあげた。

のけぞり返ったまま硬直した裸身をブルッブルルッと喜悦の痙攣が二度、三度と走り抜けていく。

「……ああああっ……」

絶息するかのような深い喘ぎとともに麻里の身体が弛緩し、ドサリとベッドに崩れ落ちた。開け放った口を閉じる力すらないままに麻里は意識を失った。

ズルリと怒張を抜きさった達也がゆっくりと腰をあげて立ちあがり、屠りあげたばかりの贄を見おろす。まだどことなくあどけなさを残す少年の顔に悪魔さながらの征服者の笑みが広がっていく。

その視線の先、ベッドの上にしどけなく投げだされた二肢のあわいに、鮮血に染まった麻里の女の源泉が隠しようもなく無惨にさらされていた。

石榴のように爆ぜた肉の亀裂からトロリと白濁した精の汚濁が流れだし、赤く染まったタオルの上に滴り落ちた。

それは少女が女へと羽化したまぎれもない証しであった——。

第五章　堕ちる母娘

1　夫の眠る横で

二日後、日曜日の夜——。

綾香夫人は二泊三日の旅の緊張と疲れを湯船の中で癒していた。

夫婦水入らずの温泉は達也の手で無惨な鞭痕を双臀に刻み込まれた夫人にとって気をゆるめることのできないものだった。それに続く二日間は仲人として新郎新婦両家への挨拶に始まり、今日の昼行われた挙式まで重責による緊張の連続だった。

夫人が栄一郎とともに帰宅したのは九時をまわっていた。

見た目にもぐったりしている様子の麻里が同好会の練習でとても疲れたからもう寝ると言って二階の私室に上がるのと前後して、達也も私室に戻って行った。それから一度も達也は姿を見せていない。

どうやら今夜はなにも仕掛けては来ないらしい——その気配に夫人は安堵した。明日からのことを思うと不安が心をかすめたが、あえてそのことは考えずに裸身を包むぬるめの湯の心地よさに身をまかせた。

脱衣場で髪を乾かし、淡いブルーのパジャマを身につけた夫人がリビングに戻ると、栄一郎が留守中の経済紙に眼を通しながら就寝前の習慣であるスコッチのロックを舐めていた。

「綾香、長い風呂だったが疲れはとれたか」

栄一郎がソファから腰をあげた。

「温泉よりも我が家の風呂の方がなんだかほっとするだろう」

微笑みながら風呂あがりの桜色に火照った夫人の顔をじっと見つめる。

「……なにか……」

「いや、今日の式からずっと思っていたことだが、おまえはやはり綺麗だ。麻里の言葉ではないが、確かに最近ますます色香が増したような気がする」

「……そんな……」

ギクリとした内心の動揺を隠すように夫人は瞳を伏せた。

と、その身体をグイと栄一郎に引き寄せられた。

「……あ……」

抵抗する間もなく、身体をギュッと抱きすくめられ、唇を奪われてしまう。パジャマの上から双臀を撫ぜられ、乳房をヤワヤワと揉みこまれた。パジャマ越しに栄一郎の男根が硬く屹立していることがわかる。

（……ああ……こんな……）

ふだんの栄一郎らしからぬ行為とそのキスの甘美さに戸惑う綾香夫人の脳裡を大分の空港まで見送りに来た新郎の親族の長老が言った言葉がかすめる。

「新しい夫婦の門出を祝う式を取り持った仲人、特に男はたまらなくなるんじゃ。奥さんは美人なうえ、その熟れきった身体じゃ。今夜は旦那に腰が抜けるまで可愛がってもらえることじゃろう」

しわだらけの老醜も露わな老人は酒臭い息を吹きかけながら夫人の耳元でそう囁いたのだ。

なんて不躾なことを――夫人はそう感じたが、老人のセクハラまがいの言葉は正鵠を射ていたらしい。そうでなければ栄一郎らしからぬ行為の説明がつかない。

「……あなた……ここではいけません……」

やんわりと栄一郎の唇を振りもがいた夫人の息はすでにハアハアとあがっていた。

「すまない——ベッドで待っているよ」

根が紳士の栄一郎もいささか反省したのか、恥じたように言うとあっさりと夫人の身体を離し、寝室へ向かった。

（……ああ……どうしたら……）

綾香夫人は戸惑いながら栄一郎の読んでいた経済紙をたたみ、酒ビンとグラスを片づけていく。

すでに達也に刻み込まれた鞭痕も消えている夫人の動揺はむしろ自分の身体の変化にあった。このひと月あまり達也に嬲られ続けた夫人の身体は、意志の制御がきかない、官能に極端に脆い女体へと仕込まれてしまっていた。

現に、栄一郎にキスをされ双臀と乳房への愛撫を受けただけで、自分でも知覚できるほど花芯は濡れ、染みでた樹液で下着がベットリと肌に張りついている。

（……ああ……こんな淫らな身体にされてしまって……）

夫の求めに応ずれば、その変化を悟られてしまうのではないか——それを夫人は恐れた。もとより誰よりも夫を愛している。その夫に抱かれて、これまでになく淫らで羞ずかしい声をあげずに、乱れずにいる自信が夫人にはなかった。

綾香夫人は覚悟を決めて寝室に向かった。今夜は夫を拒むわけにはいかない。精一杯、淫らさをさらさないように夫に抱かれよう——そんな覚悟をしなければ愛する夫に身をゆだねることができない。なんという皮肉なパラドックスなのだろう。そんな思いが夫人の心をせつなく締めつける。

だが、夫人の恐れは杞憂に終わった。寝室に入るとすでに栄一郎は眠ってしまっていた。パジャマを脱ぎ捨て、ベッドに全裸で横たわっている。夫人を抱く意志はあったものの、ベッドに入ると不覚にも睡魔に負けてしまったのだろう。

（……仲人の気苦労で疲れていらっしゃったのね……）

起こすこともためらわれ、夫人はエアコンの室温設定を風邪をひかないように高めの温度に変えると、栄一郎の裸身を掛け布団で包んだ。脱ぎ捨てられていたパジャマをたたみ、部屋の電気を消すと、夫の傍らに身を横たえる。

だが、夫人はすぐには眠りにつくことができなかった。

「……ああ……」

夫に抱かれるものと覚悟して寝室に来たためだろうか、肩透かしを食った身体が火照るように微熱を帯び、腰の芯に微かな疼きがあった。

このひと月あまり、毎日のように達也に淫らに嬲られ犯され続けてきた身体は、たった三日間の空閨にすら耐えられないのだろうか——夫人は不安にとらわれながらもジーンと疼く女の源泉を意識しないではいられなかった。

安らかで規則正しい寝息をたてて眠っている栄一郎がつい恨めしく感じられてしまう——その夫人の心をふと達也のことがよぎった。

（……いけない……私……なにを考えているの……）

夫の傍らで、一瞬とはいえ他の男に抱かれる自分を想像する——、正確には抱かれるのではなく犯されるのだったが、そんな思いが刹那とはいえ自分の脳裡をよぎってしまった——、それは決してあってはならないことだった。夫人は寝室の闇の中で慄然とした。

はあっ——自分を戒め、罪深い肉の疼きを鎮めるように深く息を吐く。深呼吸のようにそれをゆっくり繰り返すと気分が落ち着いた。

夫人にしても栄一郎同様、仲人の大役と不慣れな旅で疲れている。やがて睡魔が忍び寄り、夫人はいざなわれるように眠りに落ちた——。

サワサワと乳房に甘美なさざ波が広がる。

（……ああ……）

夢とうつつの境目の中で、乳房を手で包み込まれ、柔らかく揉みこまれる感触が心地よい。

（……手……あなた……）

綾香夫人はぼんやりと瞳を開いた。そこは闇ではなかった。天井のライトが煌々と照る中に全裸で眠る夫の姿が浮かびあがる。

「ひっ……」

愕然と首を捻じった夫人の肩越しに悪魔のように微笑む達也の顔があった。

「……いやっ……」

掛け布団を剝ぎとられたベッドの上で、夫人は全裸の達也に背後から抱きすくめられていた。パジャマの上衣の前をはだけられ、白い乳房を両手でヤワヤワと揉みしだかれ、双臀の谷間にはパジャマ越しにもはっきりとそれとわかる屹立した男根が押しあてられている。

「……た、達也さんっ……だ、だめっ……」

眠っているとはいえ夫が横たわる同じベッドの上での信じられない狼藉に、夫人の声が恐怖に引きつる。

「フフ、大きな声を出しちゃダメだよ。おじさんが起きちゃうだろ」

耳元で囁いた達也の手がスーッと下がってパジャマの上から夫人の女の丘をスッポリと包み込んだ。

「ひっ……いやっ……や、やめて……」

眼の前にいる夫を意識した夫人の声がかぼそく慄える。懸命に達也の手を引き剝がそうとするが、手は離れるどころか、細い指先が薄い生地越しに夫人の最も柔らかな肉の縦筋をなぞるようにまさぐり始める。

「三日間もしてないから、ここが疼いて仕方がなかったんでしょ」

「……う、嘘です……お、お願い、達也さん……やめて……」

栄一郎がいつ眼を覚ましてしまうかわからなかった。なんとしてでもやめさせなければ——夫人は声を慄わせて、懸命に哀訴する。

「三日ぶりだもの。やめられるわけないでしょ」

いつにもまして達也は強引だった。グイと抱えあげるようにして夫人の下半身をベッドの外へ引きずりおろし、背後から背中をグッと押さえつけて、夫人の上半身をベッドに押しつける。

「ひっ……いやっ、いやですっ……」

丸い腰を突きだした格好で押さえつけられた夫人は身を揺すりたて、両手をばたつかせて逃れようとした。その反動でスプリングの効いたベッドが弾むように波打つ。

「おじさんの身体があんなに揺れているよ。あんまり暴れると、本当に起きてしまうかもね」

綾香夫人がハッと息を呑み、金縛りにあったように抵抗をやめた。怯えた視線が上下に揺れ動く栄一郎の裸身に注がれる。

「そんなにおじさんにばれてしまうのが怖いの？　フフ、だったらおとなしくしているしかないね」

ニヤリと意地悪く笑った達也は、夫人の腰を包むパジャマをショーツもろともズルッと剝きおろした。白磁のように艶やかに熟れた双臀が隠しようもなく露わにさらされる。

「ひっ……」

外気に包まれた双臀をブルルッと慄わせた夫人だったが、夫のことを思うと悲鳴を噴きこぼすことも激しくあらがうこともできない。だが、だからといってこのまま達也のやりたいようにさせておけば、この場で犯されることは火を見るよりも明らかだった。進むも地獄、退くも地獄——夫婦の聖域であるはずの寝室で、綾香夫人は奈落の縁に追い詰められた。

「……ああ……た、達也さん……ここではだめ……い、いけないわ……せ、せめて……達也さんの部屋で……お願い……」

夫人はかぼそく声を慄わせ、すがらんばかりに哀訴した。それは苦渋に満ちた決断だった。

「フフ、僕の部屋でなにをしてほしいのかな?」

夫人の足首からパジャマとショーツを抜き取った達也が意地悪く訊く。

「……ああ……そんな……」

「答えられないの?」

夫人の剝きだしの女の亀裂を硬く熱い亀頭がズルッとなぞりあげた。

「ひっ……い、いやっ……」

凌辱の予感と恐怖に夫人はシーツをギュッと握りしめ、身を硬くする。

「……お……お、オマ×コです……ああ……」

夫人は達也の望んでいるいやらしい卑語を口にせざるをえなかった。夫の前で屈服の言葉を口にする羞恥にカーッと身体の芯が熱を帯び、夫人はせつない喘ぎとともに黒髪を慄わせる。

「なんだ、オマ×コだけなの。僕はここでもしたいのに」

蟻の門渡りをずりあがった亀頭が桜色の肉のすぼまりにグッと押しつけられる。

「……ひっ……そ、そこはっ……」

「そこはなんなの？　僕の部屋に行けば、お尻でもさせてくれるんでしょ？　答えなよ、綾香。答えなければ、いま、ここでしてしまうこともできるんだよ」

達也が怒張にグッと体重をかけた。

「……だ、だめっ……答えます……だから、ここではしないで……」

肛襞がズズッと押し込まれて広げられる――いまではすっかり馴染まされてしまった感触に、綾香夫人が顔を左右に揺すりたてて声を慄わせる。

「……ああ……あ、綾香の……お、お尻でも……なさって……ああ……」

「フフ、嬉しいな。お尻でもさせてくれるんだ」

無邪気な声とともに、亀頭が肉の蕾を離れた。達也が上体を倒して夫人の背に覆いかぶさる。はだけられたパジャマのあわいに手が滑り込み、ジットリ汗ばんだ腋窩をまさぐる。

「もう、こんなに汗をかいちゃって」

夫人の肩に顎を乗せるようにして達也が耳元で囁く。

「これが最後の質問だよ。さあ、顔をあげてごらん。おじさんのおチン×ンが見えるでしょ。フフ、思っていたより小さな可愛いおチン×ンだね」

栄一郎の股間の毛叢からしぼんだ肉塊がグニャリと垂れている。達也の野太くグロテスクな逸物とは較ぶべくもないが、ひと月あまり前までは綾香夫人が知るただひとつの男根だった。

「……ああ……」

夫人はせつなく首を振った。達也の出現さえなければ、夫の男根を世界で唯一無二のものと信じて、自分の身体に潜んでいた淫らさとも向き合うことなく幸福な日々を送っていけるはずだった。それがいまは夫との関係も家族の絆も嘘と秘密によって支えられ、崩壊寸前なのだ。

「あのおチン×ンと僕のこのおチン×ンと綾香はどっちが好きかな？　教えてよ」

ズルッ——巌のように硬く熱い亀頭がふたたび夫人の女の亀裂をなぞりあげ、花弁を押しひしゃげて花芯をググッとおびやかす。それはまさに脅迫だった。

「……ああ……そ……そんなこと……」

弱々しく声を慄わせたが、夫人はその脅迫に屈せざるをえなかった。この場で達也に犯されるわけには絶対にいかない。

「……あ、綾香は……達也さんの……お、おチン×ンが好き……ああ、だから早く達也さんの部屋へ……」

屈辱に涙をにじませながら、消え入りそうな声で羞ずかしい言葉を口にし、この窮地から逃れることを乞い願った。

だが、悪魔にその願いは聞き入れられなかった。

「フフ、やっぱり綾香は僕のこれが好きなんだ」

ズブウッ——ためらいも見せずに怒張が肉口を押し破った。

「ひいいっ、いやっ……」

恐怖と緊張で濡れさえ示していない花芯を、柔肉を軋ませるように押し広げられ一気に抉り抜かれてしまう。

「……ああっ……ど、どうしてっ……」

約束を違えられた衝撃と野太い肉棒を深々と埋め込まれた挿入感と拡張感に夫人の声が慄える。

「ごめんね、綾香。我慢ができなかったんだよ」

子供っぽさを強調するような悪びれた口調とは裏腹に、達也はパジャマを夫人の肩から引き剝ぎ、細い腕を捻じあげるようにしてむしりとってしまう。

「……ああ……こんな……」

まんまと達也にいたぶられ、恥辱に満ちた屈服の言葉を重ねさせられたうえに、男根で花芯を貫かれ、ついには全裸に剝きあげられてしまった口惜しさに綾香夫人は唇を嚙みしめる。

「濡れていなかったのは意外だなあ。三日間していなかったから忘れられてしまったのかな。フフ、早く思いだして、いい声で啼いてみせてよ」

達也は花芯を深々と貫いたまま、夫人の重い乳房を焦らすようにヤワヤワ揉みあげ、ほのかにシャンプーの花の香りがする黒髪に顔を埋めるようにして汗ばんだうなじに舌を這わせる。

「……はあっ……はああっ……」

時を経ずして夫人の息があがった。吐息が喘ぐような色に染まる。達也に馴らされてしまった女体に、夫人が最も恐れていた変化の兆候が表われ始めたのだ。

怒張を埋め込まれた腰の芯が、灼けるような熱を帯び、腰全体にジーンとした痺れが広がっていく。サワサワとそそけだつような感覚が背筋を走った。ヤワヤワ揉まれる乳房が、甘美なざわめきに包まれ、揉みだされた乳首が硬く尖って、痛いほど疼き始める。

「……はああっ……はああっ……」

息苦しさがつのり、微かに桜色に染まった雪肌からジットリと生汗がにじみだす。

（……ああ……また啼かされてしまう……）

それはすでに夫人がいやというほど馴れ親しまされた蟻地獄のような官能の前触れだった。これに囚われたら最後、夫人は自力で逃れることはできない。達也の意のままに羞ずかしい声で啼かされ、狂おしいまでに身悶えさせられてしまうのだ。

（……ああ……だめっ……こ、こらえなければ……）

官能を抑え込もうと意識すればするほどに腰の芯が灼け、甘美な痺れが四肢にジワジワと広がっていく——蟻地獄であるゆえんだった。

（……負けないで……絶対に負けてはだめ……）

眼と鼻の先になにも知らずに心地よさそうに眠る夫の裸身があった。この夫を目覚めさせ、地獄に突き落としてしまうような淫らな声をあげて啼いてはならない。

（……あなた……）

悲痛な思いとともに夫人は眼を見開き、愛する夫である栄一郎の寝顔を凝視した。指の血の気が失せるほど強くシーツを握りしめ、ギュッと唇をきつく引き結んで奥歯をキリキリ嚙みしめる。

だが、それでもこらえきれなかった。身体を力ませたためなのか、夫人の意に反して深々と埋め込まれた怒張を花芯がギュッと食い締め、グジュッと熱い樹液を絞りだしてしまう。

「フフ、こんなに身体をこわばらせてしまって、どうしたの?」

悪魔さながらに囁いた達也が朱に染まった夫人の耳朶を甘噛みし、唾液に濡れた舌をニュルッと耳孔に挿し入れた。

「ひっ、いやっ……ああっ、んんん……」

引き結んでいたはずの唇から思わず声をあげてしまった夫人はうろたえも露わに声を噛み殺し、狂おしく顔を振りたてる。

達也には声をあげまいとする夫人の狼狽ぶりがこの上なく楽しい。耳の次はここだよとばかりに、痛いほど尖りきった乳首を指先で摘みあげ、コリコリ転がすように揉みしごいた。

「あひっ、あああっ……」

疼き続けていた乳首から快美な痺れが電撃のように腰の芯まで突き抜ける。

こらえようもなく綾香夫人はせつなく甘い声をあげて啼いてしまった。

「ああっ、いけないっ……だ、だめよっ……ううっ……」

自分を叱りつけるように口走ると、きつく握りしめた手を口にあて、肌が破れんばかりにキリキリ歯で嚙みしめる。

官能に屈しまいと悲壮なまでの決意をにじませる綾香夫人の姿には、一種凄絶な美しさと色香があった。と同時に、その美しさと色香ほど嗜虐者の欲望をそそるものはなかった。

「なんだ、ヨガリ声をあげるのを我慢していたの？　だったら、早くそう言ってくればいいのに」

とぼけた口調とは裏腹に達也の眼が残忍な光を帯びた。

「さあ、思いきりヨガリ啼かせてあげるよ」

花芯の最奥を貫いたまま動こうとはしなかった怒張がズルッと引きあげられ、花口をついばむように二度三度浅く抜き差しされた亀頭がふたたび深々と花芯を抉りぬいた。すでにしとどに濡れそぼっていた夫人の肉壺がグジュウッと淫らな水音をたてた。

「あひいいいっ、いやっ、あああああっ……」

悲壮な決意も消し飛ぶほどの快美な感覚が衝撃とともに綾香夫人の背筋にほとばしり、閃光のように脳天で爆ぜた。こらえようもなく夫人は顎を突きあげ、きざしきった声を噴きこぼして啼いた。

「ああっ、だ、だめっ……ああっ、しないでっ、あひいいっ……」

シーツを摑んでずりあがり、懸命に怒張の律動から逃れようとする両手首を絡めとられ、グイと後ろに引き絞られた。たわわな乳房を突きだすように夫人の身体がそり返る。

「……ああっ……こ、こんなっ……」

達也は夫人の両手を手綱さながらに摑んで、牝馬を乗りこなす騎手さながらにビシッビシッと双臀に叩きつけるように腰を使った。鋭く張った鰓がジュルウッと柔肉を掻きあげては、子宮に亀頭を捻じ込まんばかりにジュブウウッと突きあげる。

「あひいっ、いやっ……ああっ、ゆるしてっ、あひいいっ……」

容赦のない怒濤の律動に綾香夫人は啼き乱れるほかなかった。

突きあげられるたびに汗のしぶきを飛ばして乳房がプルンップルルンッと跳ね踊り、あられもないヨガリ声が噴きこぼれる。めくるめく快美感に脳髄が蕩け、こらえなければという意識すらおぼつかない。揺れる視界が白く霞み、夫の裸身が消えた。

「ひいいっ、だ、だめっ、だめよっ……ああっ、あひいいっ……」

黒髪をバサバサ振りたてて夫人が切迫した啼き声を噴きあげた。絶頂を極めてしまいそうな予感にガクガク総身が慄える。

と、突然、達也が引き絞っていた夫人の両手を離した。ドサッと夫人の身体がベッドの上に崩れ落ち、栄一郎の裸身が上下に弾むように揺れた。

「フフ、いってしまいそうだったんでしょ」

ああっはああっと喘ぐ夫人の背に達也が覆いかぶさって笑った。汗を含んだ黒髪を梳きあげ、トロンと恍惚とした顔を横から覗き込む。

「おじさんの前なのにあんなに大きな声でヨガリ啼いてしまって、そんなにこのおチン×ンがいいの」

ズブウッ――いったん抜けていた怒張が濡れそぼつ花芯を深々と刺し貫く。トロトロに蕩け、灼けるように熱い柔肉が吸いつくように肉茎に絡みついてくる。

「ああああっ……」

唾液でベットリと濡れた唇がわななくように慄え、艶めいた啼き声が尾を引くように噴きこぼれる。

「オマ×コをこんなにグショグショに濡らしてしまって、本当に淫らな女だね、綾香は。おじさんの前だからいつもより感じてしまうんでしょ――フフ、おじさんが起きてしまうくらい大きな声で啼き狂って、もっと羞ずかしい姿を見てもらおうか」

だが、達也は栄一郎がとうぶん眼を覚まさないことを知っていた。栄一郎のスコッチに睡眠薬を溶かしこんでおいたからだ。アルコールに溶けた睡眠薬は通常以上の効力を発揮する。

「ああっ……もう……ゆるして……あああっ……」

怒張のゆったりとした抜き差しに夫人の声が悩ましく慄える。

「フフ、許してあげるよ。オマ×コはね」

ズルッと抜きだされた淫液にまみれた亀頭が、蟻の門渡りを擦りあがって双臀のあわいにたたずむ肉の蕾にヌルッとあてがわれた。

「ひいっ……そ、そこはいやっ……ああっ、お尻はしないでっ……」

肛襞をググッと押し込まれる感触に綾香夫人がいやいやと顔を振りたて、裸身をガクガク揺すって引きつった声をあげる。

肛門を犯され獣のように淫らな声でヨガリ啼く恥辱の姿を、夫の前にさらすわけにはいかなかった。夫人は双臀を揺すりたてて逃れようとするが、官能に灼かれた身体は重く、がっちりと背後からのしかかった達也から逃れることはできない。

「嘘を言っちゃダメだよ。綾香がお尻を好きなのはバレバレなんだから。ほら、これがたまらないんでしょ」

ズブウッ——亀頭が肛口に没した。

「あひいっ、いやっ……ああっ、お尻はいやですっ……ああっ、ゆ、ゆるしてっ、あああっ……」

灼けつくような痺れとともに肛道が押し開かれ、硬く野太い肉の異物で双臀の最奥がズズウッと縫いあげられていく——すでに馴染み深い妖しいまでの挿入感に夫人はシーツに顔を擦りつけるようにして啼いた。

「……はひいっ……はああっ……」

双臀のあわいを深々と縫いあげられると、官能に灼かれ続けた腰の芯にジーンと重い痺れが広がり、双臀を支配する息苦しいほどの拡張感に火を噴くような喘ぎを抑えることができない。

「フフ、見てごらんよ」

達也の手が顎に添えられ、綾香夫人の顔をグイとこじあげる。

「……ひっ……」

夫人は思わず息を呑んだ。眠っている栄一郎の股間で男根がいつのまにか勃起を遂げ、天を指すように屹立していた。あられもない夫人の声に刺戟されて淫夢でも見ているのだろうか、寝息とともに赤剝けた亀頭がユラリユラリと揺れ動く。

「フフ、もしかしたらおじさん起きているのかもね。狸寝入りして綾香の羞ずかしい声を聞いているのかも」

「……そ、そんなこと……」

眼が覚めたが起きるのはためらわれ、聞き耳をたてている——あるはずはないと思いながらも、微かな疑念が夫人の心をキュッと締めつける。

「じゃ、たっぷり淫らな声で啼いて、おじさんを楽しませてあげなくちゃね」

ズズッと肛口まで引かれた怒張がズブウッと重く突き入れられる。

「あああっ、いやっ……ひいっ、あううっ……」

硬い雁首で肛襞がズズッと引きずりだされ、捻じ込むように押し戻される——双臀の芯を硬い肉棒で練りこまれるおぞましくも妖しい快美感に、夫人は腹の底から絞りだすような声をあげて啼いた。

「ああっ、こ、こんな羞ずかしい……ひいっ、あうううっ……」

夫の前で排泄器官を犯されてヨガリ啼いてしまう背徳感——夫に聞かれているのかも知れないという恐れと羞恥に、夫人は狂おしく左に右に首を捻じるようにして啼いた。双臀の奥が灼け爛れるような妖美な感覚の前では、そんな恐れや羞恥にすらも官能を煽りたてられてしまう。

「あううううっ……だ、だめっ……あああああっ……」

犯されるごとに肛虐から与えられる背徳の悦びは容量を増し、より深い官能の奈落へと綾香夫人を堕としていく。悪魔の申し子である達也に教え込まれ、すっかりなじまされた魔界の愉悦に夫人はあらがうことができない。

（……あなた……ゆるして……）

心の中で詫びながらも、肛肉を抉りぬかれるたびに噴きこぼれる浅ましいまでに淫らなヨガリ声を抑えることができない。腹の底から熱波がせりあがり、口を閉じることさえままならないほどの愉悦に、わななく唇から涎があふれ銀色の糸を引きながらシーツを濡らした。

ズブウッ、ズブウウッと双臀を抉りぬく怒張のピッチが次第に強く速くなる。

「あひいっ、いやっ……あああっ、あうううっ……」

肛道が熱く灼け、双臀の最奥が妖しく燃えあがる。腰骨までがトロトロに蕩けていくような快美感に夫人の瞳に喜悦の涙がにじむ。

「あううっ、だ、だめっ……ああっ、狂ってしまいますっ……あうっ、あううっ、く、狂いますっ……ああっ、ゆるしてっ……」

奈落に堕ちていく女肉の支えとするようにシーツをギリギリ握り締め、黒髪を振り乱して夫人はヨガリ啼き、叫んだ。

「さあ、おじさんの前で綾香の恥じをさらしなよ」

股間に潜り込んだ達也の指が汗と樹液にまみれた繊毛を掻きわけ、夫人の女の芽を探りあてた。爆ぜんばかりに膨れあがった官能の尖りを絞りだすようにしごきたて、グリグリこねるように揉みしだく。

「ひいいいいっ……」

快美な電撃が夫人の四肢にほとばしり、脳天を砕いた。

「いやあああああっ……」

生汗にぬめ光る背筋を折れんばかりにたわめて、のけぞり返った夫人が末期の悲鳴を噴きあげた。絶頂を告げる叫びに誘発されたように、双臀の芯を深々と抉りぬいた野太い怒張が断末魔の胴震いとともに爆ぜた。

「……あうううう……」

灼熱の精の飛沫に腸を灼かれる感覚に夫人は硬直した総身をブルブル慄わせ、獣じみた生ぐさい呻きを絞りだす。

時の流れがしばし止まった——その静寂の中を精も根も尽きた綾香夫人の裸身がガクリと崩れ落ちていく。ベッドが大きく波だつように揺れ、行き場を失った栄一郎の男根が虚空でむなしくユラユラ揺れ動いた——。

2　赤い淫薬

長雨も続くことがないままに梅雨明け宣言が出された七月なかばの月曜日——。

砧学園高等部の校門脇に、燦々と照りつける午後の陽光を避けるように日傘をさした綾香夫人の姿があった。ベージュのジャケットと膝丈のスカートのシックな装いで、グレイのコットンシャツの襟ぐりから楚々とした鎖骨が覗いている。

夏休みを目前に控えたこの日は生徒と保護者、そして担任教師による三者面談の初日だった。名門学園らしく着飾った保護者たちが三々五々校門を入っていく。

だが、この場所で待つようにと言った達也は約束の時間を過ぎてもなかなか姿を見せない。

（……どうしたのかしら……）

不安にとらわれ始めた夫人の前にタクシーが停まり、達也が降り立った。

「ごめんね。待たせちゃったね」

「達也さん、学校にいたのではなかったの？」

夫人がいぶかしげに訊く。

「フフ、ちょっと済ませておかなければならない用事があっただけさ。さあ、行こう」

意味ありげに微笑んだ達也は夫人を先導するように校門を入った。

「……達也さん、教室は二階のはずでしょ……」

校舎の階段を三階へ上がっていこうとする達也の背に、綾香夫人が不安げに声をかける。

「まだ面談まで時間があるから急ぐ必要はないんだよ」

達也は振り返りもせずに歩を進める。夫人は従わざるをえない。

最上階である三階は家庭科室や美術室、それに生徒会室などが並ぶフロアで、面談の時期のせいなのだろう、生徒たちの姿もなくシンと静まりかえっている。

「ここだよ」

戸惑いがちな夫人の背を押すようにして達也が入った場所はフロアの隅にある「進路指導室」というプレートがかかった小部屋だった。一方の壁を埋めつくした書架には大学案内や受験雑誌などの資料が整然と並んでいる。

「上着を脱ぎなよ」

部屋の中央に怪訝そうに立ち尽くす夫人に達也がこともなげに言った。

「……え……」

「聞こえなかったのかい？　僕の言いつけは絶対のはずだろ。それとも面談の前にここで泣き叫ぶまでお仕置きを受けたいのかな？」

「……そんな……」

すでに達也への抵抗心をあらかた奪われてしまっている夫人は声を慄わせながらもベージュのジャケットを脱ぎ、半袖Tシャツタイプのグレイのコットンシャツ姿になった。

「テーブルに両手をついてお尻を突きだすんだ」

「……ああ……酷いことはなさらないで……」

夫人は部屋の中央にあるテーブルに恐る恐る両手をつき、スカートに包まれた丸い双臀を達也に捧げるようにさらした。

「フフ、酷いことをされるのが好きなくせに」

達也の手がスカートをたくしあげる。アイボリーホワイトのショーツに包まれたむっちりした双臀をひと撫ぜすると、ショーツを無造作に引き下ろしてしまう。

「ひっ……いやっ……」

夫人は思わず身を起こし、腰を引いた。

ビシイッ――一瞬のためらいもなく達也の手が夫人の剝きだしの臀丘を打った。

「ひいっ……痛いっ……」

「逆らったらお仕置きだと言ったはずだよ」

「……ああ……」

夫人は弱々しく首を振ると、ふたたび上体を倒して高々と双臀を掲げる。ブルブル慄える白い臀丘に達也の手形が薄赤く浮かびあがっていた。

「ノーパンになってもらうよ」

夫人の足先から達也がショーツを抜き取る。

「……ど、どうして……そんな……」

「綾香が僕の女だってことを忘れないで面談に出てほしいからさ」

達也は身を起こすとショーツを裏返してクロッチの部分をチェックする。淫らな染みはついていない。

「フフ、感心だな。さすがに学校では濡らしていないね。そういう真面目な綾香が僕は好きだな」

達也は校章の刺繍のついたボストンバッグをテーブルの上に置いた。バッグの中にショーツをしまい、代わりにタオルの包みを取りだして夫人の顔の前でどこか芝居がかった手つきで開いていく。タオルの中には保冷剤に挟みこまれたマッチ箱ほどのプラスチックの白いケースが入っていた。

「こうやって冷やしておかないとすぐに溶けだしてしまうんだ」

楽しげな講釈とともにケースの蓋をとる。ケースの中にはどぎついほど赤い色をした小指ほどの大きさの坐薬が二個入っていた。

「……こ……これは……」

「あの人ご愛用のオランダ製の媚薬さ。〈ルージュ〉っていうとっても素敵な名前がついている」

「……媚薬って……」

夫人がいぶかしげに訊いた。媚薬という言葉の意味と眼の前の坐薬が頭の中で結びつかない。

「論より証拠さ。フフ、使えばすぐにわかるよ」

悪戯っぽく眼を光らせた達也がケースを手にとると、虚空に掲げられた夫人の双臀の背後に屈みこんだ。毛叢に縁どられた肉の亀裂を指でくつろげ、桜色にぬめ光る肉口に真っ赤な坐薬をヌプッと挿入した。

「ひっ……いやっ……」

花芯をとらえたヒンヤリと冷たい感触におぞけが走ったように白い双臀がブルルッ

と喋える。

「フフ、冷たくて気持ちいいでしょ。すぐに体温で溶けてしまうけどね」

達也はもう一個の坐薬を手に取ると、双臀の谷間に慎ましやかにたたずむ肉の蕾に押しあてた。その名の通り赤い口紅さながらの流線型の淫薬が肉のすぼまりの小じわの中心にヌルッと没した。

「……ああっ……お尻はいや……」

肛道に埋め込まれた坐薬の冷たい異物感に綾香夫人がせつなげに顔を振る。

「面談まであと二十分か。ちょうどいい感じだね」

夫人の白い双臀をスカートで覆い隠した達也が時計を見て頷いた。

「じゃ、最後の仕上げをしなくちゃ」

バッグからカッターナイフを取りだした達也が夫人のシャツの裾をめくりあげた。剝きだしになった背中のブラジャーのホックをはずし、ストラップをナイフで断ち切ってしまう。

「いやっ、なにをするのっ……」

ブラジャーをむしり取られた夫人が思わず身を起こした。

「ノーパンなのにブラジャーしてたら画竜点睛を欠いちゃうでしょ。フフ、とっても綾香らしい姿になったね」

悪戯っぽく笑った達也の視線が綾香夫人の胸元に注がれる。

ブラジャーの抑えを失くした乳房の柔らかなラインとたわわな量感がコットンシャツの薄い生地を通してくっきりと浮き彫りになっていた。そればかりか膨らみの頂点をプクンと飾る乳首の所在さえ隠しようがない。

「……ああ……こんな……」

夫人が両手をかき抱くようにして胸の膨らみを覆い隠した。羞恥に頬をほんのり桜色に染め、消え入りたげに視線を落として顔を振るその姿にはえもいわれぬ色香が醸しだされていた。

「フフ。じゃ、面談に行こうか」

「……た、達也さん……せめて上着を返して……」

ドアを開ける達也の背に夫人が声を慄わせて哀訴する。

「だめだね。せっかく可愛い乳首の突起を見せているんじゃない。フフ、先生の眼を楽しませてあげなくちゃ」

にべもなく言った達也は身を翻すと廊下に出てしまった。

「……ああ……」

夫人にはどうすることもできなかった。両手で胸の膨らみを隠しながら達也に付き従っていくしかない。シックな装いの下にはなにも身につけることを許されず、秘所と肛道に怪しげな坐薬を埋め込まれて教師との面談に向かわなければならない——夫人は屠所に向かう心持ちで重い足を引きずるように教室へと向かった。

達也のクラスである一年C組の前に着くと、ちょうど前の回の親子が教室に入っていくところだった。廊下に用意されている椅子に綾香夫人は達也と並んで腰かける。

「……あ……」

微かに声をあげた夫人の身体が戸惑いとともにこわばりを見せた。

(……こ……これは……なに……)

花芯と肛門がジーンと熱を帯び、微かにむず痒いような感触があった。達也に埋め込まれた不気味な坐薬の効果であるのに違いなかったが、どのような作用によるものなのか、異変は下半身だけにとどまっていなかった。

身体が火照るように熱く、腋窩にジットリと汗がにじみ始めている。

「フフ、始まったみたいだね」

達也が眼をきらめかせて悪戯っぽく微笑んだ。

夫人の背筋におぞけが走った。こういう表情を浮かべた時の達也が悪魔の化身そのものであることを夫人はいやというほど知っている。

「あれはとっても強力な媚薬なのさ。ヨーロッパのブラックマーケットを牛耳るシンジケートが誘拐した女を娼婦に仕込む時に使っているとか、ＫＧＢが女スパイの尋問に使っていたとか色々な伝説があるんだ。どんな堅物の貴婦人でも男が欲しくて欲しくてしょうがない淫らな牝に変えてしまうんだってさ」

「……ああ……そんな恐ろしいものを……」

夫人の声が慄えた。達也が得意げに喋る能書きもさることながら、時間が経過するにつれジワジワと高まってくる肉体の淫らな異変がその媚薬の恐ろしさをまざまざと夫人に知らしめていた。

「……ああ……」

椅子にかけた夫人の腰がもどかしげに揺れた。すでに花芯と肛道の痒みは耐え難いまでに高まっている。熱く灼けて感じやすくなった粘膜の上を無数のムカデが這いずりまわっているような異様なむず痒さだった。

「淫らにお尻をもじつかせてしまって。フフ、綾香も男が欲しくてしょうがなくなってきたのかな？」

夫人の耳元で囁いた達也がフーッと耳孔に熱い息を吹き込んだ。

「……ひっ……あああ……」

夫人はあえかな声を洩らして慄えた。たったそれだけの刺戟で背筋に甘美なさざ波が湧き起こり、腰の芯がジーンと疼いてしまう。

（……こ、こんな……どうして……）

夫人は狼狽も露わに首を振った。花芯と肛門ばかりか、肌が異常なまでに感じやすくなっている。ちょっとした身じろぎの衣擦れにさえ、サワサワと肌が甘美にざわめきたってしまうのだ。

シャツの生地を通してさえそれとわかるほど乳首がプクンッと膨れあがり、弾けんばかりに尖りきっていた。痛いほど勃起した官能の尖りを薄い生地が擦りあげるたびにジーンと乳房がせつなく疼いた。

「フフ、お乳を思いきり揉まれて、乳首をチュウチュウ吸ってほしくなってきたんでしょ」

「……あああ……だ、だめっ……言わないで……」

綾香夫人がクネクネ首を振って喘ぎを洩らした。達也の意地の悪い淫らな言葉にさえ、媚薬で灼かれた身体が狂おしく反応してしまうのだ。

まるで達也の言葉が悪魔の暗示であるように、乳首を思いきりきつく吸われたいという淫らな思いが脳裡をよぎり、乳首が痛いほど疼いた。

「フフ、本当はもっと言ってほしいんでしょ。言ってあげるよ。綾香はオマ×コしてほしい。綾香はカチンカチンに硬いおチン×ンが欲しくてたまらない。お尻の穴も思いきりいじめてほしい」

達也が耳孔に熱い吐息を吹き込みながら、卑猥な言葉を呪文のように囁く。

灼けるように熱い花芯から濃厚な樹液がグジュッとあふれでて、トロリと蟻の門渡りを伝い落ちていく。

「……ああっ……お願い、やめて……あああ……」

夫人はギュッと両膝を擦り合わせ、身をよじるようにして喘いだ。

と、眼の前のドアがガラガラと引き開かれ、十五分間の面談を終えた親子が教室から出てきた。

「……ひっ……」

狼狽も露わに立ちあがった夫人は、怪訝な表情を浮かべる親子に深々と一礼した。

「フフ、面談のルールを教えてあげる」

親子を見送りながら達也が言った。

「先生の前で胸を絶対隠さないこと。手は身体の脇に置いておくんだ。いいね。守れなかったらもっと羞ずかしい目にあわせるよ」

「……ああ……そ、そんな……」

夫人は声を慄わせたが、すでに達也は教室に向かっていた。

「……あっ……」

あとに続かなくてはと椅子から腰をあげた夫人の身体が思わず凍りつく。立ちあがったその動きだけで、花芯から熱い樹液がトロリとあふれだし、ツツーッと内腿に濡れ広がったのだ。

「……いつも達也がお世話になっています……」

一礼した綾香夫人が顔をあげると、達也の担任教師である中谷があわてたように眼をそらした。

「いえ、ま、その、おかけ下さい」

ふたりに席を勧めながら、縁なし眼鏡越しの眼がチラチラと夫人の淫らにプクンと膨れた胸の尖りに注がれる。

(……ああ……見られている……)

視線に灼かれた乳首がチリチリ疼くように痛み、淫薬の効果でただでさえ火照っている身体が消え入りたいほどの羞恥にカーッと燃えあがるような熱を帯びた。

「……はあぁっ……」

思わず荒い息が洩れてしまう。夫人はあわてて唇を引き結ぶと、太腿の脇に置いた手をギュッと握りしめた。

「フフ、おばさんが綺麗なんで先生も緊張してしまうでしょう」

達也が家では聞かせたことのない大人びた口調で言った。

「な、なにを言っているんだ、沖田君。そんなことがあるわけないだろ」

中谷は咳払いとともにうろたえたように資料を開く。中谷は四十代の中堅教師で、担当教科は国語だった。〈ムッツリ眼鏡〉——謹厳実直な振りをしているくせに女生徒に淫らな視線を露骨に注ぐことから、その本性を見抜かれてしまっている中谷は生徒たちにそう呼ばれていた。

「そうですか。でも、おばさんも中谷先生に会うというので実はすごく緊張しているんですよ。今日のこの服だって、選ぶのに一時間以上もかかったほどですから」

「……そ、そんな……ああ……」

夫人が声を慄わせて首を振る。だが、口を開くと喘ぎが洩れ、狂おしいばかりの痒みに淫らなまでに腰がもじついてしまう。

「沖田君、大人をからかうものじゃない」

妙に威厳をこめた声で中谷が言った。

こんな美人が自分に好意を持っている——自分に会うために服を選び、あろうことかノーブラで面談に来たという誤解が、羞恥に身を揉む夫人の仕草で増幅されてしまったのだ。

「まあ、率直に申し上げまして、沖田君は特殊な家庭環境にもかかわらず、成績も申し分ありませんし、授業態度も真面目そのもので、先生方の評判もよく、強いてあげれば欠課、欠席が多いという点が若干気になりますが、これも身体が弱いということですから、当面、大きな問題ではないように思われます。沖田君のような生徒ばかりであれば、私たち教師も苦労がないと申しますか、まあ、先のことではありますが、このまま三年間を送ることができれば進学面でも心配するようなことはないでしょう、大船に乗ったというのは言い過ぎかもしれませんが——」

口をついて出るいかにも教師らしい内容空疎な美辞麗句の連発とは裏腹に、中谷の視線は次第に淫猥さを増し、色香を振りまいているように見える夫人の仕草が欲望に拍車をかけ、妄想を拡大させていく。

（それにしてもどうしてノーブラなんだ、私に見せたいのか、乳首がツンツンに立っているように見えるのは気のせいか、今の悩ましい声はなんなんだ、喘ぎにしか聞こえなかったぞ、そうか、乳首が性感帯なんだな、腰まで淫らにもじつかせてしまって、私に見られて感じているに違いない、ううむ、腋の下の汗染みがたまらん、さぞかし甘い熟れた女の匂いがするんだろう、ああ、嗅いでみたい、舐めてみたい――）

聖職という肩書きの下で抑圧されていた獣性も剝きだしに、露骨な視線が夫人の乳房の膨らみに注がれ、腋窩の淫らな汗の染みを味わい、ジットリと汗ばんだうなじから朱に染まった耳朶を炙るように舐めあげていく。

中谷は面談の言葉を継ぐことも忘れて、眼鏡の奥の眼を血走らせ、淫猥極まりない視線で夫人を犯していた。

「……ああっ……」

その中谷の欲望に応えるように夫人がせつない声をあげて喘いだ。スカートにピタリと包まれた腰が淫らに揺すられ、汗で肌に張りついた生地からくっきりと浮かびあがった乳首がプルプル慄える。

（……ああ……下品な眼で見られている……）

眼で犯されている――中谷が淫らな妄想を抱いて自分の身体を舐めるように見つめ

ているのが夫人にはわかった。

教師だというのになんていやらしいのだろう――、そう思いながらも中谷の視線に灼かれた腋窩がますます汗ばみ、ざらついた舌でベロリと舐めあげられたように繊細な肌がそそけだつ。

「……あああっ……」

腋窩を舐めあげられる――そう想像しただけで羞ずかしい喘ぎが洩れでてしまった。フィジカルな刺戟を求めて身体が息苦しいばかりに火照り、花芯からあふれた樹液で濡れたスカートの裏地がベットリと尻に張りつく。

（……ああっ……おかしくなってしまう……なんとかしてっ……）

肛道を蝕む激しい痒みを紛らわせようと夫人はギュウッと肛襞をすぼめて、双臀をブルブル慄わせる。

抑制が利かなくなった聖職者の歪んだ獣の欲望と、媚薬に灼かれた人妻が放つ濃厚なフェロモンがたがいに出口を見つけられないまま、神聖な教室に充満していた。

「先生、そろそろ時間なんじゃありませんか？」

淫らな祭儀をつかさどる宮司のように達也が冷静な声で告げた。その顔には教師の欲望を手玉に取り、慎ましやかな令夫人を思いのままに辱めた勝利感が浮かんでいた。

3　恥辱の対面儀式

奥宮家の前でタクシーを降り、玄関にたどりつくまでが綾香夫人の限界だった。誰かに見られているかも知れない——その恐れが消えたとたん、夫人をからくも支えていた意志が砕け散った。

「……ああっ……た、達也さん……ああっ、もうだめっ……ああっ、く、狂ってしまいそう……」

夫人はハアハアッと息を乱し、熱くきざした喘ぎを洩らしながらせつなく声を慄わせ、膝から崩れるようにあがりかまちに倒れこんでしまった。

「フフ、甘えてはだめだよ、綾香。だめってなにがだめなんだい?」

達也が仁王立ちに見おろして微笑んだ。

「……ああっ……達也さん……ああっ、わかっているでしょ……意地悪を言わないで……ああっ、お、お願い……」

トロンと潤んだ瞳ですがりつかんばかりに達也を見あげた夫人は声を慄わせて哀願する。

だが、達也は言葉すら発しない。哀訴しても無駄だというように、ニヤリと笑って首を左右に振るだけだ。

「……ああ……そんな……」

夫人はせつなく首を振った。だが、淫薬で灼かれた女肉の生理はすでにためらう余裕すら夫人から奪い去っていた。

（……このままなにもされなければ、本当に狂ってしまう……）

綾香夫人は手でもぎ取るようにしてハイヒールを脱ぐと、ヨロヨロとたたらを踏むようにしてかまちに立った。コットンシャツの裾を両手で摑み、汗でベットリと肌に張りついた薄い布地を皮を剝ぐようにめくりかえして頭から抜いていく。

テラテラと汗でぬめ光るたわわな乳房が悩ましげにプルルンと弾み、爆ぜんばかりに尖りきった乳首がプルプル慄える。

夫人は脱いだ服をたたむという意識すらおぼつかない。シャツを床に落とすと、もどかしげな手つきでスカートのファスナーをおろし、よろめきながら爪先から抜いていった。

媚薬に灼かれ桜色に火照った汗みずくの裸身から、熟れきった女の甘酸っぱい淫らな匂いがムッとせんばかりに放たれる。

「……ああ……」

せつなく喘いだ夫人は達也に背を向け、床に這った。両掌に額を擦りつけるようにして腰を掲げ、むっちりと熟れた双臀を達也の前に捧げだす。充血した花弁を開ききって石榴のようにパクリと割れた女の肉溝と、プクンと赤く膨れた肉の蕾が隠しようもなくさらされた。

「……た、達也さん……お、お願いです……綾香に……ああっ……お……オマ×コしてください……」

それは達也に教え込まれた犯される前の儀式のような口上だった。強制されて言わされ続けた恥辱の言葉だったが、今日ほど切実に夫人の唇から発せられたことはなかった。

「……あああっ……」

みずから秘所を掲げ、嬲わいを求める行為がもたらす脳が痺れるほどの羞恥と、ようやく嬲ってもらえるという期待感に、夫人の口から喜悦の喘ぎが噴きこぼれた。

淫らに揺れる双臀のあわいで、淫薬に灼かれた肉の蕾がキュウッとすぼまり、湯気がたたんばかりに蕩けきった鮭紅色の花肉が妖しく蠢き、淫らな匂いを放つ濃厚な蜜をトロリと絞りだす。

「フフ、綾香はすっかり僕の牝になってしまったね。ご褒美をあげるよ」

達也はスッと手を伸ばすと、あふれでた花蜜でネットリとぬめ光る蟻の門渡りを細い指の爪先でコリコリと掻いた。

「あひいっ、あああっ、あああっ……」

たったそれだけの嬲りにもかかわらず、蕩けきった花芯を指で深々とえぐられたとでもいうように夫人がきざしきった声を噴きこぼして悶え啼いた。

「完全にできあがってしまっているね。さあ、本格的に狂い啼かせてあげるから、身体を起こして、両手を背中で組むんだ」

達也がボストンバッグの中からどす黒い麻縄の束を取りだした。

「……ああ……縛られるのはいや……」

弱々しく首を振りながらも綾香夫人は両手を背中にまわし、細く白い手首を重ね合わせた。

「フフ、本当にいやなのかな？」

残忍な笑みを浮かべた達也の縄がけはいつにもまして容赦がなかった。

手首をひとまとめに縛った縄を前に回すと、乳房の上下に肌にキリキリ食い込むほどの厳しさで胸縄を打つ。さらに肩を通った縄が乳房の谷間で上下の縄に絡められてきつく引き絞られる。

「……ああぁっ……」

淫薬に灼かれていつにもまして敏感になった乳房を根元からきつく縊りだされる痺れるような緊縛感に、張りつめた乳首がジーンと疼き、夫人は思わずきざしきった声を洩らして啼いた。

自由を奪われ、抵抗を封じられて、達也の思うがままに嬲られて犯されるのだと思うと、女肉の芯がざわめきたつような妖しい高揚感が夫人をとらえた。

（……ああっ、いけない……私……なにを考えているの……）

淫らな思いを打ち消すように夫人は大きく首を振った。だが、その動きに呼応して縄がキリキリ肌を締めあげると、「ああぁっ……」と意志を裏切るようなせつない声が洩れでてしまう。

「フフ、いやだと言ってたくせに、ずいぶん縄が気にいったみたいだね。でも、あまり甘く考えない方がいいと思うよ」

他人ごとのように言った達也がバッグから黒革製の拘束具を取りだした。

「さあ、口を開くんだ」

夫人の顔がグイと引き起こされ、拘束具が口を覆う。

「……いやっ……あ、ううぅっ……」

それは口と鼻をスッポリと覆うマスク型の箝口具だった。夫人は逃れようもなく、マスクの内側に付いたラバー製の突起を口腔に捻じ込まれてしまう。頰に食い込むほどきつくマスクが締めあげられ、後頭部のフックでしっかりと留められた。

「……ううっ……」

口を完全に塞がれ、鼻の部分に穿たれた小さなふたつの穴以外に呼吸をするすべはない。ボールギャグとは較べようのない息苦しさに夫人が呻き声をあげた。

「今日は女になんか生まれてこなければよかったと思うくらい、綾香をいじめてあげるよ」

箝口具の口元から垂れる細いホースの先端に付いた楕円球型のポンプを達也が握りしめた。プシュッという間の抜けた音とともに空気が送り込まれ、夫人の口腔の中でラバー製の突起が風船のように膨らみ始める。

（……い、いやっ……やめてっ……）

夫人は顔を振りたてて呻き声をあげたが、空気を送り込まれるたびに突起は膨らみ続け、舌が抑えつけられ、やがて口腔を隙なく埋めつくした。

（……ああ……こ、こんな……）

夫人は声はおろか、呻き声をあげる自由さえ完全に奪われてしまった。

「フフ、じゃ僕の部屋に行こうか」

縄尻をとった達也が夫人の身体をグイと引き起こした。

階段をのぼり、二階の達也の部屋にヨロヨロと足を踏み入れた綾香夫人の身体が愕然と凍りついた。

(……こ、これはっ……)

トロンとしていた瞳が驚きに見開かれ、恐怖にとらわれた総身がガクガク慄える。

部屋の隅の椅子に全裸の女が拘束されていた。両手首を後頭部で縛りあげられて腋窩をさらし、太腿を肘掛けに乗せる形で縛られて二肢をM字に割り裂かれている。女体のすべてを露わに開示する恥辱の格好だ。

黒革製のアイマスクをされているため、女の顔のすべてを窺うことはできなかったが、その愛らしい鼻筋と口元をよもや夫人が見間違えようはずはなかった。それは娘の麻里の無惨な姿だった。

(ま、麻里さんっ……)

綾香夫人は箝口具の下で、呻きにすらならない声を絞って愛娘の名を呼んだ。

麻里は視界を奪われた上、両耳を大きなヘッドフォンで塞がれ聴覚も奪われているために、達也と夫人に気づいた様子はなかった。

「……ああっ……あああっ……」

そればかりか麻里は、縄で絞りだされた瑞々しい乳房を大きく波打たせ、生汗でネットリと濡れた裸身をよじるように揺すりたてながら、官能にきざした淫らな声をあげて啼いていた。

(……ああ……こ、こんなことが……どうして……)

驚きに見開かれていた夫人の瞳が絶望と悔恨の色に染まっていく。

隠しようもなくさらされた麻里の女の源泉は、ぬめ光る桜色の花肉の蠢きも露わなまでに花弁を開いて樹液をあふれさせている——その淫らな秘所のありさまが、守られているべき花園の純潔がすでに達也の男根によって蹂躙されたことを如実に物語っていた。

そればかりか、露わにさらされた左右の腋窩にはひと握りの毛叢が淡く萌え、汗に濡れて妖しい光を放っているではないか。白い肌を冒瀆するような淫靡な腋毛——夫人にはそれが麻里の達也への隷属の証しに思えた。

(……絶対に許さないっ……)

ニヤニヤ笑いながら見つめる達也を綾香夫人は憤怒に光る眼で睨みつけ、総身を激しく揺すりたてて麻里のもとへ駆け寄ろうとした。

「勝手なことをしちゃだめだよ」

達也がグイと縄尻を引いて夫人の身体を手元にたぐり寄せると、背後から抱きすくめた。前にまわされた手が縄で絞りだされた乳房をシナシナと揉みしだき、もう一方の手が秘所に忍び入り、花蜜でしとどに濡れた花芯を指でまさぐる。

（……ああっ、い、いやっ……ああっ、あああっ……）

媚薬で灼かれ続けた女体はその刺戟の前にひとたまりもなかった。蕩けるような肉の愉悦がさざ波のように四肢に広がり、脳髄を侵食する。夫人は総身をワナワナ慄わせ、箝口具で覆われた顔を狂おしく左右に振りたてて、呻きにすらならない無音のヨガリ声を噴きこぼした。

（……ああっ、だ、だめっ……ああっ、あああっ……）

あまりの愉悦に膝の力が抜け、夫人は立っていることすらできずに腰からグニャリと床に崩れ落ちてしまう。

「フフ、綾香、自分の立場をよくわきまえなくちゃ」

達也は夫人の身体を抱え起こすと、麻里の正面の壁際に置いてある椅子に乗せあげた。その椅子は麻里の部屋からあらかじめ運び込んでおいたものだ。

左右の肘掛けに乗せあげられた太腿に容赦なく縄を掛けられ、膝が肩につくほど引き絞られて、二肢をM字に割り裂かれた。

（……ああ……こんな、羞ずかしい格好を……）

アイマスクをかけた麻里には見えないとはいえ、娘の前で最も秘しておきたい女の源泉を露わに開示する羞恥に、夫人は総身を慄わせた。

だが、その羞恥すらもが媚薬で灼かれた女体の官能をどうしようもなく煽りたててしまう。

（……ああっ……いや……あああっ……）

淫らに突きだされた綾香夫人の腰がもどかしげに揺すりたてられた。なまじ中途半端に嬲られてしまったばかりに、強い刺戟を求める女体の焦れるような渇望がより深く、より激しく夫人を責めさいなんでいく。

「親子でオマ×コと肛門まで見せあって、淫らに腰を揺すりあうなんてなかなかいいご対面のアイデアでしょ。ずいぶん準備したんだから褒めてほしいな」

達也は自分の趣向に悦に入りながら、全裸になった。毒蛇さながらの隆々とした男根が、胴震いとともに美しいふたつの供物を睥睨する。

「フフ、綾香、これがたまらないほど欲しいんでしょ」

夫人の前に立った達也が怒張の根元に手を添えると、無防備にさらされた肉溝を亀頭でジュルッと擦りあげる。

（……ほ、欲しくなんかない……）

そんな思いも、刺戟に飢えた秘所を熱く硬い亀頭で擦りあげられる愉悦の前にたちまち消し飛んでしまう。

（ああっ、あああっ……）

夫人は汗に濡れた白い喉をさらして顔をのけぞらせ、声にならないヨガリ声を噴きこぼした。だが、与えられた愉悦はそれだけだった。

「でも、あげないよ」

残忍な笑みを浮かべた達也は意地悪く鉾先を秘所から離してしまう。

「おチン×ンの代わりに綾香には罰をあげる。さっき僕をとっても怖い眼で睨みつけた罰だ」

達也が学習机の上から黒いガラス製の広口瓶を手に取った。蓋を開け、どぎついほど赤いクリームを指で掬いとる。

「これは〈ルージュ〉のクリームさ。綾香をもっと素敵で楽しい気分にしてくれるはずだよ」

夫人の股間に達也が屈みこんだ。包皮を押しのけてプクンと膨れあがった女の肉珠を包み込み、盛りつけるように赤いクリームを塗りつけていく。

（あひいっ……）

ビクンッと夫人の身体が踊った。いつもの数倍も感じやすくなっている官能の肉珠はクリームの冷たい感触だけでも背筋が痺れるほどの快美感をもたらすのだ。

肉芽が真っ赤なクリームで覆われると、次は菊座のすぼまりが赤く埋もれるほどクリームが盛られた。持続性のある坐薬と違い、局所への即効性に特長があるクリームは、当然塗りこんだ方が速く効くが、あえて塗りこまずに包み込むことで、ジワジワと夫人を嬲ろうという残忍な狙いが達也にはあった。

「フフ、最後はここだよ」

さらにふたつの乳首を赤いクリームで包み終えた達也は淫猥な嗤いを浮かべると、後手に縛られているためにピタリと閉じ合わされている腋窩の隙間にクリームにまみれた指先をズブッと突き入れた。

（あひいいっ、い、いやっ、あああっ……）

汗でジットリと濡れた腋窩を指で抉られる妖しく快美な挿入感に、夫人は顎を突きあげ、ガクガク裸身を揺すりたてて悶え啼いた。

「さあ、お化粧はこれで終わりだ」

左右の腋窩にクリームを塗り終えた達也はティッシュで丹念に指を拭きながら悪魔の笑みを浮かべた。

「気が狂うほど身悶えながら、麻里がどんなに素敵な牝になったか、ここで見物しているんだ。フフ、でも羨ましいなんて思ったり、嫉妬なんかしちゃだめだよ。綾香は麻里の優しいお母さまなんだからね」

（……ああ……お願い……そんな酷いことはなさらないで……）

早くもジンジン灼けるように痺れ始めた肉芽と肛襞の妖しい気配におののきながら、綾香夫人はすがるように達也を見つめた。

だが、残忍な笑みを浮かべた達也は無情にも夫人に背を向けてしまった。

麻里は自分の前で母親が淫らな姿をさらされていることも知らずに、視界を奪われた闇の中で不安と恐怖に責めさいなまれながら、気の遠くなるような女肉の生理と向きあっていた。

（……ああ……おかしくなってしまう……た、達也さま……早く戻ってきて……）

今日の昼——大学では前期末の試験が始まっているため、午前だけで試験を終えた麻里が帰宅してしばらくすると、綾香夫人が面談のために砧学園に出かけていった。

ところが、夫人が出かけるのを待っていたかのように学園にいるはずの達也が家に戻ってきたのだ。いぶかしく感じはしても、処女を奪われてからすでに三週間近く達也に肉の悦びを教え込まれ続け、すっかり馴致されてしまった麻里はそれを口にすることも逆らうこともできない。

全裸に剝かれて椅子にM字に足を開いた格好で縛りあげられてしまう。さらに花芯と肛門に淫薬の坐薬を埋め込まれ、アイマスクを施された。

視界を奪われた麻里の耳に響いたのは達也の非情な言葉だった。

「僕はなんだか麻里に飽きてきちゃった。綾香みたいに淫らな牝になって僕を楽しませてくれなくちゃ、ちっとも面白くないよ。だから今日はしばらくひとりで反省してもらうよ。いったい自分になにが足りないのか、綾香の淫らな声を聞きながら自習しているんだ」

達也は冷たい声で言って麻里の頭にヘッドフォンをかぶせて、学園の面談に向かってしまった。

それからどのくらい時間がたったのだろうか。一時間、それとも二時間——麻里にはすでに時間の感覚がなかった。花芯と肛道が気が狂いそうになるほどむず痒く、内側から炎に炙られているかのように熱い。腫れあがってしまったのではないかと思うほど乳首が硬く勃起して、ジンジン痛いほど疼いている。

「……あああっ、た、達也さんっ……ああっ、綾香の、お、お尻が壊れてしまいますっ……ああっ、あひいいいっ……」

ヘッドフォンからは狂ったように啼き叫ぶ母親の淫らな声がエンドレスで聞こえ続けていた。肛門を犯され、花芯を抉られてあられもなくヨガリ啼き、鞭で尻を打たれて泣き叫ぶ母親、卑語まじりの隷従の言葉を口にさせられ、グチュグチュいやらしい音をたてて達也の男根をしゃぶる母親――際限なく聞こえ続ける淫らな音の洪水に麻里の意識は煽られ翻弄された。

麻里は母親を羨望し、同時に激しく嫉妬し、そして達也を渇望した。

「……ああっ……た、達也さま……麻里をたすけて……あああっ……」

きざしきった声をあげ狂おしく身悶えながら、何度達也の名を呼び、助けを求め、許しを乞い願ったことだろう。

（……ああっ、どうして戻ってきてくれないの……）

麻里は胸が張り裂けそうなほどせつなく自問し続けた。私になにが足りないの――母のあげる淫らな牝そのものの声を聞き続けても、達也が言った自分に足りないものが何なのか、わからなかった。

死ぬほどつらく羞ずかしい浣腸も、忌まわしいお尻でのセックスも、口でのご奉仕も、達也さまが望むことはなんでもしてきたじゃない——、私だってお母さまに負けないくらい淫らで羞ずかしい声で啼かされたわ——、お尻が真っ赤になるまで鞭で打たれて泣き叫ばされもしたじゃない——、それでも私に足りないものっていったいなんなの？

麻里の自問には答がなかった。代わりに新たな疑念が胸に渦巻く。

（……達也さまが来てくれないのは……お母さまと一緒だから……）

私のことなんか忘れてしまって、学園の帰りにどこかでふたりで淫らな行為をしているのではないか。

まさかそんなこと、まだ面談が終わらないだけよ——打ち消そうとすればするほど疑念は大きく膨らんでいく。

「あひいっ、だ、だめっ……あぁっ、た、達也さん、あ、綾香はもう……あああっ、いくっ、いきますっ……ひいいいいっ……」

ヘッドフォンから絶頂を極める母の喜悦の叫び声が疑念を煽るように麻里の心を突き刺し、脳天に響き渡った。

「……ああっ……そんなこと……いやいやっ……」

麻里はせつなく首を左右に振り、満たしてくれるものがない腰を狂おしく揺すりたてて啼き悶えた。熱い樹液を滴らせる花芯が渇望に灼け、肛道が非情なまでにむず痒さを増して疼く。

ピシッ——突然、切り裂かれるような痛みが右の乳首を襲った。

「ひいいっ……」

わけのわからぬままに麻里が小さな顎をのけぞらして苦鳴をあげた。

「……あああっ……」

と、閉じきらぬままの桜色の唇のあわいから官能に染まった声が噴きこぼれ、汗みずくの裸身がブルブル慄える。乳首をとらえた痛みの底から灼けつくような快美な痺れがジーンと女肉の芯に染み渡っていく。

ピシッ——左の乳首を鋭い痛みが襲った。

「あひいいっ……あああっ……」

痛みとその底からわき起こる快美感に声を慄わせ裸身を揺すりたてながら、麻里は乳首が達也の指で弾かれたことを悟った。達也がやっと帰って来たのだ。

「ああっ、た、達也さまッ……」

麻里の声が思わず喜びに慄える。

その声に応えるようにヘッドフォンが取り去られ、母親のヨガリ啼きがワンワンと残響する耳に達也の悪戯っぽい笑い声が聞こえた。

「フフフ、たっぷり反省できたのかな?」

「……ああっ、た、達也さまっ……達也さまのためなら……ああっ、麻里はなんでもします……なにをされてもかまいません……ああっ、だ、だからもう……麻里をひとりにはしないで……お、お願いですっ……」

アイマスクで覆われた眼から涙があふれた。安堵と喜びにしゃくりあげながら麻里は切々と声を慄わせて哀訴した。

「泣いてもだめだよ。麻里のここは誰のものなのかな?」

股間に屈みこんだ達也の指が無惨なまでに濡れそぼった花芯をジュブウッと抉った。

「あひいいっ、あああああっ……」

媚薬で灼かれた花肉を抉られる快美感に腰骨が灼け蕩け、脳髄が痺れた。焦れるほど待ち続けた快美な刺戟に、麻里は汗にぬめ光る裸身を狂おしいほどよじりたてて、喜悦の声を噴きこぼして啼いた。

「……ああっ、ま、麻里の……あひっ、お、オマ×コは……ああっ、た、達也さまのものですっ、あああっ……」

花芯をまさぐる指の動きにきざしきった声を慄わせながら、麻里は達也が望んでいる淫らな言葉を懸命に口にする。

「オマ×コだけかい？」

花芯から抜かれた指が蟻の門渡りを滑って、プクンと内から捲り返るように膨れた菊の蕾さながらの肛口を丸くなぞった。爪の先を立てるようにして、淫薬に灼かれた肛襞をコリコリと掻きほぐす。

「ひっ、あひっ、いやっ……あひっ、そ、そこはっ……ひっ、ま、麻里の、お尻の穴も……あひっ、た、達也さまのものですっ、あひいっ……」

痺れるように快美な掻痒感にビクッビクンッと総身を慄わせ、麻里が声をうわずらせて訴える。

麻里の啼き声を意のままに絞りとった達也が首を捻じるようにして振り返ると、勝ち誇ったような淫猥な笑みを浮かべて綾香夫人を見つめた。

（……ああっ……こんなことが……）

まだ少女の面影を残す娘の麻里が悪魔の指先で弄ばれ、卑猥な言葉とともに淫らで羞ずかしい声をあげて啼き悶える姿に、夫人の心が絶望感に打ちひしがれる。

もう取り返しがつかない——肉の陥穽に落とし入れられ、官能の罠に囚われてしまった女がいかに無力で、はかないものかは誰よりも夫人自身がいやというほど身に染みさせられていた。

(……あああっ……)

奈落に落とされてしまった娘への暗澹たる思いを裏切るように、夫人の腰がもどかしげに揺すりたてられた。淫薬を塗りこまれたクリトリスがジンジン痺れ、肛襞が激烈な痒みにヒリヒリ灼け疼いて、悶えずにはいられないのだ。腋窩がこそばゆさにおぞけだち、尖りきった乳首が刺戟を求めてプルプル慄える。

(……ああっ……な、なんとかして……お願いっ……)

憎悪をこめて睨みつけなければならないはずの達也に救いと慈悲を求めるように、夫人の双眸が潤みを帯びて懇願する。

だが、達也には夫人の窮地を救おうという気はまるでなかった。残忍な笑みを浮かべて夫人を見つめながら達也は麻里の背後に立った。

「フフ、麻里、おまえは綾香より淫らな牝になれるのかな?」

縄で縊りだされた瑞々しい乳房を達也の手が包み込み、硬さをほぐすようにシナシナと揉みあげる。

「……ああっ、ま、麻里は……お母さまなんかに負けません……あああっ……」

甘美な刺戟に喉を慄わせて啼き悶えながら麻里が健気なまでに達也に応える。

（……ああっ……なんということを……）

愛娘に母ではなく、女として、それも淫らさを競うライバルとして見られていることを知らされた夫人は瞳を見開き、せつなく首を振った。

「じゃ、その証拠を見せてもらおうかな」

達也は肘掛けに縛りつけていた太腿の縄を解くと、麻里の身体を抱えるようにして床に下ろした。

「……ああ……」

長い拘束からようやく解放された麻里は床にペタリと双臀をつき、視界を閉ざされた顔を心細げに慄わせる。

「さあ、綾香に負けないいくらい淫らにおしゃぶりをして見せてよ」

仁王立ちに麻里を見おろした達也が野太い怒張をグイと虚空にさらした。

「……はい……ま、麻里は……達也さまに……ご奉仕させていただきます……」

麻里は奉仕の口上を健気に口にしたが、後頭部で縛られたままの手を使うことはできない。達也の声を頼りに愛らしい唇が宙をさまよい、硬い肉棒を探りあてる。

だが、すぐに亀頭を咥え込もうとはしない。桜色の小さな舌が血管を浮き立たせた肉茎をペロペロと舐めあげ、尖らせた舌先で裏筋から鈴口をチロチロと丹念になぞりあげていく。

「咥えていいよ」

達也の許しが出ると、麻里は「ああっ……」というせつなげな喘ぎを洩らして可憐な唇を開き、口にあまるほどのグロテスクな肉棒を口腔深く導き入れていく。唇をキュッとすぼめ、たっぷりと絞りだした唾液をゴッゴツした肉茎にまぶしつけるようにグチュグチュ淫らな音をたてて吸いあげ、小ぶりな顔を前後に揺り動かして怒張をしゃぶりあげていく。

汗に濡れた剝きだしの腋窩を達也の指先が這い、淡く萌えでた羞恥の毛叢を弄ぶように梳きあげる。麻里はクウンと微かに喉を鳴らして指の愛撫に応え、まだ熟しきらない双臀を媚びるように揺すりたてた。

(……ああ……そんなことをしてはいけない……)

愛する娘が従順な性奴そのものの健気さで淫らな奉仕をおこなう姿に綾香夫人は慄然とした。

だが、夫人の中には娘思いの慎ましい母親ではないもうひとりの淫らな女がいた。

その女が娘の腋毛を嬲る悪魔の指を切望し、娘の唇で擦りあげられる野太い男根を渇望していた。

（……ああ……私にも……して……）

生汗でヌルヌルになった腋窩が、プルプル慄える膨れあがった乳首が、そしてトロトロに蕩けた花芯と肛道の媚肉が、どうしようもなく達也を求めていた。

娘が一途に男根に奉仕する姿を見つめながら、夫人は焦れるようにモジモジと双臀を揺すりたてずにはいられなかった。その双臀の谷間の奥、漆黒の毛叢に縁どられた女の亀裂から新たな樹液がトロリと絞りだされ、男を誘う濃厚な匂いとともに滴り落ちた。

「さあ、麻里、犯してあげるよ」

淫らに身悶える夫人を見つめながら達也がニヤリと笑った。唾液にまみれた男根をユラユラ揺すり、麻里の手と乳房を縛りあげていた縄を解く。

「這ってお尻を捧げるんだ」

「……は……い……ああ……」

喜びとも羞恥ともつかぬ喘ぎを洩らした麻里は、床についた両手の上にアイマスクで覆われた顔を擦りつけるようにして白い双臀を高々と達也の前に捧げあげた。綾香夫人も数えきれないほどとらされた犯されるための待機の姿勢だ。

まだどことなく少女の名残りを残す白い臀丘の谷間に、そこだけが女を主張するようにグッショリと濡れそぼった亀裂が花弁を開き、鮭紅色の肉層も露わに淫らな蠢きを見せている。

ヌルリ――その女の裂け目を赤黒い亀頭が擦りあげた。媚薬で灼かれた女肉はそれだけでもえもいわれぬほどの快美な感覚に襲われてしまう。

「……あああっ……」

伏せていた顔をそりかえらせるようにもたげた麻里はワナワナ総身を慄わせてきざしきった声で啼いた。

「フフ、嬉しそうだね、麻里。そんなにオマ×コされたいの？」

麻里に話しかけながらも達也の視線はじっと正面の綾香夫人に注がれている。

愛する娘が悪魔に犯される姿を眼前で見せつけられる母親の苦悩と、淫薬で気が狂わんばかりに煽りたてられた女肉の生理がもたらす凌辱への渇望――この二律背反、アンビバレントな感情に引き裂かれて揺れ動く夫人の姿が、達也にはこのうえない愉悦だった。

「……はい、されたいです……ああっ、達也さま……ま、麻里に……お、オマ×コしてください……」

ヌルリヌルリと女の肉溝を擦りあげられ続けた麻里が焦れるように双臀を揺すりたてて、せつなく声を慄わせる。

「フフ、してあげるよ」

だが硬く熱い亀頭が押しあてられたのは濡れそぼつ花口ではなく、プックリと膨れきった桜色の肛蕾だった。

「ひいっ、そ、そこは……ああっ、お尻はいや……」

花芯への侵犯を切望していた麻里は思わずそう叫んでいた。

肛道もまた花芯に劣らず激烈な痒みに灼かれてはいるものの、みずからそこを求めるほどには、麻里は肛辱の官能になじんではいなかった。麻里にとってはまだ肛門は排泄器官に違いなく、そこから与えられる快楽はどこかいとわしく忌まわしいものだった。

「ああ、やっぱり、そうなんだ」

達也が聞こえよがしのため息とともに落胆の声をあげた。

「やっぱり麻里は綾香にはかなわないね。綾香がお尻で淫らにヨガリ狂う声をたっぷり聞かせてやったのに、なんにも勉強していないなんて、がっかりだよ」

たとえそれが母であっても、ほかの女より劣っているという残忍な言葉が女になったばかりの娘の自意識をいたぶり、芝居がかった深いため息が男と女の駆け引きを知らない心を傷つける。

「……ああ、そ、そんな酷いこと……言わないで……お母さまのことなんて聞きたくない……」

「でも、綾香みたいにお尻は好きじゃないんだろ?」

「……そ、そんなことない……ああっ、ま、麻里のお尻でして……ああっ、達也さま、お母さまよりもっともっと麻里のお尻をいじめてっ……」

捧げあげた双臀を懇願するように揺すりたてて、麻里はいたいけなまでに声を慄わせて哀訴した。

まだ少女の心根が抜けきらない、そんな一途な健気さほど嗜虐者の欲望をそそるものはない。達也は残酷な笑みを浮かべると、麻里の細腰をグイと引きつけ、全体重を怒張にかけるようにして一気に腰を突き入れた。

ズブウウッ——肛襞を押し込むようにして禍々しい亀頭が肉蕾に没し、野太い肉棒が麻里の双臀を深々と刺し貫いた。

「ひいいいっ……いやああっ……」

アイマスクで覆われた麻里の顔がのけぞり返り、ポニーテールが右に左に振りたくられる。

（……こ、こんなっ……酷い……）

媚薬に責めさいなまれる苦しさも忘れて、綾香夫人が思わず顔をそむけた。
夫人でさえ慣れきれずに息苦しいまでの拡張感を覚える達也の逸物で、まだ成熟しきらぬ双臀を一気に刺し貫かれたのだ。麻里の苦悶を思うと夫人の胸は張り裂けそうになる。

「……あああああっ……」

だが、夫人の耳に響いたのは肉の愉悦に慄える牝そのものの声だった。

「……あうううっ……」

肛道を一気に貫かれた衝撃と痛みの底から、腰の力が抜けてしまうような搔痒感とともに痺れるような快美感が麻里の背筋を駆けのぼった。焦れるほど媚薬にさいなまれ続けた結果に違いなかったが、それはこれまでの肛門での媾わいとは比較にならない、狂おしいほどの愉悦だった。

「フフ、これでもお尻がいやかい？」

達也がゆったりと大きな腰遣いで双臀に抽送を加えていく。

「……あああっ、いいっ……あひいっ……ああっ、あううんっ……」

総身をよじるように揺すりたて、きざしきった啼き声を噴きこぼして麻里が達也の動きに応えた。硬く鋭く張りだした鰓で媚薬に灼かれた肛肉をズルルウッと掻きだされていく感覚がたまらなかった。

「どこがいいんだ、麻里？」

「……ああっ、お、お尻がっ……ま、麻里のお尻がいいのっ、あああっ……あひいっ、おかしくなっちゃうっ、あううんっ……」

羞ずかしい言葉を口にすると双臀の最奥がさらにカーッと燃えあがり、脳髄までがトロトロに蕩けていく。口を閉じることもできないほどの愉悦に唇の端から涎があふれて糸を引きながらツツーッと垂れ落ちた。

（……ああ……麻里さん……）

排泄器官を犯されて発情した牝の獣さながらにヨガリ啼く娘の淫らな姿に、綾香夫人は茫然とした。麻里の双臀を悠々と責める達也と眼があった。

ニヤリと悪魔の微笑みを浮かべた達也が夫人を見つめたまま口を開いた。

「フフ、麻里、素敵な声でヨガリ狂えたご褒美に目隠しをとってあげるよ」

（……そ、そんなっ……それはだめっ……や、やめてっ……）

綾香夫人は箝口具の下で恐怖の叫びをほとばしらせ、狂ったように首を振りたてた。双臀を犯され肉の愉悦に酔う娘と、こんな惨めな姿をさらされたまま顔を合わせるわけには絶対にいかない。

（……ああっ、お願いっ……それだけはしないでっ……）

夫人は涙で潤んだ瞳で達也をすがらんばかりに見つめて哀訴の思いを伝えた。

だが、女の羞恥の極みでの母娘の対面こそが、そもそも達也の狙いだった。やめるはずがない。悪魔の笑みを浮かべた達也の手が麻里の後頭部に伸ばされ、アイマスクの留め具をはずした。

支えを失ったアイマスクが床に滑り落ちる。

（ああっ、だ、だめえええっ……）

綾香夫人が声にならない絶望の悲鳴を噴きこぼし、狂ったような激しさで顔を振りたてた。

「……あ……」

まばゆい光の洪水に目蓋を二度三度瞬かせた麻里が息を呑み、官能に揺れていた身体が凍りつく。

「……お……お母さま……ど、どうして……いっ、いやあああっ……」

ポニーテールをバサバサと振りたてて麻里が悲鳴をほとばしらせた。

「フフ、麻里、もう手遅れさ。おまえの羞ずかしい姿はいやというほど綾香に見られてしまったんだ」

面白がるように笑った達也が、こうやってね、とばかりに力強いストロークを麻里の肛道に送り込む。

「あひいっ、い、いやっ……ああっ、あああっ、だ、だめっ……あううんっ……」

母の前であっても官能にきざした身体はあらがいようもなく、麻里は達也の腰遣いに応えるようにあられもない声を噴きこぼして啼いてしまう。

ひとしきり麻里のヨガリ声を絞りとった達也はおもむろに腰を引き、怒張をズルッと双臀のあわいから抜き取った。

「……ああっ、いやっ……」

未練にも聞こえる喘ぎを洩らして麻里の汗みずくの裸身が床に崩れ落ちた。

「さあ、綾香、今度はおまえが羞ずかしい声をあげて啼き狂う番だよ」

達也が箝口具の口元から垂れる楕円球型をしたポンプのノズルをゆるめた。プシュートッという音とともに綾香夫人の口腔を圧していたバルーンが萎んでいく。

後頭部の留め具をはずされ、轡のような箝口具が夫人の顔からはずされた。

「……はあああっ……」

喘ぎのような吐息とともに嚥下できなかった涎がワナワナ慄える唇からあふれ、透明な糸を引いて汗に濡れた乳房にトロリと滴り落ちる。

「……ああっ……ま、麻里さんまで……こんな地獄に堕として……ああっ……あなたは本当に……あ……悪魔だわ……」

苦しげな喘ぎとともに綾香夫人が声を慄わせた。

「こんな地獄って、どんな地獄なのかな？」

とぼけた口調で言った達也の細い指先が、痛々しいほど尖りきった夫人の乳首を触れるか触れないかという微妙なタッチでスリスリと擦りあげる。

淫薬で性感を極限まで高められた乳首を刷毛でくすぐるようなタッチで嬲られてはたまらない。

「あひっ、いやっ……ひっ、ひいっ、や、やめてっ……あああっ……」

痺れるような甘美さともどかしさに、夫人は汗にまみれた総身をワナワナ慄わせ、顔を左右に振りたくって啼き悶えた。

「フフ、ずいぶん気持ちよさそうな地獄だね。本当はもっと気持ちよくなりたいんでしょ。だったら麻里がおねだりしたみたいに、達也さま、綾香にもオマ×コしてくださいって、言ってごらんよ」

「ああっ、そ、そんなこと……ひっ、あひっ、い、言えませんっ……あひっ、だ、だめっ、あああっ……」

たとえ、身体がどれほど渇望していようとも、そんな淫らで羞ずかしい言葉を娘の前で口にするわけにはいかない。夫人はきざしきった啼き声を噴きこぼしながら、懸命に拒絶の言葉を絞りだした。

「ふーん、素直じゃないんだ。麻里はあんなに素直だったのに情けない母親だね」

芝居がかった仕草で肩をすくめた達也は、机の引きだしから奇怪な責め具をふたつ取りだした。それはリモコンとコードで繋がれたローターだったが、いわゆるウズラの卵型をしたパールローターよりはずっと小さく、煙草のフィルターほどの大きさしかない。

「……な、なにを……」

「フフ、綾香は地獄が好きみたいだからさ。素直にオマ×コしてって言えるまで、地獄の気分を味わわせてあげるよ」

達也はその二個の小型ローターを、夫人のジットリと汗ばんだ左右の腋窩にヌルリと挿入した。

「ひっ、いやっ、あああっ……」

夫人が汗にぬめ光る喉をさらすようにして淫らな声をあげた。媚薬で灼かれた腋窩には小さなローターのヒンヤリと硬い異物感すらがたまらない刺戟なのだ。

達也はすぐにはスイッチを入れずにふたつのリモコンを夫人の背と椅子のあいだに捻じ込んだ。

「麻里、おまえが綾香をいじめてやるんだ」

「……そ、そんなこと……できない……」

床から身を起こして不安そうになりゆきを見つめていた麻里が弱々しく首を振る。

「できるさ。僕のためになら麻里はなんだってできるはずだよ」

達也は麻里の横に屈みこむと、顔を仰向かせて唇を奪った。おずおずと差しだしてくる舌を包みこむように吸いあげてやり、硬い乳房をヤワヤワと揉みほぐし、ツンと尖った乳首を指先で転がす。

「……ううっ……んんっ、うううんっ……」

達也にはめずらしい優しくソフトな口づけと甘美な愛撫に麻里は甘く喉を鳴らして啼いた。

「フフ、麻里、おまえは可愛いよ」

唇を離した達也が麻里の髪を撫ぜながら甘く囁く。

「おまえの淫らで羞ずかしい姿をたっぷりと綾香に見られてしまったんだ。今度は綾香に羞ずかしい思いをしてもらわなきゃ、フェアじゃないだろ。できるね?」

「……でも……」

「心配はいらないよ。簡単なことさ」

達也は麻里の耳に口を寄せ、悪魔の手口を伝授する。


「さあ、麻里、始めるんだ」

夫人を拘束した椅子の背後に立った達也がそう命じた。

「……ああ……」

麻里は羞ずかしそうに首を振ったが、達也に逆らおうという意志はすでに喪失してしまっている。おずおずと膝を進めると、隠しようもなくさらされた綾香夫人の女の源泉に顔を寄せる。

「……ああっ、なんていうことを……ま、麻里さんっ、いけません……ああっ、見てはだめっ……」

女にとって最も秘しておきたい場所をあろうことか実の娘に近々と見つめられる羞

恥に、夫人は拘束された総身を狂おしいばかりに揺すりたてて身悶えた。

（……これがお母さまの……）

見るなと叫ばれても麻里は見ないではいられなかった。自分のものさえ、しかとは見たことがない麻里にとって、それは初めてまじまじと見る女の秘所だった。

鮮やかなサーモンピンクにぬめ光る女の肉溝——身体のどの部分とも似ていないそれは、深海に棲む軟体動物の口とも貝の剝き身とも見える淫靡で神秘的な生き物のようだった。

貝の舌を何層も重ねたような秘口がヒクリヒクリと妖しく蠢き、濃厚な女の樹液をとめどなく絞りだしている。甘酸っぱく淫らな、どこか懐かしい匂いが麻里の鼻腔を妖しく満たした。

（……ああ……おかしくなりそう……）

トロリとした樹液は肉溝からあふれ、プックリ膨れた肛襞をぬめ光らせて椅子の座面にまで達して淫らな濡れをベットリと広げている。

（……ここだわ……）

淫靡な匂いに誘われるように麻里は顔を秘所に近づけると小さな舌をおずおずと伸ばし、達也から指示された肉溝と肛門のあいだの女のツボ、蟻の門渡りをペロリと舐めあげた。

「ひいっ、いやっ……」

ゾクリとおぞけるような快美感に綾香夫人の身体がビクンッと跳ねた。

「……だ、だめっ……ま、麻里さんっ……そ、そんなことをしてはいけないっ……ひいっ、いけませんっ……あひっ、やめてっ、ひいっ……」

女の最も羞ずかしい秘所を娘に舐められる衝撃に夫人は激しく顔を振りたてて、いさめる声をあげた。だが、花芯と肛門のあわいの敏感な肌を舌が舐めあげるこそばゆく甘い刺戟に、その声はうわずり、身をよじりたてずにはいられない。

（……お母さま……可愛い……）

引きつった叱責と拒否の声、その間隙を縫うように噴きこぼれてしまう啼き声、意志を裏切ってビクッビクンッと慄える腰——美しく慎ましい母が見せる淫らで羞ずかしい女の反応、それを自分の舌が導きだしていることに麻里の心は妖しい高まりを覚えた。

（……お母さま……もっと羞ずかしく啼かせてあげる……）

甘酸っぱい女の蜜を掬いとるように、麻里はペロペロチロチロと一途なまでに舌を動かした。

「……あひっ、や、やめて、麻里さんっ……ああっ、わ、私は……あなたの……あひっ、お母さんなのよっ、ああっ……」

このまま続けられたら淫らに狂ってしまう——媚薬に灼かれた女体が娘の舌の動きに煽られて、官能の奈落に引きずり込まれてしまいそうな恐怖に夫人が叫ぶように訴える。

「フフ、違うだろ、綾香。おまえはただの淫らな牝なのさ」

左右の腋窩に挿入したローターのリモコンを手にした達也が意地悪く微笑むと、カチッカチッと無造作に責め具のスイッチを入れた。ブーンと微かにくぐもった音をたてて、ヌルヌルなまでに汗に濡れた腋窩の中でローターが高速度のバイブレーションを始める。

「ひいいっ、いやあっ……ああっ、あああっ……」

媚薬に灼かれてことさら敏感になった腋窩を襲うこそばゆく甘美な刺戟に、綾香夫人が肩を激しく揺すりたて、白い喉をさらして尾を引くような啼き声を噴きこぼした。汗にぬめ光る熟れた乳房がプルンッップルンッと跳ね踊る。

「あああっ……ああっ、いやっ、と、止めてっ……ああっ、お、お願いですっ、ああああっ……」

背筋がそそけだち、花芯と肛道のむず痒さをより際だたせるようなこそばゆい快美感に夫人はじっとしていることができない。細い眉を苦悶にたわませた顔が右に捻じられ、左に激しく打ち振られる。宙に蹴りだされた足の爪先がギュッと内に折り込まれてブルブル慄えた。

ガクガク揺すりたてられる腰の中心——花芯でも肛蕾でもない微妙な箇所をミルクを飲む猫のようにピチャピチャ音をたてて、麻里の舌が執拗に舐め続けてくる。

「ああっ、だ、だめっ……あひっ、く、狂ってしまうっ、あああっ……」

腋窩で震え続けるローターも蟻の門渡りを舐め続ける麻里の舌も夫人の官能を煽りたてずにはおかない。だが、女体の急所を微妙にはずした刺戟では官能が燃え立ちはしても決して臨界点を超えることはない。

むしろ、痛いほど尖りきっている乳首とクリトリス、灼けるようにむず痒い花芯と肛道——媚薬を塗りこめられた急所の疼きを狂おしいばかりに際だたせ、渇望をかきたてる。間断なく愉悦を与えられながらも、肝心かなめの箇所をすべて置き去りにされて、愉悦を極めることができない。それは焦れるような官能の生殺し、ある意味で拷問だった。

「……ああっ……そ、そこじゃないのっ……」

このままでは気がおかしくなってしまう——とうとう綾香夫人が女肉の淫らな生理に負けた。

「……あひっ、お、お願いっ……ああっ、も、もっと強くしてっ……」

羞恥に声を慄わせながらも浅ましい願いを口にせずにはいられない。いや、言葉だけではなかった。官能に焦れた腰をググッと前にせりだし、強い刺戟をねだるように淫らに揺すりたててしまう。

（……お母さま……）

慎ましやかな母が官能に屈して、淫らな女の性をもろくも剝きだしにする姿に、麻里は驚きとともに妖しい心のときめきを覚えた。もっと意地悪をしていじめてあげたい——いつも達也に自分がされているように美しい母を啼き狂わせてみたいという嗜虐心が芽生えたのだ。

（……お母さま……ここをいじめてほしいんでしょ……）

夫人の爆ぜんばかりに膨れあがったクリトリスを、麻里が舌全体を使ってベロリと強いタッチで舐めあげた。

「ひいいいっ、いやあっ、ああああっ……」

敏感な肉の芯にいきなり電流を流されたようなショックと双臀が浮いてしまうほど

の快美感に夫人が顎を突きあげてひときわ高い声をほとばしらせて啼いた。突きだした腰が愉悦にビクビク慄える。

だが、麻里の舌はもうクリトリスに見向きもしなかった。ふたたびついばむようなタッチでチロチロチロチロチロと蟻の門渡りを舐め始める。一度急所への快美感を与えられたあとで焦らされることが女にとってどれほどつらいか——麻里はすでにいやというほど知っていた。もっと欲しくて気が狂いそうになるのだ。

「……ああっ……そ、そんな……ううっ……いやっ……」

綾香夫人が歯噛みとともに顔を左右に捻じりたてた。更なる刺戟を求めて女の芽がカーッと灼けるように疼き、こっちにも強い刺戟が欲しいとばかりに花芯と肛道をこれまで以上の痒みが責めさいなむ。

「……ああっ……お、お願い……も……もっと……」

焦らされる苦悶に夫人は浅ましく腰を揺すりたてずにはいられない。

「フフ、綾香はお願いの仕方をもう忘れてしまったの？　誰にどこをどうされたいのかな、きちんとお願いしないとしてもらえないよ」

達也が夫人の顔を覗き込んで意地悪く囁く。

「……そ、そんなこと……」

言えません――そう訴えようとした口から、「あああっ……」とせつない啼き声が噴きこぼれる。お母さまここかしら、というように麻里の舌が蟻の門渡りを離れて、開ききった花弁の縁をチロチロとなぞりあげたのだ。

「……ああっ……そ、そこっ……」

触れてほしいところに触れそうで触れてくれないもどかしさに綾香夫人は総身を慄わせ、とうとう母としての慎ましさを捨ててしまった。

「……ああっ、ま、麻里さんっ……お願いっ、あ、綾香の……ああっ……お……お、オマ×コに……して……」

羞恥に声を慄わせながら娘に乞い願った。

「お母さま、可愛い――、ここに欲しいんでしょ」

嗜虐の悦びに瞳をキラキラ輝かせた麻里が舌先を硬く尖らせると、淫らに蠢く夫人の花口にヌプッと挿し入れた。

「ひいいいっ、あああああっ……」

待ちに待った花芯への刺戟に綾香夫人は顎を突きあげ、総身をガクガク揺すりたてて喜悦の声をほとばしらせた。待望の愉悦に軽いアクメに達してしまったのだ。

「フフ、もうイッちゃったの。やっぱり綾香は淫らだなあ。麻里ももう責めなくていいよ。——ご褒美にもっと素敵なオマ×コをさせてあげるよ」

達也がニタリと頬をゆがめ、悪魔の嗤いを浮かべた。

「……ああ……な……なにをするの……」

ベッドに人の字型に拘束された麻里の声が不安げに慄える。

二肢を大きく割り裂かれ、両手を頭上に差しのべ、腋窩に萌える羞恥の毛叢はもちろん女のすべてを開示した格好だ。

「フフ、面白いパンツを穿かせてあげるよ」

達也が黒革製のT字帯を手にして麻里の二肢のあいだに腰をおろした。

内側にディルドが付けられたT字帯は女の腰にきつく締めこませ、官能地獄に堕とす責め具である。

だが、達也の手にしたT字帯は、花芯に埋め込まれるディルドが内側だけではなく、革ベルトの外側にも付いていた。両端に亀頭を持つディルドがアルファベットのUの字状に曲がって装着されているグロテスクな形状から〈双頭の蛇〉と呼ばれる女同士を絡ませるための責め具だった。

ズブウッ——精巧に男根を模した野太い漆黒の張り型が麻里の花芯を抉りぬいた。

「ひいいっ、いやあっ……」

冷たい責め具で花芯を深々と縫いあげられる衝撃に麻里の裸身が弓なりにのけぞり返った。だが、麻里の唇から噴きこぼれたのは苦鳴ではなかった。

「……あああっ……」

媚薬で灼かれた花芯から稲妻のような快美感が背筋を貫き、甘い痺れが腰の芯から総身に灼け広がっていく――蕩けんばかりの愉悦に麻里は声を慄わせ、せつなく裸身をよじりたてずにはいられない。

「フフ、素敵なおチン×ンが付いてしまったね」

革ベルトできつく麻里の細腰を締めあげ、T字帯を固定し終えた達也がベッドから降りて楽しげに笑った。

まだ女になりきれていないどこか少女の蒼さを残した瑞々しい裸身、その中心にグロテスクなまでに屹立する漆黒の野太い男根――その奇妙でアンバランスな姿からは、危うい倒錯感とともに妖しい色香がただよっていた。

「……ああ……こ、こんなの……羞ずかしい……」

麻里が二の腕に顔を擦りつけるようにして消え入りたげに首を振る。

「さあ、綾香、男になった麻里にオマ×コしてもらうんだ」

達也が綾香夫人の足の縛めを解くと、汗みずくの裸身を椅子から引きおろした。

「麻里の上にまたがって淫らに腰を振ってみせるんだ。綾香は騎乗位も大好きだっただろ」

「……ああ……そ、そんな恐ろしいこと……できません……」

床に崩れ落ちた夫人は後手に縛られた身体をせつなく揺すって首を振る。どれほど媚薬で女体が灼かれていようとも、淫らな責め具で実の娘と媾わうことなどできようはずはなかった。

「フフ、できるさ」

達也は黒い革製の鞭を手に取った。九条の革紐を束ねた房鞭だった。

パラリ——硬く冷たい鞭先がここを打つというように、夫人の熟れた乳房を舐めた。

「ひっ……む、鞭はいやっ……」

何度も達也に鞭打たれ、その恐ろしさが身に染みている夫人がビクンッと総身をこわばらせ、声を慄わせた。

「そうか、綾香は鞭で打たれたくないんだ」

達也はニヤッと笑うと鞭を無造作に振りおろした。

ビシイッ——非情な鞭先が麻里の白い太腿に絡みつく。

「ひいいっ、いやああっ……」

思いもしなかった打擲に麻里が裸身をよじりたてて悲鳴を噴きこぼした。

「やめてっ……ま、麻里さんを打たないでっ……」

愕然として夫人が声を引きつらせて訴える。

「だったら、麻里の上にまたがってオマ×コすることだね。早くしないと次は麻里の可愛いお乳を打つよ」

パラリと房鞭が麻里の乳房を掃いた。

「……い、いやっ……そ、そんなことしないでっ……」

麻里の悲痛な声に夫人は抗うことはできなかった。娘の乳房を非情な鞭で打たせるわけにはいかない。よろめきながらベッドにあがると、唇を噛みしめて麻里の身体をまたいだ。

（……ああ……こんな……不埒で獣じみたことを……）

娘と媾わう恐怖と恥辱に夫人の膝頭がブルブル慄えた。

「……ああ……麻里さん……ゆるして……」

綾香夫人は声を慄わせて娘に詫びると、しゃがみこむようにしてグロテスクな張り型の上に丸く熟れた双臀を落としていく。

「つらいのは最初だけさ。綾香はとっても淫らだから、すぐにヒイヒイ啼いて悦んでしまうよ」

達也が夫人の股間を覗き込み、ディルドに手を添えると不気味なまでにエラの張った亀頭を濡れそぼつ花口にヌルリとあてがった。「ひっ……」と声をあげて、夫人の裸身がおぞけるように慄える。

「フフ、さあ、お尻を落としてしっかり咥え込みなよ」

「……ああ……」

せつなく喘いだ綾香夫人はきつく眼を閉じ、唇を引き結んで、禍々しい責め具の上に腰を沈めていく。漆黒の亀頭が桜色の花弁を押しひしゃげるようにして、ズブリと夫人の花口に没した。

「ひいいっ、いやっ……あっ、ああああっ……」

淫薬に灼かれ、焦らされ続けた女肉が、冷たく硬い亀頭に押し広げられ抉られる刺戟は激甚だった。背筋を快美な痺れがほとばしり、脳天に閃光が走る。腰の力が吸い取られるように抜け、膝が折れるように崩れた。

ためらいがちに咥えたはずの野太い責め具が意志に反してジュブウウッと最奥まで抉りぬく。

「あひいいっ、あああああっ……」

腰骨が蕩けてしまいそうな甘美さに綾香夫人は顎を突きあげ、淫らに双臀を揺すりたてて啼いた。

夫人の身じろぎはそのまま双頭のディルドを介して、麻里の花芯を直撃する。

「ああっ、だ、だめっ……ああっ、お母さまっ、あああんっ……」

麻里が顔を振りたて桜色の唇を慄わせて啼いた。

「ああっ、ま、麻里さんっ……ああっ、ご、ごめんなさいっ、あああっ……」

声をうわずらせて娘に詫びた夫人だったが、気がおかしくなるほど焦らされ続けてようやく与えられた腰が蕩けんばかりの官能をとどめることができない。下から突きあげてくるような麻里の身じろぎもたまらない。

「ああっ、麻里さんっ、だ、だめっ……ああっ、ゆるしてっ、あああああっ……」

夫人は言葉とは裏腹にさらに淫らに腰を揺すりたて、熟れた乳房をプルプル弾ませて肉の愉悦に悶え啼いてしまう。

まだ女になったばかりの透きとおる瑞々しい啼き声と夫人の艶めいた女のヨガリ声が交錯し、競い合うように淫らに共鳴する。

「親子で腰を揺すりあって、羞ずかしい声で啼いてしまって。フフ、もっと楽しませてあげるよ」

新しいオモチャを手に入れた少年のように眼をキラキラと輝かせた達也が、ディルドのリモコンのスイッチを入れた。

母と娘の花芯の中で責め具が唸りをあげるように激しく震動し、大蛇さながらに身をクネクネとくねらせて淫らな蠕動を始める。

「ひいいっ、いやあっ……ああっ、いやっ、ゆるしてっ、ああうぅっ……」

「あああっ、だめっ、だめえっ……ああっ、と、止めてっ、あああぁっ……」

ふたりの裸身が激しく身悶え、乳房が汗の飛沫をとばしてプルプル跳ね踊った。麻里の腰の上で夫人の熟れた双臀が臼を挽くように大きくうねり、ディルドを食い締めた花肉のあわいから白濁した樹液をジトッと絞りだす。

(……ああっ……わ、私……娘とこんな淫らなことを……)

綾香夫人は背徳感におののきながらも、女芯を蕩かせる肉の愉悦に双臀の動きを止めることができない。自分の噴きこぼすヨガリ声ばかりか、娘のあげる羞ずかしい啼き声にすら脳が痺れていく。

「ああっ、だ、だめっ……あううっ、ああああっ……」

激しい官能のうねりに煽られて夫人の身体が大きく揺れ、麻里の身体に覆いかぶさるように上体が折れた。乳首と乳首が擦り合わされ、まだ蒼さの残る乳房とたわわに熟れた乳房がグニュッと重なる。

「フフ、お母さまが抱いて欲しいってさ。抱きしめておやりよ」

達也が手首の縛めを解くと、麻里の細い腕がすがりつかずにはいられないとばかりに汗に濡れた夫人の背にしがみついた。

「ああっ、あああんッっ……ああっ、お、お母さまっ、あひいいっ……」

麻里はすでに美しい母との背徳の営みに酔いしれていた。夫人の身体にしがみつきながら、愉悦をむさぼるように下から腰を揺すりたてる。

「あひいっ、だ、だめよっ……ああっ、ま、麻里さんっ、いけないっ、ああっ、ああ　ああっ……」

美しい母と娘、ふたりの官能がひとつに融けあい、大きな波に揺り動かされるように淫らに腰を揺すりあい、恥骨をグリグリ擦り合わせる。

「さあ、キスしてみなよ」

達也が夫人の頭を押さえつけた。熱い喘ぎを噴きこぼす夫人の唇とワナワナ慄える麻里の唇が触れあい、重なる。

（……ああっ……こ、こんなこと……だ、だめっ……）

娘の唇の柔らかさにうろたえおびえる夫人の唇に、ヌルッと麻里の舌が挿し入れられた。甘い匂いが口腔を満たし、娘の大胆さにおののく舌が絡めとられ、キュウッと吸いあげられた。

（……ああああっ……こ、こんなっ……あああっ……）

あまりの背徳感と、そのめくるめく甘美さに綾香夫人の脳髄が蕩ける。

「……ううんっ……うう、ううんっ……」

美しい母と可憐な娘は甘く喉を鳴らし、たがいにたがいが犯し、犯されているという妖美な幻想の中で舌をからませ、陶然と吸いあった。

「フフ、楽しそうだね。僕も仲間に入れてよ」

達也の無邪気な声とともに、突然、夫人の双臀がグイと押し開かれ、肛蕾のすぼまりに熱く硬い亀頭がヌルッと押しあてられた。

「ひっ、いやっ……お尻はやめてっ……ああっ、そ、そんなことしないでっ……」

夫人は麻里の唇を振りほどき、顔を激しく振りたてて叫んだ。野太いディルドを花芯に咥え込まされたまま双臀を犯されることなど夫人の想像を絶していた。

「僕だって楽しみたいんだよ」

少年めかした口調とは裏腹な残忍な笑いを浮かべた達也は渾身の力を込めて腰を突

き入れた。

亀頭が肉門をズブッと押し破り、節くれだった肉茎が媚薬で灼かれ続けた肛道をズブズブウッと一気に縫いあげた。

「ひいいいいっ……」

双臀の最奥を深々と刺し貫かれる衝撃に夫人の顔がのけぞり返った。

だが、媚薬で焦らされ続けた女体はそれだけでは終わらない。衝撃の底から凄まじい愉悦の熱波が夫人に襲いかかった。

「ああっ、いやっ、あああああっ……」

血が沸きたち、肉が灼け蕩ける、熱い痺れが双臀を支配した。怒濤のように背筋を灼いた熱波が脳天で爆ぜ、脳髄を灼き尽くす。内臓を押し昇った熱の塊りが喉を突きあげ、炎を吐くような啼き声となって噴きこぼれる。

「あううっ、あうううんっ……」

のけぞらせた顔を狂おしく振りたてて綾香夫人が息むように呻いた。汗みずくの総身がガクガク慄える。こらえるいとまもなく官能の頂点を極めてしまったのだ。

「……あひいっ……あひいっ……」

わななくように唇を慄わせる夫人の顔の下で、麻里が白い喉をさらして熱い喘ぎを噴きこぼし、ビクンビクンッと裸身を喜悦に慄わせていた。夫人の肉体を貫いた衝撃がそのまま官能を直撃し、麻里もまた頂点を極めてしまったのだ。

「フフ、ふたりとももう羞ずかしい女の姿をさらしてしまって、可愛いね。でも、まだ始まったばかりなんだよ」

嗜虐の笑いを浮かべた達也が熱を帯びた夫人の臀丘を摑み、悠々と腰を使い始めた。ズブッズブウッと熟しきった肛肉を味わうように硬く野太い怒張が夫人の熟れた双臀を御していく。

「ああっ、あああああっ……あうううっ……」

「あひっ、ああうんっ……あああんっ……」

達也の腰遣いに操られるように夫人が淫らに双臀を揺すりたて、顎を突きあげて艶やかな声で啼き、夫人の動きに煽られるままに麻里が甘くせつない声で啼いた。

花芯で蠢く責め具と肛道を抉りぬく肉棒——薄肉一枚を隔てたふたつの女芯を埋めつくす圧倒的な被支配感と女肉のすべてが蕩けてしまうような甘美で快美な愉悦。

双臀の最奥を抉りぬかれるたびに艶やかなヨガリ声を噴きこぼし、肛肉を引きだされるたびに喉を慄わせて悶え啼く——綾香夫人を支配しているのは背徳の官能と、その愉悦を女肉に与える悪魔のような少年の硬く熱い男根だった。

「……ああっ……た、達也さん……あああっ……」

「……た、達也さまっ……あううんっ……」

くれない色の西陽がさす部屋に、底知れぬ肉の愉悦に酔いしれる牝さながらのヨガリ啼きが交錯していつ果てるともなく響き続けた。

それは隷従の悦びに溺れる美しい母娘の淫らな覚醒を告げる啼き声でもあった——。

第六章　誇り高き長女　美奈子

1　剝ぎとられるプライド

（……この家はどこかおかしい……なにかが起きている……）

　奥宮美奈子はピッチリしたスリムタイプのデニムに包んだ長い脚を組み替えながら考えた。イェール大学での一年目の学業を修了した美奈子が、西海岸で学友たちとバカンスを楽しんだあと成城の実家に帰ってきたのは五日前だった。

　正月以来七ヶ月ぶりの帰宅だったが、家の雰囲気は驚くほど変わっていた。仕事一筋で実直な父親はその変化に気づいていないようだったが、美奈子にはわかる。家の中の空気が淫靡に淀んでいるのだ。

（……その中心にあの達也という少年がいる……）

初めて会った瞬間から美奈子は達也を信用できなかった。あの妙におどおどした態度と媚びを売るような微笑みの裏に邪な悪意が潜んでいるようでならない。

（……それなのに……お母さまと麻里のあの少年を見つめる眼は……）

女にしかわからない淫靡な光を帯びている――。好意より深く屈折したなにか、恋愛感情なのだろうか、麻里にはそんな感情があるとしても母にあるはずがない――。ため息とともに美奈子の涼やかな瞳が微かに曇った。すっと通った鼻筋に指をあて、細い縁なし眼鏡をそっとずりあげる――美奈子が集中している時の癖だ。

耳を覆う程度にカットしたショートヘア、濃紺のシンプルなポロシャツというアメリカナイズされた中性的なスタイルとクールな貌だちは、いかにも全米随一と言われる政治学科に学ぶエリートらしい研ぎ澄まされた美しさがあった。

美奈子は壁の時計を見あげた。夜の十時――皆が自分の部屋に戻っている時刻だ。父の栄一郎は今日から三日間の予定で上海の見本市に出かけている。

（……麻里とお母さまに訊いて、真相を確かめなくては……）

自室を出た美奈子は麻里の部屋のドアをノックした。返事がない。そっとドアを開けて見ると、電気はついているものの麻里の姿はなかった。

（……まだ下なのかしら……）

美奈子は階下におりた。だが、リビングにもダイニングにも麻里はおろか母の姿さえなかった。両親の寝室にも誰もいない。

残されている場所はひとつしかない。

二階の最奥——達也の部屋の前に美奈子は立った。ためらいがちにノックをしようとした美奈子の手が止まる。ドアの向こうから薄紙を震わせるようなせつない女の喘ぎ声が聞こえたのだ。それは母の声のようだった。

(……まさか、そんな……)

ぼんやりとした疑念がくっきりと輪郭を結び始める。美奈子の中でためらいが消えた。ノブに手をかけるとドアをそっと引き開けた。

(……こ、これは……)

美奈子は愕然とその場に凍りついた。眼の前の光景は美奈子の想像を遥かに超えていた。

椅子に腰をおろした達也の前に全裸の麻里がひざまずき、後頭部で手を組んだ格好で禍々しく勃起した男根に口で奉仕をしていた。その横に全裸の母が立っている。やはり後頭部で両手を組んだ姿勢で二肢を大きく左右に開いて、秘所を達也の指で嬲られていた。

それだけではない。麻里も母も汗ばんだ腋窩に淫らでふしだらな腋毛まで生やしているのだ。

「……な、なにをしているのっ」

怒りを含んだ美奈子の声に綾香夫人と麻里が愕然と顔をあげた。ふたりの顔が驚きと恐怖に引きつり、あわてて股間の茂みと乳房を両手で覆い隠す。

だが、達也は微塵もあわてた様子を見せなかった。美奈子を見つめながら、夫人の樹液でベットリと濡れた指を鼻先に近づけ、その甘酸っぱく淫らな女の匂いにウットリとした笑みを浮かべる。

「フフ、とうとう見つかってしまったね」

その悪びれた様子のない人をなめきった態度に美奈子の怒りが沸点に達した。

つかつかと達也の前に歩み寄る。

「孤児だからって甘ったれないでっ。私たちの家を滅茶苦茶にして、私は絶対許さないっ」

吐き捨てるように言うと憤怒とともに達也の頬を平手で打った。

ビシイッ――達也の顔がのけぞるほどの打擲だった。

「……な、なにをするのっ……お姉さま、やめてっ……」

達也が打たれた衝撃に麻里が美奈子を睨みつける。

「麻里、あなたはなにを考えてるの。まだ大学に入ったばかりでしょ。腋の下に不潔な毛まで生やして、恥じを知りなさいっ」

ビシイッ——美奈子の平手打ちが麻里の頬をとらえた。

「ひいっ、いやあっ……」

姉の容赦のない叱責と頬を打たれたショックに麻里は声を放って泣いた。

「……ああ、麻里さん……」

綾香夫人がおろおろと麻里の肩を抱きかかえる。

「お母さまも同じよ。こんなふしだらなことをして、本当に情けないわっ。ああ、お父さまが可哀そう」

顔を左右に振って嘆いた美奈子は涙を浮かべた瞳で達也をキッと睨みつけた。

「あなたはすぐにこの家から出て行って。——あとのことはお父さまがお戻りになってから皆で考えましょう」

吐き捨てるように言った美奈子は、一時もこの汚らわしい場所に居続けたくないというように憤然と部屋を出て行った。

その背を口元に血を浮かべた達也がじっと暗い眼で見つめていた——。

＊

部屋に戻っても美奈子の怒りと憤りは収まらなかった。

美奈子をこれまで律してきたのは自分への誇りと自信、そして潔癖とも言える強い正義感だった。

中途半端を嫌い、正しいものは正しい、悪いものは悪い、すべてにおいて清濁を分かつ一線が引かれていないと気がすまない。イェール大に進んだのも、日本の大学が社会人になるための執行猶予期間としか思えず、学ぶには中途半端で曖昧な学府だと判断したからだった。

そんな自分の誇りと自信のよりどころのひとつであった立派な家庭、幸福な家庭という幻想が無惨に崩れてしまったのだから、その憤りもひとしおだった。

と——トントンとドアが控えめにノックされた。

「……お、お姉さま……」

ためらいがちに入ってきたのは麻里だった。瞳が涙で潤んでいる。

「来ないで。今は誰とも口をききたくないの」

美奈子はにべもなくそう答えた。涙ながらに言い訳がましいことを聞かされるのは最も嫌いなことのひとつだった。

「……そ、そうじゃないの……お、お母さまが……た、たいへんなの……」

しゃくりあげるように言う麻里の言葉に愕然とした。

美奈子とはある意味で正反対な優しく弱い性格の母――その母を追いつめ過ぎてしまったのかも知れない。一抹の不安が心にこみあげてくる。

「……た、たいへんて、どういうこと……」

「……だから、だから……は、早く来て……」

麻里はしゃくりあげるばかりで要領を得ない。もどかしい思いとともに美奈子はドアを開け、廊下に出た。

その美奈子の前に達也が立ち塞がった。残忍な笑いを浮かべ、手には黒いリモコンのようなものを握っている。

「……あっ……」

スタンガン――そう思うと同時に、なにかにズンッと打たれたような重い衝撃が腹を襲った。

悲鳴すらあげることもできずに、美奈子の身体が廊下に崩れ落ちた。

2　隷女の刻印

「……ああ……」

漆黒の闇の底から美奈子が意識を戻した。明るさを増し白く溶けていく視界にぼんやりと三つの裸像が浮かびあがり、次第に鮮明な像を結んでいく。

「フフ、ようやくお目覚めですか」

綾香夫人と麻里を背後に従えた達也が邪悪な微笑みを浮かべた。

ハッと身じろごうとした美奈子が慄然とした。ポロシャツもデニムのパンツも脱がされ、身体を守っているものはパステルがかった淡い翡翠色のブラジャーとショーツだけだった。

そればかりか、どす黒い麻縄で椅子に手足を縛りつけられて自由を奪われていた。こんもりと盛りあがった女の丘をグッと前に捧げだす格好で二肢を大きくM字に割り開かれ、両手は頭上に引き伸ばされてブラジャーに包まれた乳房のふくらみも白い腋窩も隠しようもなく露わにさらした恥辱の拘束だ。

「……こ、これは……どういうことっ……お、お母さまっ……ほどいてっ……」

縄で縛られ、女体のすべてをさらす屈辱に美奈子は激しく身を揺すりたてた。声を引きつらせて、責めるように夫人を見る。

「……美奈子さん……ごめんなさい……私たち……達也さんの牝になったの……」

視線をそらした夫人が消え入りたげに言った。

「お姉さまもこれから牝になるのよ」

麻里が夫人とは違うはっきりとした声で言った。つぶらな瞳が挑むように美奈子を見つめている。

「……め、牝ですって……な、なにを言っているのっ、お母さまも麻里も、ふたりとも狂っているわっ」

「……そう……狂ってしまったの……ごめんなさい……」

自分を責める娘に夫人は詫びた。これから凌辱地獄に堕とされる美奈子を思うと胸が張り裂けそうだったが、助ける力が自分にないことは身に染みている。悪魔そのものの手管で馴致され、自分の淫蕩さを思い知らされてしまった夫人は、達也の意志にあらがうことができない。また、たとえあらがえたとしても、今や麻里まで達也に隷従していることの真相を夫に告げる勇気はなかった。

「あやまるんだったら、早く、縄をほどいてよっ」

美奈子が総身を揺すりたてて、怒気を含んだ声で訴えた。

「うるさい女だなあ」

面倒くさそうに言った達也がハサミを手に取ると、鋭い刃先を豊かに盛りあがった美奈子の乳房の谷間に差し入れた。

「僕は偉そうに人をぶったり、生意気なことを言う女は好きじゃないんだよ」

ブチッ――ブラジャーのカップと繋ぎ目が無造作に断ち切られた。

「ひいいっ、いやあっ……」

美奈子が激しく首を振りたて、総身をよじりたてた。守るものを失った乳房が若々しい張りを誇示するようにプルンップルンッと跳ね踊る。

スリムな身体つきにはやや不釣合いな大きさの形のいい上向きの乳房だった。輪郭のはっきりした桜色の乳暈の中央に、小豆のような小さな乳首が生意気そうにツンと上を向いている。

「フフ、着痩せするタイプなんだな。思っていたよりもボリュームがある、素敵なお乳だ」

ストラップを断ち切ってブラジャーを剝ぎとった達也が、瑞々しさを確かめるように美奈子の乳房を揉みしだいた。食い込ませた指を弾きかえすゴムマリのような感触だった。

「フフ、まだすこし硬いけど、麻里のお乳よりは揉みごたえがあるね」

達也は面白がるように言ったが、そこには美奈子への麻里の敵愾心を煽ろうという邪悪な意図があった。

「いやっ、や、やめなさいっ……こんなことしていいと思っているのっ……こ、これは犯罪よっ……汚い手でさわらないでっ……」

まるで品物を鑑定するような手つきで傍若無人に乳房を揉みしだかれるおぞましさと恥辱に、美奈子は挑むように達也を睨みつけて気丈に言いつのった。

「ひいいっ、いやあっ……」

憤怒に満ちていた美奈子の顔が悲鳴とともにのけぞり返った。達也の指が乳首を摘みあげ、ひねりつぶすようにコリコリと揉みしだいたのだ。

「ふーん、お乳を出したくらいじゃ、女らしくできないみたいだね」

美奈子の乳房から手を放した達也は芝居じみた仕草で肩をすくめた。

「じゃ、一番女らしいところを見せてもらおうかな。フフ、そうすれば自分が女だってことを思いだすでしょ」

達也は嗜虐の笑みを浮かべてショーツの腰の部分を摘みあげると、ためらいもなくジョリッとハサミで切り裂いた。

ピシッと捲り返った翡翠色の絹地の陰から、雪のように白くなめらかな下腹部と漆黒の茂みがコントラストも鮮やかに覗いた。

「いやあっ……や、やめ……」

思わず「やめて」と叫びそうになった言葉を美奈子は唇を嚙みしめて呑み込んだ。悲鳴や哀訴、そして涙は達也を喜ばせるだけだ。そんな姿を見せてなるものかと美奈子は思った。

母や麻里のようには私は弱くはない、私は賢く強い女、こんな子供になんか負けないわ——それは人並みはずれて自意識の高い美奈子の誇りであり、意地でもあった。

「……み、見たければ見れば……」

美奈子は気持ちを奮い立たせるように達也をにらみつけて言った。

「もちろん見せてもらうよ。フフ、でも、オマ×コはね、見られるだけじゃ終わらないんだよ」

達也が淫らな笑いを浮かべて応えた。

「……こ、子供のくせに……」

いやらしい卑語を使って羞恥と恐怖を煽ろうという達也の悪辣な意図に、美奈子は吐き捨てるように言ってギュッと唇を嚙んだ。

「フフ、いつまでそんな口をきいていられるかなあ？」

ジョリッという非情な音とともに薄い布地が断ち切られ、身を守る最後の一枚だったショーツがむしりとられた。

「……うう っ……」

秘所が外気にさらされるうそ寒い感触と、淫らな視線に灼かれる羞恥を美奈子はキリキリ奥歯を嚙みしめて耐えた。

「ふーん、これが生意気な美奈子のオマ×コなのか。フフ、こっちの口の方がよっぽどお淑やかに見えるね」

こんもりと小高く盛りあがった丘を絹草のように艶やかな漆黒の茂みが誇らしげに覆い、次第に淡くなりながら谷底に向かって生え伸びる草叢のあわいに、花弁を内側に折り込んだ桜色の亀裂が慎ましやかに息を潜めて閉じ合わされ、達也の言葉通りの淑やかなたたずまいを見せている。

美奈子が懸命に声を嚙み殺してはいても、鼠蹊部の筋はヒクヒク引きつり、白く瑞々しい太腿はプルプル慄えて、羞恥と怯えは隠しきれない。

「フフ、見たければ見れば、なんて強がってたのに慄えてるね。子供にオマ×コを見られても、やっぱり羞ずかしいのかな？　それに僕のことを子供、子供って偉そうに言っているけど、自分だってまだ大人になったばかりのくせに」

達也が亀裂の両脇に左右の指を添えると、美奈子の秘められた女の源泉をグイと剥き広げた。鮭紅色も鮮やかな女肉の構造が隠しようもなく露わにさらされる。

「ひっ、いやっ……」

美奈子が思わず声を慄わせる。

「やっぱりね。きれいなオマ×コなのに処女膜がないよ。美奈子、どうしたの？　どこで失くしてきちゃったの？」

覗き込むようにして花口を視認した達也がおどけた調子で歌うように訊いた。

「……あなたには関係ないことよ……」

「美奈子が処女であるかないか、僕にはとっても関係があるから訊いてるんだよ。フフ、それに隠そうとしても無駄さ。サンフランシスコのホテルで武村英治さんのおチン×ンで女にしてもらったばっかりなんでしょ」

「……ど、どうして……」

美奈子は愕然とした。英治は入学後に知り合ったイェール大学の二年先輩の日本人留学生だった。財務官僚の長男で、すでに卒業後の将来を嘱望されているスマートなインテリだ。

「……メールを見たのね……最低……あなたは人間のクズだわっ……」

「フフ、武村さんはエッチがうまかった？　それともここが痛いだけだったのかな？」

達也が指でわずかに湿り気を帯びた花口を丸くなぞりながら訊いた。

「……く、クズっ……」

恋人にしか許していない秘めやかな場所を、その恋人の名を引き合いに出されながら嬲られる屈辱と口惜しさに美奈子は声を慄わせた。

「クズとは違うエリートの武村さんはこういうことはしてくれなかったでしょ」

ズブッ――二本揃えた達也の指が狭い肉口に突き入れられた。

「ひいっ、いやっ、や、やめてっ、やめるのよっ……」

花芯を指で抉られるおぞましい衝撃に美奈子は四肢を振りもがかんばかりに総身を激しくよじりたて、声を引きつらせた。

だが、達也はまったく動じなかった。

「やめないよ。だって僕は人間のクズなんだから」

そううそぶいて、美奈子の柔肉の感触を確かめるように花芯をまさぐると、肉襞がひときわ粒だった性感のツボを探りあて、そのシコリを指の腹でスリスリと擦りあげる。さらに、もう一方の手が慣れた手つきで、肉莢に包まれたクリトリスをクルリと剝きあげた。珊瑚色も初々しい美奈子の官能の尖りは大粒の真珠のような輝きを見せ、綾香夫人、麻里と続く血脈を充分うかがわせた。

「ひっ、いやっ……」

肉莢を剝かれた、それだけの刺戟で美奈子の裸身がビクンッと跳ねるように慄えた。その感じやすい肉珠を達也の舌先がチロチロと舐めあげる。

「ひいいっ、いやあぁっ……」

ブルルッと感電したかのように総身を慄わせ、美奈子が顔をのけぞらせて悲鳴を噴きこぼした。肉珠への刺戟と呼応して美奈子の花芯が収縮し、達也の指を食い締め、グジュッと熱い樹液をにじませる。

その反応のよさに達也が淫猥な笑いを浮かべた。

「フフ、やっぱり血筋なのかな。美奈子も素敵なオマ×コを持っているね」

美奈子の女としてのＤＮＡを確かめた達也が花芯から指を抜き、腰をあげた。股間に隆々と屹立する怒張を眼で示す。

「武村さんなんて忘れてしまうくらい、このおチン×ンで啼き狂わせてあげる」

「……そ、そんなことしたら、ただじゃすまないわよ……私はお母さまや麻里とは違う……絶対違うのよ……泣き寝入りするなんて思ったら大間違いよ……あなたをレイプで訴えてやる……」

唯一知っている武村の男根とは較べようもなく野太く禍々しい男根への恐怖を隠して美奈子は気丈に声を慄わせた。

「バカだな、美奈子は。まだ自分が女だってことがわからないんだ。フフ、でもそんな気はしていたよ。――僕の牝になる前にやっぱり躾けてやる必要があるね」

達也は悪戯っぽく微笑むとベッドに腰をおろして胡坐を組んだ。

「さあ、麻里、美奈子を躾けるのはおまえの役目だ。生意気なお姉さんにキツイ注射を打ってあげるんだ」

「はい、達也さま」

麻里がキラキラ妖しく瞳を光らせて頷いた。達也の机の上に用意してあったガラスのボウルにジョボジョボとグリセリンを注ぎ入れていく。

「綾香はここに来て僕のおチン×ンをしごいてよ」

「……は……い……」

綾香夫人は憂いの漂う顔でせつなげにうなずくと、ベッドに上がった。達也の横にはべり、おずおずと白い手を差しのべて隆々と屹立する怒張を包み込んだ。達也が射精を望んでいるわけではないことを承知しているので、肉茎を柔らかく慰撫するようにさすっていく。

「……麻里……な、なにをする気……」

顔を捻じるようにして麻里の不気味な作業を見つめていた美奈子が、不安に耐えきれずに声を慄わせた。

「……私、お姉さまが泣いたところを見たことがない……」

グリセリンをポットのお湯で希釈し終えた麻里が美奈子を真顔で見つめた。

「お姉さまはいつも自信満々で、人に負けたり、希望がかなわなかったりしたことがないから当然ね。でも、私はよく泣いたわ。なにをしてもお姉さまにはかなわなかったし、私は麻里ではなくて、どこへ行ってもよくできる美奈子さんの妹だった……」

「……あなた、なにを言っているの……」

「なにをやっても完璧なお姉さまに、初めて私が教えてあげることができたの」

麻里は巨大な注射器のようなガラス器を手に取ると、ボウルに嘴管を浸しキュウッと音をたてて薬液を吸いあげた。

「……そ、それは……」

「気の強いお姉さまを従順な牝にするためのキツーイお注射――、浣腸よ」

グロテスクな浣腸器を手にした麻里が美奈子の前に立った。微かな嗜虐の笑みが頬に浮かんでいる。

「……浣腸……」

薬液を肛門から注入されて排泄を強要される——そのおぞましさに美奈子の血が凍りつき、総身が鳥肌立つ。

「……か、浣腸なんて……ま、麻里、あなた、気は確かなの……」

恐怖と嫌悪に美奈子の声が引きつり、慄える。

「そう、その眼よ。いつもお姉さまはそうやって私を見下していた」

麻里が美奈子の股間に屈み込んだ。美奈子の淡い菫色の肉蕾に刻まれた肛襞を、小指ほどもあるガラスの嘴管でズルリとなぞりあげる。

「ひっ、いやっ……や、やめなさい……やめるのよ、麻里っ……」

「その言い方がもう間違っているわ、お姉さま。牝にはプライドは必要ないのよ。さあ、プライドを捨てさせてあげる」

ズブッ——嘴管が肉のすぼまりに挿し入れられた。

「ひいっ、い、いやあっ……」

生まれて初めて知らされる排泄器官への冷たく硬い異物の挿入感に美奈子は顔を振りたてて悲鳴を噴きこぼした。

だが、麻里はすぐには薬液を注入しようとはしない。達也の手で何度も浣腸をされ、散々泣かされてきた麻里はなにがつらいかをいやというほど知っている。

注入すると見せてはズルッと嘴管を抜き取り、美奈子がほっと気をゆるめたと見るやズブリと埋め込む――これを何度も繰り返して美奈子の恐怖心を煽り、悲鳴を絞りとった。

「……ああっ……麻里、もう、やめてっ……」

浣腸への恐怖と、妹の手で排泄器官である肛門を嬲られる恥辱に美奈子は声を慄わせた。眼鏡の奥の瞳から涙がにじみ、頬をツツーッと伝い落ちる。

「お姉さま、泣いてしまったの。お姉さまらしい綺麗な涙ね」

小悪魔のように微笑んだ麻里の瞳がキラキラ揺らめくように妖しい光を帯びる。それは嗜虐の光だった。達也に命じられて何度となく美しい母を責め嬲るうちに、麻里の心の奥深くに眠っていたサディスティックな資質が覚醒したのだ。

麻里は姉を憎んでいるわけではない。むしろ姉に憧れている。知的で美しく洗練された姉、なにごとにも動ずることのない自信満々な姉――その姉を自分の手で嬲り、堕としていくその行為に麻里は暗い、背徳の悦びを感じていた。

（……ああ……）

初めて見る美しい姉の涙に、麻里の花芯が灼けつくように痺れ、グジュッと熱い樹液を絞りだす。

「フフ、お姉さま、麻里がもっと泣かせてあげる」

麻里は丸く小ぶりな双臀を淫らに揺すりたてると、ゆっくりと浣腸器のポンプを押した。

「ひっ、い、いやっ……ま、麻里、やめてっ……ああっ、いやっ……」

肛道から腸内に生温かい薬液がチュルチュルと注ぎ込まれるおぞましく異様な感触に白い肌が鳥肌だち、美奈子は総毛立った。唇がワナワナ慄え、歯の根が合わずにガチガチ音をたてる。

「フフ、お薬の飲み心地がたまんないでしょ」

小悪魔の笑みを浮かべた麻里は、一気に薬液を注入しようとはせず、小刻みに注ぎ入れて美奈子の悲鳴を絞りとった。

「お姉さま、終わったわ」

二〇〇CCの薬液を一滴残らず美奈子の双臀の中に注ぎ終えた麻里はヌプッと肛門から嘴管を引き抜いた。

「でも、本当につらいのはこれからよ」

嗜虐の笑みを浮かべた麻里は浣腸器を机に戻すとベッドの脇に控えた。

「綾香、手は飽きちゃった。オマ×コで咥えてよ」

初めての浣腸に苦悶する美奈子の姿に、達也の逸物は巌のようにカチンカチンに硬く膨れていきりたっていた。

「……そ……それは……」

怒張から手を放した綾香夫人はためらいがちに言葉をにごした。犯されれば自分がどうなってしまうかいやというほどわかっている。

「どうしたの。綾香は母親なんだから、僕に仕える牝の手本を見せてあげないと美奈子だって覚悟ができないでしょ」

（……そう、私はもう牝なのだ……母でも……妻でもない……淫らな牝……）

夫人はせつなく喘ぐと達也の前に背を向けて膝をついた。自分を支配する悪魔に供物を捧げるように熟れた双臀を掲げる。

「……た、達也さん……あ、綾香に……ああっ……お……お、オマ×コをしてくださいまし……」

自分が口にした羞ずかしい言葉にカーッと総身が灼けるように火照り、背筋がざわざわとどよめきたつ。

なんて淫らな——そう思いながらも侵犯への期待に双臀が慄え、蕩けんばかりに濡れそぼつ花口にヌルッと硬い亀頭があてがわれると、「あああっ……」とせつない声が洩れでてしまう。

「フフ、違うよ。僕がオマ×コするんじゃないんだ。綾香が手の代わりにオマ×コを使って僕のおチン×ンを気持ちよくさせるのさ。僕は美奈子の素敵なショーを楽しみたいんだ。わかるだろ。さあ、おチン×ンを咥え込んで腰を揺すって擦りあげてよ」

「……ああ……そ……そんな……」

せつなく声を慄わせたが、あらがおうという気持ちはすでに萎えている。夫人はおそるおそる後方に双臀を沈めていく。

ズブッ——しとどに濡れた花口が硬い肉棒を待ちかねていたかのように咥え込んだ。熱く灼けた柔肉が雁首にキュウッと絡みつき、吸い込むように女の最奥へと怒張を導いていく。

「……あああっ……」

みずから男根を咥えこんだ羞ずかしさと、痺れるように甘美な挿入感に夫人は顔をクナクナと揺すって艶めいた声で啼いた。

（……ああ、美奈子さん……これが私の本当の姿なの……）

もう隠すことはできない——夫人は早く官能の奈落に落ちてなにもかも忘れて啼き狂ってしまいたかった。

その思いに突き動かされるように腰を前後に揺すりたてると、ジュブッジュブッという淫らな水音とともに「ああっ、あああっ……」とこらえようもなく淫らで羞ずかしい声がこぼれでる。

「フフ、綾香。オマ×コが熱くてトロトロでとっても気持ちがいいよ。でもヨガリ声はいらないな。美奈子の泣き声が聞こえなくなっちゃうからね。淫らな声をあげないで腰を使うんだ」

「……ああ……そんなこと……」

達也の身勝手で理不尽な要求に抗議の声を洩らしながらも、夫人は固く握りしめた手を口にあてがい、憑かれたように双臀を前後に揺すりたてた。

だが、淫らな啼き声をあげてはならないという禁止と抑制を意識すればするほど、肉の愉悦はより深く女体を搦めとっていく。

「……ん、んんっ……あああっ……」

懸命に声を封じこもうとしても、啜り泣くようなせつない声が洩れでるのを抑えることができない。

(……お、お母さま……)

これがあの慎ましやかで控えめな母の姿なのだろうか——みずから達也の男根を受け入れ、双臀を淫らに揺すりたてて羞ずかしい声をあげて啼く母の姿に愕然としながらも、美奈子はその母の変貌ぶりにすら意識を集中させ続けることができない。

注入された薬液が双臀の最奥で渦を巻き、腸壁を刺戟して猛威を発揮し始めていたのだ。

「……ううぅっ……」

グルグルと惨めな音をたてて腸が不気味な蠕動を繰り返すたびに、キリキリ刺し込むような痛みが美奈子の下腹を襲った。その痛みとともに双臀の底から突きあげてくるもの、それは強烈な便意だった。

(……ううっ、こ、こんなっ……)

浣腸がこれほど凄まじい効果を発揮するとは思わなかった美奈子は、狼狽も露わに苦悶にゆがんだ顔を右に捻じり、左に捻じりたてて身悶える。こみあげる便意をなんとか抑え込もうと、「ううぅっ……」という呻きとともに息んで恥じも外聞もなく肛門をギュウッとすぼめる。だが、それも長くは続けられない。

「……あああっ……」

情けない喘ぎとともに肛門がゆるみ、身体が弛緩する。そのたびに気色の悪い脂汗がジワッと総身に噴きこぼれた。

美奈子の知性と洗練された品格の象徴である眼鏡は汗と涙ですでに白く曇っている。

「お姉さま、こんなに汗をかいてしまって、苦しそう。麻里が気を紛らわせてあげましょうか」

ジットリと汗に濡れた腋窩をソロリと撫ぜおりた麻里の手が乳房を包み込んで、シナシナと揉みたてる。

「……さ、さわらないでっ……」

怒りと憤りで顔を引きつらせて美奈子が叫んだ。だが、その怒りも長くは続かない。意識を便意からほかにそらす余裕はすでになかった。

「……だ、だめっ……ううう っ……」

今にも洩れ出てしまいそうな気配に美奈子があわてたように肛門をギュウッとすぼめて、悲痛な呻きを絞りだした。下腹がグルグル不気味な音をたてて崩壊が近いことを知らせる。

「……ああっ、お、お願い……麻里さん……トイレに……トイレに行かせて……」

すでに猶予はない。美奈子は歯をガチガチ噛み鳴らし、声を慄わせて哀訴した。

「フフ、私にお願いしてもだめよ。達也さまに牝になりますと誓って、きちんとお願いするのよ」

「……そ……そんなこと……」

涙と汗で曇った眼鏡越しに、双臀を達也に捧げて淫らに身悶える母の姿が映った。

「……絶対にいや……」

こんな子供の性の奴隷になどなりたくはない——それは美奈子の捨てることができないプライド、最後の矜持だった。

「フフ、別に誓わなくたっていいよ。僕は美奈子をトイレに行かせてやるつもりなんて全然ないもの。麻里、美奈子のトイレを見せてあげなよ」

麻里が机の上から不気味なガラス器を取って、美奈子の前に掲げた。それはペリカンの嘴のような介護用の尿瓶だった。

「……そ、そんなっ……」

「美奈子はここで臭いウ×チをして見せるんだ。僕をぶったんだから、そのくらいの罰は当然でしょ。それからたっぷり時間をかけて僕の牝にしてあげるよ」

こうやってね——とでも言いたげに、達也は綾香夫人の動きにゆだねていた怒張をみずから腰を使ってズブウッと双臀のあわいに突き入れた。

「ひいいっ、あああっ……」

　夫人が顔をのけぞらせて艶やかな声で啼き悶えた。

「麻里、美奈子の眼鏡をはずしちゃってよ。牝になる女に、そんなものはもう必要ないでしょ。それに生意気な美奈子がどんな顔をして臭くて汚いものをするのか、よく見たいからさ」

　麻里が手を伸ばして美奈子の曇った眼鏡をはずした。

「……ああ……いや……」

　眼鏡が身を守る最後の鎧だったかのように、せつなく振りたてられた美奈子の顔は、思いのほか柔和な眼元が涙で濡れ光り、弱くはかなげな女の顔だった。

「……ううう……」

　その顔が苦悶にゆがみ、狂おしく捻じりたてられる。肛門が内側に吸い込まれるようにギュウッとすぼまり、双臀が崩壊の予兆にブルブルッ、ブルブルッと小刻みに慄えた。

「お姉さま、そろそろ限界ね。可哀そう」

　言葉とは裏腹につぶらな瞳を嗜虐の悦びにキラキラ光らせた麻里が、ペリカンの口のような尿瓶の開口部をピタリと美奈子の双臀のあわいに押しあてる。

「ひっ……ううう……」

ゾクリとするほど冷たいガラスの感触が便意をさらに煽りたてた。

（……ま、負けてはだめっ……）

息み続けて蒼ざめた顔を修羅さながらにゆがめて、美奈子はキリキリ奥歯を嚙みしめ、必死に耐え続けた。

だが、美奈子の気高いプライドも生理的な欲求をいつまでも抑え続けることはできない。きつく絞りたてるようにすぼめられた肛門の中心にプクンと丸い水滴が浮かびあがり、ツツーッと汚濁の航跡を残して双臀のあわいを伝い落ちた。

「……ああっ……だ、だめよっ……」

みずからの尻に向かって呼びかけるような悲痛な叫びが合図だった。

ジャーッ——肛襞を押しだすように凄まじい水流が噴出し、尿瓶の底を激しく叩いて褐色の濁流となってグルグル渦を巻いた。

「いやあああっ……ひいいっ、み、見ないでっ、いやあああっ……」

美奈子は狂ったように顔をのたくらせ、唇をわななかせて悲痛な叫びをほとばしらせた。おぞましい浣腸による人前での排泄——羞恥と汚辱の極みに、美奈子の気位とプライドは粉々に砕け散った。涙がボロボロ頬を伝い、尾を引くような悲鳴はそのまま号泣に変わっていった。

「ひいいいっ……」

と、綾香夫人が白い背を弓なりにたわめ、乳房を突きだすようにして顔をのけぞり返した。美奈子のあられもない崩壊の姿に、嗜虐の欲望を極点にまで燃えあがらせた達也が夫人の花芯の中に精を解き放ったのだ。

「……あああああっ……」

ドクドクンッという脈動とともに精を射込まれ、トロトロに蕩けた女肉の芯を熱い飛沫で灼かれる喜悦に夫人は双臀を揺すりたて、声を慄わせて啼いた。汚辱に泣き狂う娘の前で、肉の愉悦に溺れて淫らな姿をさらしてしまう背徳感と罪悪感——その負の感情さえもが血を妖しく沸きたたせ、女肉を痺れさせて、綾香夫人を官能の奈落へといざなっていく。

ガクリとシーツに沈み落ちた夫人の顔は恍惚として淫らに照り輝いていた——。

汚濁の後始末を麻里の手で施された美奈子はベッドに移され、あらためて人の字型に拘束された。

「……あひっ、あひいっ……あああっ……」

気丈とはいってもそれは所詮、裕福で恵まれた生活の中で純粋培養されたものである。強制排泄という恥辱の洗礼を受けた美奈子は抵抗らしい抵抗もできずに幼女のように声をあげて泣くばかりだった。

「泣きじゃくるお姉さまって綺麗……」

麻里があやすように美奈子の短くカットされた髪を手で撫ぜる。

「……ああっ……さ、さわらないでっ……」

美奈子の泣き濡れた瞳がおぞましいものでも見るように麻里を睨みつける。

「泣きながら怒った顔もお姉さまらしくて素敵——。でも、達也さまはそろそろお姉さまの別の啼き声を聞きたいんですって」

麻里は〈ルージュ〉の壜を手に取ってベッドに上がった。どぎついほど真っ赤な媚薬クリームを指で掬いとると、乳房の頂点で慄える乳首を紅の層で包みこむ。

「ひっ……な、なにをするのっ……」

「すぐわかるわ」

冷たいクリームの感触に怯える美奈子の声を聞き流して、麻里はもう一方の乳首、乳房の性感の集まる下側側部、生汗でネットリとぬめ光る剝きだしの腋窩、そしてうなじ、耳朶、耳孔という女のツボへ紅色の化粧を施していった。即効性のクリームはみるみる美奈子の体温でトロリと溶け、紅の皮膜を広げるように白い肌を侵食し、肌理の中に染み渡っていく。

「……ああ……い……いや……」

ものの三分もたたないうちに媚薬が悪魔の効力を発揮し始めた。クリームを塗られた女の性感のツボがチリチリ灼けるように熱く、むず痒い。

あれほど声高く放たれていた泣き声が潮が引くように収まり、せつなげな啜り泣きに変わっていった。戸惑うように美奈子の裸身がこわばり、怯えとともに慄える。

（……ああ……熱い……こ、これはなに……）

乳房が炎で炙られているように熱く、いつのまにか乳首が羞ずかしいほどツンと尖って、ジンジン疼くように痛痒い。

繊細で敏感な肌を嬲る熱と痒みに息苦しさがつのり、吐息がハアハアッと荒い音をたてて噴きこぼれた。腋窩とうなじ、そして耳孔を襲う、ムカデが這いずるようなおぞましい痒みがなによりも耐え難い。

「……ああ……い、いや……あああ……」

目に見えぬ淫虫に煽りたてられるかのように、美奈子は泣き濡れた顔を右によじり左によじって、狂おしく身悶えた。いつしか吐息は熱を帯びた喘ぎに変わっている。

「……ああっ……いやっ、ああっ、あああっ……」

身悶えれば身悶えるほど、喘げば喘ぐほどに、性感の疼きは高まり、狂おしさは増していく。一時もじっとしていることができない。美奈子は顔を振りたて、乳房を揺すり、裸身をよじりたてて、狂おしく身悶え続けた。

その姿は欲望にきざして男を誘う淫らな女そのものだった。

「フフ、いやらしく腰を振ってしまって、そろそろ牝になりたくなってきたのかな」

ベッドに上がった達也が割り裂かれた美脚のあいだに腰をおろした。

「武村さんを忘れさせてあげるよ」

意地悪く言った達也は瑞々しい張りを見せる太腿の下に膝をこじ入れた。

媚薬で性感を高められているために、すでに花弁を左右に開き、にじみでた樹液でネットリとぬめ光っている女肉の裂け目に亀頭を押しあててヌルリと擦りあげた。

「ひいいっ、いやあっ……や、やめてっ……」

硬く熱い亀頭のおぞましい感触と凌辱への恐怖に、美奈子が顔を振りたてて甲高い悲鳴を噴きこぼした。

「やめて欲しかったら、絶対に羞ずかしい声をあげて啼かないことだね。物欲しそうに淫らな声をあげて啼いたら、遠慮なくオマ×コさせてもらうよ。——フフ、麻里と綾香がたっぷり可愛がってくれるってさ。耐えられるかな?」

麻里が美奈子の左側に達也に双臀をさらす格好で四つん這いになった。麻里の桜色の舌が美奈子の腋窩をチロチロと舐め始める。

「あひっ……ひっ、いやっ……ま、麻里っ、ひっ、や、やめてっ……ひいっ……」

すっかり媚薬が溶けて浸透し、感覚が鋭敏になった繊細な肌に送り込まれるこそばゆく甘美な刺戟に、美奈子はガクガク身をのたくらせて短い悲鳴を小刻みに放って啼き悶えた。

「あれっ、綾香、どうしたの? 自分だけオマ×コしてもらっておいて、いまさらいい子ぶるなんて卑怯だな。そんなの許されないよ」

気おくれしたように立ち尽くしていた夫人はせつなく喘ぐと、達也の言葉の棘に追われるようにベッドに上がり、美奈子の右側に這って白い双臀を掲げた。

(……美奈子さん……だめな私をゆるして……)

綾香夫人は心の中でそっと詫びると、生汗でぬめ光る美奈子の腋窩に顔を寄せた。甘い女の匂いを放つ肌におずおずと舌を這わせてためらいがちに舐め始める。

「ひっ、あひっ……お、お母さまっ、ひっ、どうしてっ……あひっ、いやっ、しないでっ……ひっ、あひいっ……」

美奈子が裸身をよじりたてるようにして悲鳴をほとばしらせる。夫人のためらいがちな舌の弱々しい動きがかえってたまらない。もどかしく焦れるような甘美な刺戟に美奈子は泣き濡れた顔を左右に打ち振って狂おしいばかりに身悶える。

「お母さま、お姉さまのお乳も揉んであげて」

麻里に促された夫人の手が美奈子の乳房をそっと包み込み、ヤワヤワと揉む。ゴムマリのように瑞々しく張りのある若い女の乳房だった。

「ああっ……ひっ、いやっ……あひっ、や、やめてっ、あああっ……」

左右から腋窩をチロチロと舐められ、乳房をヤワヤワと揉みたてられた美奈子が裸身をよじりたてて啼き悶えた。

（……ああ……美奈子さん……）

美奈子の気もそぞろな狂おしい思いが、何度となく媚薬で乳首を責め嬲られたことがある綾香夫人にはよくわかった。絞りだされた乳首が痛いほど疼くのだ。焦らすように乳房を揉みこまれ続けると、乳首に刺戟が欲しくて気が狂わんばかりになってしまう。

焦らされる苦悶からせめて逃れさせて、ひと思いに啼かせてあげよう、いずれいやというほど啼き狂わされてしまうのだ——哀しい思いとともに、夫人の細い指先が硬く尖りきった美奈子の乳首を摘みあげた。

（……ああっ……）

自分の乳首を嬲っているような被虐と嗜虐が入り混じった妖しい倒錯感に、夫人の乳首と花芯が疼くようにジーンと痺れた。

夫人は舌をことさらに強く腋窩に押しあてベロリベロリと舐めあげながら、摘みあげた美奈子の官能の尖りをコリコリ揉みしごいた。

その動きに麻里ももう一方の乳首を摘みあげて同調する。

「あひいっ……ああっ、だ、だめっ、お母さまっ、あああっ……」

総身に熱い痺れがほとばしるような快美感に美奈子は顔をのけぞらせ、背筋をたわめるように四肢を突っ張らせて、きざしきった声をあげて啼いた。

無意識にグンと衝きあげた腰の中心、女の肉溝を狙いすましたように硬い亀頭がズルリと擦りあげる。

「ひいいっ、いやああっ……」

美奈子が甲高い声を噴きあげて、生汗にぬめ光る裸身をガクガク揺すりたてた。

「あひっ、だめっ、あああっ……ひいいっ、ああっ、あああっ……」

媚薬で灼かれ、焦らされ続けた美奈子の女体はもうこらえようはなかった。左右から腋窩を舐められ、乳房を揉みしだかれると声を慄わせて啼き、爆ぜんばかりに尖りきった乳首を指でしごかれ、肉溝を亀頭で擦りあげられると喉を絞ってヨガリ声を噴きあげる。

「フフ、やっぱり血なのかな。淫らな声で啼いてしまって、オマ×コなんて羞ずかしいくらいにグチョグチョだよ。もうとてもじゃないけど武村さんに顔向けできないね」

達也は怒張に手を添えると亀頭で樹液であふれた花口をかきまわすように嬲って、ピチャピチャ淫らな水音を美奈子に聞かせる。

「ああっ、く、口惜しいっ……あひいっ、あああっ……」

恋人の名をあげつらわれて嬲られる口惜しさに美奈子は声を慄わせた。

こんな子供のような少年に——そう思うはしから、亀頭で弄ばれる肉溝が甘美に痺れ、羞ずかしい声が噴きこぼれてしまう。

「フフ、口惜しがってる声じゃないね。そろそろここにおチン×ンが欲しくてたまんないんでしょ」

亀頭がググッと肉口にあてがわれた。

「ひっ、ああっ、そ、それはいやっ……ああっ、や、やめてっ……」

「だめだよ。——さあ、ふたりで美奈子の耳もいじめてあげなよ」

にべもなく言った達也は、綾香夫人と麻里の白い双臀をビシイッ、ビシイッと平手で思いきり打った。

「ひいいっ……あああっ……」

美奈子を嬲るという背徳の炎に炙られ、いつしか官能に灼かれて熱を帯びた双臀を打たれる快美感に、綾香夫人と麻里の口から甘い啼き声が噴きこぼれる。

夫人も麻里も達也の意図をたちどころに理解していた。媚薬クリームで灼かれた耳をどう責めれば、女が気も狂わんばかりの愉悦に落ちてしまうか、ふたりはいやというほど知っている。

二枚の舌がジットリと汗ばんだ美奈子のうなじを左右からツツーッと舐めあがり、耳朶をチロチロくすぐり、耳孔に熱い息をフーッと送り込んだ。

「あひっ、いやあっ……あああああっ……」

脳の中をくすぐられ、脳味噌を熱風で灼かれるような妖しい刺戟に美奈子は総身をブルブル慄わせ、唇をわななかせて啼いた。

ヌルッ——ほとんど同時に左右から耳孔に熱く湿った舌が挿し入れられた。

「ひいいいいっ……」

脳の最奥にヌルリと舌を挿し入れられたような異様な感触と、脳髄がジーンと痺れる気が遠くなるほどの快美感に美奈子は四肢を激しく突っ張らせ、腰を突きあげて、喜悦の叫びを噴きこぼした。

ジュブウウッ——この機を逃すかとばかりに亀頭が花口を押し広げ、野太く硬い怒張が熱く濡れそぼつ花芯を一気に縫いあげた。

「いやあああああっ……」

ズンと子宮を突きあげられる衝撃とともに、痺れるような快感の矢が背筋を貫き、閃光となって脳天を刺し貫いた。虚空を引き裂くような悲鳴を噴きあげた美奈子は、そのまま絶頂に昇りつめてしまう。

初めて知らされる愉悦の極みに声すらもでない。開け広げた唇をわなわな慄わせ、アクメのほとばしりに汗まみれの裸身がビクンッビクンッと引きつるように跳ね踊る。

だが、達也はアクメの余韻に美奈子がそのまま浸りきることを許さなかった。絡みつき吸いつく柔肉を引きずりだし、子宮を抉り抜くように激しく強いストロークで美奈子を責めた。

「ひいいっ、あひいっ、ゆ、ゆるしてっ、あああっ……ああっ、も、もうしないでっ……あひいっ、こ、壊れるっ……ああっ、狂ってしまうっ、ひいいっ……」

次から次へと襲いかかる気が遠くなるような愉悦の大波に、美奈子は狂おしく顔を振りたてて喉が灼けるほどヨガリ啼き、悲鳴をほとばしらせて許しを乞い願った。

「許して欲しかったら、僕の牝になると誓うんだ」

ここを先途とばかりに達也が激しく腰を叩きつけて責めたてる。

「あひいっ、ち、誓いますっ……あひいっ、誓いますっ……ああっ、だ、だからゆるしてっ、あああっ……」

愉悦に灼け痺れる美奈子の脳裡に、拒もう、あらがおうという意識は微塵も浮かばなかった。怒張の動きに煽られて次々と噴きこぼれるヨガリ声を切れぎれに引きつらせて必死に許しを乞い願う。

「あひいっ、わ、私は……ひいっ、あなたのっ、ああっ、め、牝になりますっ……ひいいっ、あああっ……」

狂おしいまでに啼き悶えながら、美奈子は憑かれたように屈服を認めた。

獲物を完璧に掌中に収めた達也はニヤリと残忍な笑みを浮かべると、ピタリと責め手を止めた。

「フフ、その言葉をすぐ後悔させてあげるよ」

達也は麻里と綾香夫人に命じて手足の拘束を解かせた。

ジュルッ——白濁した樹液の糸を引きながら怒張が花芯から引き抜かれ、美奈子の身体がうつ伏せに返された。

「お尻を上げさせなよ」

ハヒイハヒイッと荒い息を噴きこぼすばかりの美奈子の双臀を麻里が抱えるように持ちあげ、膝を引き寄せて支えさせる。

麻里同様、綾香夫人もこれからなにが行なわれるかを理解していた。それはふたりもかつて経験させられた悪魔のイニシエーション、達也の牝に堕とされた証しとなる最後の儀式だった。

（……せめて痛みが長引きませんように……）

自分の無力を噛みしめながら夫人はそう祈ることしかできなかった。官能の余韻に揺れる美奈子の背を手でさすり、汗に濡れた髪を優しく撫ぜおろす。

達也が美奈子の双臀の後ろに膝をついた。

「麻里、美奈子のお尻を広げてよ」

「はい——」

嗜虐の光を帯びた瞳をキラキラきらめかせてうなずいた麻里が両手を添えて美奈子の白い臀丘をグッと左右に割り広げる。あふれでた樹液にぬめ光る瑞々しい肉の蕾が悪魔に捧げられる供物として隠しようもなく露わにさらされた。

その未開の肉のすぼまりに巌のように硬い亀頭がヌルリと押しあてられた。

「ひっ……いやっ……そ、そこは違うっ……」

美奈子が裸身をビクンッと慄わせ、怯えた声で訴える。

「違わないよ。綾香も麻里もお尻の処女を僕に捧げて僕の牝になったんだ。フフ、美奈子のアヌスの処女を僕が奪って、お尻を女にしてあげる」

「……そ、そんなことといやっ……ひ、人のすることじゃないっ……ああっ、いやっ、やめてっ……」

排泄器官を犯される――獣じみたおぞましい行為への嫌悪と恐怖に美奈子は、官能の余韻も消し飛んだようにガクガク裸身を慄わせて叫んだ。

前のめりに逃れようとする美奈子の背中を麻里が両手で押さえつけて抵抗を封じる。

「さあ、思いきり泣き叫んで、僕の牝になるんだ」

ググッと亀頭が肛襞を内に押し込み、メリメリ肛肉を軋ませて未開のすぼまりを押し開いていく。

「ひいいっ、い、痛いっ……ああっ、お、お尻なんていやっ……ひいいっ、お、お母さま、お願いっ、やめさせてっ……」

「……ああ……美奈子さん……」

総身を揺すりたてて悲鳴をほとばしらせる美奈子の手を綾香夫人が握りしめた。

「ああっ、……お、お母さま、い、痛いのっ……ひいいっ……」

泣き叫びながら美奈子は夫人の手をギュッと握り返した。

「……ゆるして……」

ブルブル慄えながら握りしめてくる美奈子の手の感触に、夫人は女に生まれた哀しみを感じずにはいられなかった。

ズブウッ——野太い男根が未開の肉門を深々と刺し貫き、美奈子の双臀に女の道を刻み込んだ。

「ひいいいっ、いやあああっ……」

美奈子の絶叫が空気を慄わせ、部屋に響き渡った。

それはかつて夫人と麻里も魂消えんばかりにほとばしらせた、牝の烙印を肉の芯に刻み込まれた女の哀しい叫び声だった——。

エピローグ

闇の中に栄一郎がたてる規則正しく安らかな寝息が聞こえていた。

夫が眠りに落ちたことを確かめると、綾香夫人はベッドからそっと抜けだした。

淡いピンクのパジャマを脱ぎ、ショーツを足首から抜きとって、全裸をさらす。

（……あなた……ごめんなさい……）

いつものように心の中で夫に詫び、寝室のドアを開け、廊下に出た。ヒンヤリとした夜の空気が裸身を包みこむ――その瞬間から夫人はただの淫らな牝となる。

窓から射し込む月明かりに、階段を昇る夫人の白い裸身が仄かに照らしだされた。

微かに軋む階段を一歩、また一歩と昇るごとに夫を裏切る罪悪感が胸を締めつけ、同時に、悪魔の化身である少年に弄ばれて身も世もなく啼かされる期待に身体の芯がジーンと疼き始める。

蒼白い月の光の中で夫人の熟れた双臀が淫らに揺れた。

二階の最奥の部屋に入ると、麻里と美奈子が壁際に立たされ、後頭部で両手を組んで二肢を大きく開いた羞恥のポーズで全裸を達也の前にさらしている。ジットリと汗にぬめ光る美奈子の腋窩にも牝の刻印である毛叢がすでに淫らな翳りを作っていた。

綾香夫人もふたりの横に並ぶと手を後頭部で組み、羞ずかしいポーズをとった。

「フフ、今夜はきついお仕置きをしてあげる約束だったね。美奈子、どうしてお仕置きをされるのかな?」

達也がいつもの微笑みを浮かべながら訊いた。

「……はい……み、美奈子の……ふ、フェラチオが上達しないで……下手だからです……達也さまに……満足していただけず……お仕置きだと言われました……」

美奈子が声を慄わせながら答えた。

「今夜の罰は鞭だよ。フフ、真っ赤になるまで打ってあげるからお尻を出しなよ」

達也が長い革のヘラのような平鞭を手にとって、素振りをくれた。鞭がビュンと鋭い音をたてて空気を切り裂く。

たとえ誰かひとりが達也の機嫌を損ねたとしても罰は全員が受けなければならない

──それがいつのまにか決められたルールだった。

「……は……い……」

三人の美しい牝獣は声を慄わせると、おずおずと達也に背を向けた。思いきり二肢を割り開いて、左右の手でそれぞれの足首を握り締め、高々と双臀を掲げる。

まだどことなく蒼く硬さの残る麻里の双臀、瑞々しい張りを見せる美奈子の双臀、そしてたわわに熟れた綾香夫人の双臀──三つの白い双臀が達也の前に供物さながらに捧げられた。どの臀丘の谷間にも、サーモンピンクも鮮やかな女の亀裂が淫らなほころびを見せて口を開き、ジットリと濡れた女肉がもの欲しげに蠢いている。

ビシイイッ──非情な肉音とともに鞭の舌が食い込んだのは麻里の尻たぶだった。なんの前触れもなく鞭がブンッと空気を切り裂いて振りおろされた。

「ひいいいっ……」

麻里が顎を突きだすようにして悲鳴をほとばしらせた。

ビシイイッ──二打目は美奈子の双臀で炸裂した。

「いやあああっ……」

情け容赦のない肉音に続いて、あられもない美奈子の悲鳴が空気を慄わせる。

（……次は私の番……）

夫人の心が妖しくときめき、掲げた双臀がブルブル慄える。夫を裏切り、家族を崩壊させた、その罰を私は受けなければならない——夫人にとって鞭打ちはいつしか被虐感をこのうえなく高める贖罪の罰となっていた。

(……ああ……お願い……達也さん……私を一番強く打って……)

そう願っただけで夫人の花芯が熱を帯び、ジーンと疼いた。

ビシイイッ——その期待に応えるようにひときわ高い肉音をたてて、鞭の舌が夫人の白い臀丘に食い込み、柔肌を朱色に灼いた。

「ひいいいいっ……」

肉が裂けるような鋭い痛みが脳天を突き抜ける。夫人はのけぞらせた顔をガクガク振りたてて悲鳴を噴きこぼした。

「……あああああっ……」

激しい痺れが双臀全体を覆い、子宮が慄え、女肉の芯が灼けつく。夫人は瞳に涙をにじませ、わななくように啼いた。それは被虐の愉悦に慄える牝の声だった。

狂おしく振りたてられる双臀のあわい、サーモンピンクの肉の亀裂からたぎらんばかりの樹液がトロリとあふれ、ツツーッと白い内腿に淫らな航跡を残して伝い落ちていく。

ビシイッ、ビシイッ——。

非情な鞭の音とともに、悪魔のような少年に魅入られた美しい母と美姉妹——三匹の美獣の悲鳴と泣き声が競いあうように交錯し、甘く酸っぱい濃厚な牝の匂いが部屋を満たしていった——。

（完）

本作は『獄色の檻　熟夫人と美姉妹』（フランス書院文庫）を大幅に加筆、改題の上、刊行した。

フランス書院文庫X

猟色《りょうしょく》の檻《おり》【完全《かんぜん》増《ぞう》補《ほ》版《ばん》】

著　者　夢野乱月（ゆめの・らんげつ）

発行所　株式会社フランス書院

東京都千代田区飯田橋３－３－１　〒102-0072

電話　03-5226-5744（営業）

　　　03-5226-5741（編集）

URL　http://www.france.jp

印刷　誠宏印刷

製本　若林製本工場

ISBN978-4-8296-7659-2　C0193

フランス書院文庫

都合のいい美臀
三匹の令嬢女教師

上条麗南

「先生の後ろの穴、好きな時に使わせてもらうぜ」昼休み、女子トイレで美臀を貫かれる女教師真実。毒牙は同じ学舎で働く養護教諭と女体育教師へ！

北国の未亡人兄嫁【喪服と雪肌】

なぎさ薫

「そんなに見つめないで…もう私も若くないから」夫を亡くして三年、孤閨に狂う熟女の性欲が暴走。淫臭に気づいたもう一人の若兄嫁も挑発を始め…。

高慢女上司を奴隷メイドにした七日間

榊原澪央

「主任のフェラ顔、みんなに見せてやりたいよ」会社では氷の女も僕の寝室では従順な奴隷メイド。調教はオフィスに引き継がれ、部下達へ奉仕を…。

夢の裸エプロン生活【一夫多妻】

上原稜

「なかに出して！他の〝奥さん〟たちみたいに」純真女子大生、淫乱ナース、ハーフ女教師、義母。四人の妻が毎晩寝室で待つ、一夫多妻ハーレム！

孕ませ調教三重奏
義母を、兄嫁を、義妹を

藤崎玲

「お願い、膣中《なか》には出さないで。危ない日なの」拒絶の声を無視して義母の熟膣に注がれる白濁液。沙智子、双葉、茉莉菜——悪魔のトリプル種付け！

ねっとり熟女
未亡人義母、未亡人兄嫁、未亡人女教師

鏡龍樹

「はしたなくてごめんね、でも止められないの」男日照りの女体に淫らな炎を灯された未亡人たち。義母、兄嫁、女教師……乱れ啼く三人の艶熟女！

フランス書院文庫

立場逆転
高慢女社長と令嬢vs.ヒラ社員

夏月　燐

「あんたなんて、いつ辞めてもらってもいいのよ」社員に居丈高な態度で接する女社長の理乃。部下からの下克上姦。その日から主従逆転の生活が…。

誘われ上手な五人の人妻

青橋由高

「今日、夫は出張で帰らないの…だから」雪肌から匂うフェロモン、清楚な姿から想像できないテク。誘われ上手で誘い上手——五人のおいしい人妻。

ぜんぶしてあげる
独身叔母と従姉と女教師

美原春人

「初体験はどっちがいいの？　お姉さん…先生？」父の都合で預けられた家には三人の年上女性が!?全員に子作りをねだられる、夢のイチャラブ生活。

問答無用
帰国子女なまいき三姉妹

御堂　乱

「なんで私があんたみたいな不細工な貧乏人と…」気が強い高飛車女を肉便器代わりにしてハメ放題。淫獣の次なる標的は長女の由紀恵、三女の里帆！

美しすぎる姑【妻の母・四十二歳】

庵乃音人

「祥平さん、約束してくださいね、今夜だけって」妻の実家に帰った祥平を待つ、豊麗な裸身と蜜交。夜這い、立ちバック、ついには妻が眠る横でも…。

無限獄【全員奴隷】

夢野乱月

調教師K——美しい女を牝に仕込む嗜虐のプロ。若き日のKに課せられた試練、それは愛する女の調教。悪魔の供物に捧げられた義姉、義母、女教師。

フランス書院文庫

人妻 孕ませ夜這い
但馬庸太

「子宮は孕みたがってるぜ、すごい締め付けだ」夫のいない寝室、種付け交尾を強制される桜子。24歳29歳32歳——三人の美妻を襲う夜這い調教！

通い熟女【ほしがり未亡人兄嫁】
小鳥遊 葵

「明日も来てあげる。二人だけの秘密よ」義弟のアパートに通い、炊事洗濯、夜の営みまで面倒を見る彩花。もう一人の兄嫁玲奈まで通い妻宣言!?

インテリ美人弁護士、堕ちる
綺羅 光

「先生みたいなインテリもイク時の顔は同じだな」美貌と知性で注目を浴びる、新進気鋭の女弁護士。奴隷に生まれ変わった28歳はオフィスへ戻され…。

雪国混浴【子づくりの湯】
若すぎる嫁の母、淫らすぎる嫁の姉
水沢亜生

「赤ちゃんできてもいいから奥に出してっ」妻の入院中、温泉町の実家で若すぎる義母と二人きりの生活。東京から妻の美姉まで押しかけてきて…。

催眠調教 義母、女社長、令夫人
鷹羽 真

「お願い、あなたの××が欲しくてたまらないの」淫獣の囁きに操られ、美牝の本性を晒していく、美和子、貴子、絹代——夢の完全支配ハーレム！

夢のご奉仕三重奏
あなたのママになってあげる
鷹山倫太郎

「家事だけじゃなくて性欲のお世話もしてあげる」幼なじみの熟母、担任女教師、未亡人マダム。母性ゆえのご奉仕のはずが、熟肉の疼きが暴走し…。

フランス書院文庫

奴隷贈与 三匹の喪服未亡人
千賀忠輔
「今日から僕が、あなたの〝ご主人様〟だからね」夫を亡くした直後から始まった義弟による性調教。暴走する毒牙は、35歳の義母、40歳の実母へ…。

淫らすぎる姑【妻の母・代理妻】
小鳥遊葵
「お母さん、私の代わりに赤ちゃんを産んで」不妊の診断を受けた娘夫婦からの依頼。娘のためならば、と祥子は若い婿と子作りの儀式に挑むが…。

孕ませ獄【長男の嫁、次男の嫁】
藤崎玲
「お願いお義父さま、中に出すのだけは許してっ」義父のたくましい肉棒に何度も絶頂に追い込まれ、23歳の清楚な若嫁は声を嗄らしつつ快感の虜に…。

朝までしたいの【南国の未亡人兄嫁】
山口陽
「未亡人だってひとりの女なのよ、だから…」小麦色の肌、きわどいビキニ、日焼け跡…帰省した大学生を待っていたのは36歳の未亡人兄嫁・奈央。

全裸残業 いばりくさった女上司に性裁を!
御堂乱
「俺に説教した口でチ×ポを咥える気分はどうだ」女奴隷のように床に跪き、肉棒を頬張る美人上司。淫獣の毒牙は清純新入社員、インテリ嘱託医へ!

ささやき淫語義母
青葉羊
「すごく勃起してるわ。いっぱい出していいのよ」乳首をいじりながら寸止め手コキを繰り返す義母。僕のことを溺愛するママの変幻自在な淫語+性技。

フランス書院文庫

チアリーダー姉妹、完堕ち
堂条伊織

観客席から見つめるだけだった高嶺の花・美咲がペニスにまたがり、引き締まった腰をくねらせる。淫獣の毒牙は姉を慕いチアリーダーとなった妹へ。

子づくりは息子の嫁と
義父の性技に溺れて
香坂燈也

「お願い、お義父さんの熱い精子を私にください」危険日にもかかわらず白濁をねだる淫らな嫁真由。57歳にして初めて経験する若膣のきつい締め付け。

じっくり、ねっとり、してあげる
温泉宿で彼女の母、彼女の姉と…
美原春人

「最後の一滴までしゃぶりつくしてあげますわね」若者を虜にする彼女の母の豊かな乳と熟練の性技。娘の目が離れた瞬間、熟女は女の顔をのぞかせる。

妻が、娘が寝取られ、孕まされた
御前零士

（ああ、熱い……私、夫以外の種を注がれている）大嫌いな中年ストーカーに強いられる孕ませ交尾。愛する夫がいるすぐそばで神聖な子宮を穢される。

身代わり義母【妻よりずっといいよ】
音梨はるか

「今夜だけ、お義母さんじゃなく女に戻らせて…」「母」と呼ぶにはあまりに若く美しすぎる美弥子。親子ほど年の離れた男と女は禁忌の関係に溺れ…。

喪服調教
未亡人兄嫁、社長令嬢、高慢秘書を
冬木弦堂

「喪服の下がノーパンだとはな、淫らな未亡人だ」38歳の兄嫁・絵理子を美牝へと堕とす鬼畜な甥。生意気な女秘書、社長令嬢とともに喪服奴隷へ！

フランス書院文庫X　偶数月10日頃発売

助教授・沙織【完全版】　綺羅　光

知性と教養溢れるキャンパスのマドンナが娼婦に堕とされ、辱めを受ける。講義中の調教、裏ビデオ、SMショウ…28歳にはさらなる悲劇の運命が。

【暗黒版】性獣家庭教師　田沼淳一

そこは異常な寝室だった！　父の前で母を抱く息子の顔には狂気の笑みが。見守るのは全てを仕組んだ悪魔家庭教師。デビュー作が大幅加筆で今甦る！

肛虐許可証【姦の祭典】　結城彩雨

女子大生、キャリアウーマンを拉致、監禁し、凌辱の限りを尽くす二人組の次なる獲物は准教授夫人。肛姦の使徒に狩られた牝たちの哀しき鎮魂歌。

新妻奴隷生誕【鬼畜版】　北都　凛

初めての結婚記念日は綾香にとって最悪の日に！　穴という穴に注がれる白濁液。義娘と助けに来た姉も巻き込まれ、三人並んで犬の体位で貫かれ…。

【完全版】人妻肛虐全書Ｉ暴走編　結城彩雨

熟尻の未亡人・真樹子を牝奴隷に堕とした冷二は、愛娘と幸せに暮らす旧友の人妻・夏子も毒牙に！　青獣は二匹の牝を引き連れて逃避行に旅立つが…。

【完全版】人妻肛虐全書Ⅱ地獄編　結城彩雨

冷二から略奪した人妻をヤクザたちは地下室へ連れ込み、肛門娼婦としての調教と洗脳を開始。元同僚の真樹子も加え、狂宴はクライマックスへ！

人妻調教師　夢野乱月

第一の犠牲者は若妻・貴子。結婚二年目の25歳。第二の生贄は新妻・美帆。新婚五ヶ月目の24歳。調教師Ｋ、どんな女も性奴に変える悪魔の使徒！

フランス書院文庫X　偶数月10日頃発売

襲撃教室【全員奴隷】

巽　飛呂彦

そこは野獣の棲む学園だった！　放課後の体育倉庫、女生徒を救うため、女教師は自らを犠牲に…。デビュー初期の傑作二篇が新たに生まれ変わる！

孕み妻【優実香と果奈】

御前零士

（ああ、裂けちゃうっ）屈強な黒人男性に組み敷かれる人妻。眠る夫の傍で抉り込まれる黒光りする巨根。28歳と25歳、種付け調教される清楚妻。

美獣姉妹【完全版】

藤崎　玲

学園中から羨望の視線を浴びるマドンナ姉妹が、生徒の奴隷にされているとは！　浣腸、アナル姦、校内奉仕…女教師と教育実習生、ダブル牝奴隷！

若妻と誘拐犯

夏月　燐

（もう夫を思い出せない。昔の私に戻れない…）誘拐犯と二人きりの密室で朝から晩まで続く肉交。27歳と24歳、狂愛の標的にされた美しき人妻！

絶望の淫鎖《くさり》【襲われた美姉妹】

御前零士

「それじゃ、姉妹仲良くナマで串刺しといくか」成績優秀な女子大生・美緒、スポーツ娘・璃緒。中年ストーカーに三つの穴を穢される絶望の檻！

人妻　恥虐の牝檻【完全版】

杉村春也

幸せな新婚生活を送っていたまり子を襲った悲劇。同じマンションに住む百合恵も毒網に囚われ、23歳と30歳、二匹の人妻は被虐の悦びに目覚める！

美臀病棟【女医と熟妻】

御堂　乱

名門総合病院に潜む悪魔の罠。エリート女医、清純ナース、美人MR、令夫人が次々に肛虐の診察台へ。執拗なアナル調教に狂わされる白衣の美囚。